NF文庫
ノンフィクション

陸軍工兵大尉の戦場

最前線を切り開く技術部隊の戦い

遠藤千代造

潮書房光人新社

まえがき

私は文章を書く事は必ずしも得意ではないが、何か家に私のあゆみのような記録を残し、やがて何十年かの後に誰かが必ず読んで昔の思想はこのようなことであったのかと感じてくれるだろうと思い、心してこれを書き始めたのである。

文章はただただ文字の配列に過ぎないが、子供の時代より今日までのあゆみは記録として書き留めておいたものではなく、私の記憶より引き出して書いたもので、その内容は事実と前後していたり、またある時点において多少の不一致もあると思うが、架空の記事や補足の記事は全くなく、すべて真実、との考えで書いたものである。

今日の世相、世論とは大分違っているとかの見解とは別問題である。また戦争中の記事文には地点や日時の相違、中国の地名など表現が多少変更されているところもあり、また軍用語となっているため一般人には読みにくい点も多々あると思うので予めお断りしておく。

私はこの「あゆみ」を私の名誉のためとか、功績のために残すという考えはない。ただ老いの身で、時間の浪費を目的に書いただけのことである。我が子、孫が後世においてこれを見て関心があれば読んでみるのも何かの参考になると思う。

昭和51(1976)年3月

遠藤千代造(74歳半)

刊行にあたって

本書は、「まえがき」に記してあるように、父・遠藤千代造が昭和51年、74歳で原稿用紙に書き終えるまでの、青・壮年期、19歳から45歳（敗戦後の昭和21年）までの実に26年間に亘《わた》る父本人のあゆみを記したものである。戦後、着の身、着のままで戦地から復員したため、「まえがき」にあるように、参考資料などは皆無のまま記憶を頼りに書き始めたようである。しかし、昭和50年6月に独立工兵第3聯隊戦友会の手で『あしあと』が出版され、約半年後には父の手元に届いたとみられ、当時父は病みがちであったが、年代、時期などについては、この『あしあと』を参考にしたもようである。

その後、書き終えた「あゆみ原稿」はそのままの状態になっていたが、父が昭和54年、78歳で他界してしばらくして、母はこの原稿を、ある程度纏めた形にしたいと心当りを調べたが、実現には至らなかった。昭和58年頃、元第2師団の有志により、第2師団の戦争体験記を纏める事になり、母はこの原稿全てを編纂委員会殿に送付し、その一部が昭和61年9月出版の『十字鍬・激動の青春』に掲載された。

平成10年頃になって5人の子供たちで纏めようと、原稿用紙約450枚を分担してワープロに起こしたが、そのまま日の目を見ずに経過した。平成21年になって私の長兄が亡くなり、父の3男の私が主な編者として纏める事にした。ただ余りにも年月が経過してしまい既に80年位前の内容になっており、文章だけではあまりに時代にそぐわない。多くの方々に理解していただけるようにできるだけ現代風に変更した。

そして、原稿中に記述されている内容で、既に公刊されている資料、書籍類あるいは家に保存してあった記念品、写真類、また我々兄弟で往時のいくつかの場所を訪問していたので、それらを文章中に散りばめ、少しでも当時を偲ぶ参考にと挿図した。

この本を世の中に出す事を、父本人は必ずしも望まず、また兄弟間でも議論があったが、当時の状況、心情を理解する一参考資料になると考え、公にする事にした。

この本を今は亡き父、母、関係の戦友の方々、親族の皆さま、それに子供、孫たちに、父に代わって捧げたい。また、父のまえがきにもあるように、当時こんな考え、このような人生があったという事でいささかでも関心を持って頂ければ幸いと思っている。

平成25（2013）年9月

編者　遠藤　桓

陸軍工兵大尉の戦場——目次

第一章――徴兵検査で軍隊に

第二章——満州事変

第三章――日支事変始まる

第四章──中支宜昌作戦

第五章——大東亜戦でフィリピンへ

第六章——石油を求めてジャワ島に

第八章――敗戦後、現地での行動

陸軍工兵大尉の戦場

——最前線を切り開く技術部隊の戦い

第一章――徴兵検査で軍隊に

旭川第7師団に入隊［大正10年11月］

大正10（1921）年4月まで船員生活を続けていた私は、当年数え年20歳で徴兵検査の年である。船員生活を終え日本国民男子の三大義務のひとつといわれる兵役に服するための徴兵検査を受ける事になった。そのため私は久し振りに故郷・福島に帰った。故郷の様子に大した変化はなかった。

母親の新調してくれた羽織袴を着用して会津坂下町の徴兵検査場に出頭した。同僚の人たちがたくさん集まっている。小学校当時の学友もたくさんいる。皆元気な顔をした立派な青年に成長していて、見る人、見る人皆懐かしい。小学校時代の友達であった。

私は検査の結果、甲種合格に選ばれた。当時は国民皆兵の時代で、甲種は軍隊に入隊して1年10か月間教育を受けて軍人となる。乙種は短期間入隊、一定の教育を受け非常時の場合には戦争に参加するので予備隊的存在である。丙種はまったくの予備的存在であり、もしこれで検査を忌避したりすれば非国民として非難され、親戚まで世間中の笑いものにされるのである。また軍人として入隊すれば善良なる人として世間に対しても顔が広いのである。

その後、正式の発表があって北海道旭川市の工兵隊に入隊する事になった。私の体格は人より優っていたとは考えられなかったが、普通の健康体であって身長は5尺2寸（158センチ）、体重は約12貫（45キロ）であった。

検査後より4、5か月間、家に遊んでいるのはもったいないので東京に出掛けて兄の家に厄介になり、小遣銭働きを始めた。正式に就職する事もできない、臨時の雇用である。4、5か月間はすぐに過ぎ去った。いよいよ12月1日には入隊しなければならない。私は11月に働きを打ち切り実家に帰った。そして、また今後いつ顔を見せられるか判らない親戚などを一巡して当分の間のお別れの挨拶をした。部落の人たちも集まって壮行会を開いて私の入営を祝福してくれた。当時は入隊する人に対する国民の義務のようなものであった。

11月27日いよいよ出発である。村人、青年の音楽隊に送られながら村人や親戚兄弟も皆集まって盛大な見送りである。私は新調の羽織袴を着用し元気で実家を出た。見送りの人たちは5キロも離れた山都駅まで送ってくれた。私は山都駅にて、見送りの人々に対し感謝の礼の言葉と今後の覚悟を述べた。見送り人は万歳三唱で祝ってくれた。定刻に列車に乗る。遠くまで見送っていてくれる人も多い。

列車は郡山目指して走る。今度は軍人として働き、国家のために尽くすのだ、の覚悟はできている。独り旅は慣れている。列車の中の羽織袴の青年は入営する人と決まっている。車中の乗客も何かと心やさしくしてくれる。汽車を郡山で乗り替え、仙台―盛岡を過ぎ終点の青森駅で全員下車だ。

青森より函館までは青函連絡船に乗る。本船は港に碇泊している。我々は小さなボートに乗って連絡船に移る。当時は連絡船といえども岸壁に横付けにはならない。久し振りに船上の人だ。なつかしい船はドラを合図に出航する。12月だ、海は多少荒れている。船中では船酔いしている人もいる。私は青森を眺め、海を見つめつつの船客としての気分もまた格別と思いながら、しかし季節は冬だ、函館山は白くなって見える。6時間半の後、函館港に入港した。

函館の冬は寒い。さすが北海道だ。寒気は身に滲みる。下船が始まる。モーターボートに乗り移る。函館に上陸した。函館の待合所は北海道の玄関口である。設備もよく、また広い。友達と思われる人もあちこちに見える。朝食の後に再び列車に乗る。車内には暖房設備のため丸い石炭暖炉が備え付けられてある。長万部、小樽、札幌平野を縦断する。北海道は広い。どこまでも、どこまでも白一色である。深川を過ぎ、いよいよ旭川だ。外は暗くなってきた。「あさひかわー、あさひかわー」駅員の知らせで旭川だな、下車だ。下車するホームを出れば駅前はきれいに踏み均《なら》してはいるが積雪は3尺もある。私たちは家を出る時、下駄姿で出てきたが、ここは3尺もの雪の上を下駄で歩く。電灯の光はキラキラ光っている。首に鐘を吊るした馬車馬は「カラン」「カラン」と鳴らしながら走る。夜の光景、旭川の夜は賑やかでも寒い。零下15度くらいである。

かつて陸軍第７師団があった陸上自衛隊の旭川駐屯地正門（2009.6）

私は指定の旅館を直ぐに見つけて入った。知人は誰もいない。皆初対面の人ばかり。夕食を終わった頃、聯隊司令部より係員が宿舎にきた。そして人員の確認やら兵営までの交通時間などについて親切に説明してくれた。宿泊中の守るべき衛生などについて詳しい注意をされたのである。私は注意事項をよく守り、その夜は旅館附近をちょっと散歩した程度で早く床に就いた。完全な体で入営しなければならないと固く決心した。友達と話し合っている中に猪苗代の野口忠という人が会津出身者だという事が判明した。夜の気温は零下15度くらいであった。さすが旭川市は寒気の烈しいところであると思った。そして旭川の実感を味わった。

明けて12月1日、いよいよ入隊日を迎え朝早く起き、まず気分を晴れやかにして朝食を終わりぞろぞろ旅館を出る。早速ほろ馬車に乗って兵営に向かった。路上には乗用馬車、除雪用馬車などが4頭引きで大きな雪踏器を引きながら通る。そして道幅も4メートル以上に踏まれていく。平坦な氷の上を走っているようだ。人の話によると雪中でも消防車の通行を自由にするため、市の除雪馬車や自動車が冬期間絶え間なく運行されているとの事である。さすが北海道だなあと思わせられる。馬車は首鈴をカランカランと鳴らしながら走る。初めて乗った馬車の音を思い起こす。駅より兵営までは4キロ余、約1時間で門のある兵営に到着した。それは工兵隊、天塩街道に面したところに厳としてあった。我々は歩哨に礼をしながら営門を入る。各所に表示があり雨覆練兵場に集合して定刻を待つ。

午前9時と同時に係官たちが入ってくる。氏名で呼び出しがある。そして各々の中隊に分配された。私は門より1番遠い第3中隊に編入された。営門より大隊本部第1中隊、第2中隊、第3中隊と並んでいる。

第1中隊の古兵はサハリン州に派遣されて目下留守中隊。第2、第3中隊の兵舎は大正6年8月に火災に会って焼失し、まだ新しい兵舎で明るい感じの建物であった。兵舎の前の広場には1メートル以上の積雪があり、これからこの練兵場で訓練されるのかと思うだけでぞっとした。入隊時の初めての感想である。

そして中隊に配賦《はいふ》されるや今度は各内務班毎に呼ばれ、上等兵の引率で各班ごとに兵舎に入った。各寝台棚には入営者の名前が標され、軍服が整頓されてあった。班長は政田軍曹、温厚な人であると感じた。班付熊倉上等兵は小柄、色黒で真面目な人、面倒見も良く、親切な人に見えた。そしてまた私たちの教育班長でもあった。軍服を着せられ、軍靴を履き、軍帽も与えられ、着用してきた衣類は全部官給品と替えられ、私物は整理のうえ実家に郵送する準備をした。

昼食には昼食喇叭《ラッパ》が鳴る。初めて聞く喇叭の音、すべてが初めてなのでうろうろする。北海道より入隊した人はほとんど父兄の付添いで営門を入った。また普通の入営者は在郷でちょっとした予備的教育を受けた人も多いが、私はこの軍隊教育は全く無知で右も左も命ぜられるままに動いた。昼食は我々の入隊を祝して赤飯を与えられ、ご馳走もあった。そして昼食後は医務室において細密なる身体検査があり、まず貴重品類は全部上等兵に預け、袋の中に入れ錠をかけられた。この検査の結果、私は無事に通過した。しかし検査の結果、疾病者または不適格者は即日入隊を中止し、帰郷を命じられるのである。

いよいよ完全入隊した者だけで中隊長、中隊付将校以下全員講堂に集められ、入隊式が挙行される。まず中隊長は我々入隊兵全員に兵役法に従って今後、軍規に従い、忠良なる軍人となり、諸軍規に違反しないという誓文を各人自筆で署名させられたのである。中隊長は各人の署名が終わると中隊の幹部を各々紹介した。

まず中隊長は諸沢大尉と自己紹介する。続いて滝上少尉、この人は我々に手を取って指導教育をして下さる人。その他特務曹長、曹長と各々紹介された。「諸君は班長や特務曹長は母と思い、中隊長を父と思って何事によらず良い事、悪い事、苦しい事はこの人たちに相談して解決し、毎日愉快に軍務に尽くすよう、そして立派な軍人となるよう」と訓示された。そして「諸君は今日入隊して軍服を着ければ外観は軍人のように見えるが、精神面や技術面はできていないのであるから、明日からは親切な教官や班長に指導されるので安心して軍務に励み、立派な軍人になる努力をするように」とも訓示され式は終わった。

室付の上等兵は便所、酒保（注：兵営内の売店）、炊事場、洗面場、及び入浴場など、日常必要なところを全部廻って教えてくれた。実にご丁寧な指導ぶりである。

午後9時、就寝の喇叭が鳴る。点呼の後、軍服の着方、服の置き方に到るまで細かく指導された。寝具は全部茶色毛布で11枚を使用する。旭川は北海道の中でも寒気は烈しい。室内の暖房は大きな薪暖炉である。夜間は不寝番が交代で廻り、火災盗難及び衛生に注意する。2人一組にて2時間交代で夜を徹して続けられる。巡回中、毛布を寝台から落としたり、手と胸を出して寝ている者を見つけたりすれば、それを直してやる。室内は想像より暖かであるが、夜間は暖房が止まるので相当寒さを感ずるようである。

工兵隊での教育始まる［大正10年12月］

軍隊教育の根幹は軍人勅諭《ちょくゆ》である。

一、軍人は忠節を尽くすを本分とすへし
一、軍人は礼儀を正しくすへし
一、軍人は武勇を尚《たふと》ふへし
一、軍人は信義を重んすへし
一、軍人は質素を旨とすへし

毎朝夕の点呼時、特に就寝前の点呼後には、この五箇條のご勅諭を奉読、まず正確な暗記を命ぜられた。この五箇條の勅諭は軍人ばかりが遵守《じゅんしゅ》すべきものでなく、広く日本人全員がその教えを守っていくべき道をお諭《さと》しになっているという事が徐々に分かるようになった。今、中国で7億国民が揃って毛沢東語録を尊重して、これを基本として指導を受けているのと似ているのである。

私たちもいよいよ軍服を着用し、軍靴及び巻脚絆を着け、翌日からは本格的に軍隊教育が始まる。軍隊教育も兵科ごとに歩兵、騎兵、砲兵、工兵、輸送兵があるが、私たちは野戦工兵としての特殊技術兵である。最初は一般軍人と同様基本教育より始まり、特殊教育としては架橋、坑道建設、築城などを主として実施する兵種である。兵隊も非常に筋骨隆々として、合わせて頭脳労働としての両面の労働を要求される。以前は騎兵、砲兵、工兵は現役3か年、歩兵隊は2か年であったが、入営兵の素質が向上したので、歩兵部隊と同様1年10か月に短縮されたとの事である。

それで入営兵の中には種々特技の職業を有する者、すなわち大工、左官、船頭、鍛冶工、船員、漁手、鉄道員、通信員などの人たちが多く用いられて編成され、一般の農業、商業などの人は歩兵部隊に入営するのが普通であった。従って工兵隊には気の荒い人たちもたくさんいて、これを統一して同心に教育するには教育者、幹部は骨が折れるが、一旦統一されれば意志固く、義理人情にも篤く、団結した人たちができあがる。

第1期教育〔大正10年12月〕

第1期の教育は12月1日より始まり3月の末日までであり、主として基本教育が実施される。まず整列に始まって、徒手教練より銃を持っての執銃教練とだんだん進められ、敬礼行進、そして簡単な射撃、銃剣術の基本動作より一般の自衛戦闘動作も一通り教育されるのである。そのほかに本来の基礎的な木工作業や土木作業など実科作業も実施される。土工作業には基本土工というものがあって円匙《えんぴ》（スコップ）や十字鍬《じゅうじしゅう》（つるはし）をもっての掘作業及び盛土作業を、合わせて体力の増進を図る。他部隊ではできない職業訓練である。

旭川市の陸軍演習場は鷹栖山《たかすさん》（現在の近文分屯地）にあり、土質が赤粘土質で非常に堅く、土工訓練と体力の養成には欠かせない作業であったが、私にとってははなはだ困難な演習であった。

この土工は円匙をもって最小限4メートルを投げる事を要求されるのである。このようにして長時間持続できるようにと姿勢を正しく、速度も1分間に12回を標準でやらされる。このため陸軍工兵学校で研究発表した姿勢が最も適切だとのことで、この方法で実施された。

徒手訓練も日本の軍隊教育では非合理性の点も多かったのであるが、当時としては止むを得なかった。私たちは白の作業衣袴を着用し防寒外套を着て、ちょうど熊のような恰好《かっこう》で円匙と十字鍬を持って雪の中を約2キロ以上の地点・鷹栖山に通った。寒気の烈しい日には地下30センチも凍結しており、また風雪の時は土工場一杯が雪溜りとなる。これを排雪して凍結土を除き、終わる頃には昼食となる。昼食では半分凍結した弁当にかぶりつく。一食分としては充分量ではない。

午後は毎日最後の5分間に班長や上等兵に気合を掛けられる。あの寒気の中で、汗を流しながら頑張り通す。徒手執銃訓練も猛烈を極めた。夕方便所に行って足の立たなくなる日が幾日も続く。やっと1日の訓練が終われば、夕食後には使役というものがあって、舎内の掃除、道路の雪踏み、薪の運搬と種々の雑役が待っている。入浴する時間もない。ちょっとの暇を見つけて酒保に走る。一袋5個入りのアンパンを10銭で買食する。やっと間に合うだけの腹になる。

約1か月を過ぎた頃、外出を許可される。初年兵は最下級なので出会う兵隊には全部敬礼をしなければならない。まるで手は挙げ通し、訓練よりまだひどい。敬礼の仕方が悪い時は上級者より注意される。市内では映画を見るのが最大の慰安。そして食堂でそばを食う。高価なものは手が出ない、資金が続かないのだ。他の人たちは面会にきた時、小遣銭をこっそり貰う。または秘かに手紙で送金して貰う。私にはこのような事は不可能だった。

こうして初年兵は入隊当初より4か月間にまったく生まれ変わったような体力を有するようになる。食事は何度食べても腹一杯にならない、実に不思議であった。私のような軟弱な肉体も健康体になり、毎週1回以上の中隊長の精神講話を始めとして、すべての雑念を払わせ軍人勅諭を骨子とする徹底的な教育で心身ともに鍛えられていく。すなわち軍人は忠節を尽くすのを本分として礼儀、武勇、信義、質素の五箇條の精神は軍人の宗教ともいうべきものので、私も良い訓えであると思う。

この五箇條の精神を基礎としてすべてを訓練され、殊に困憊《こんぱい》した場合においても旺盛なる気力の維持が一番大切、と鍛えられる。困難の極みに達しどん底に陥った場合においても、なお精神力をもってこれを盛り返す力が必要である。最後は気力と頑張りで目的を達成させるのである。

初年兵教育の第1期末には食事も1日分白米と押麦《おしむぎ》で8合以上（普通は6合）を与えられ、そのほか甘藷などの副食物をも合わせ給養されるのであるが、初年兵は食っても食っても不足の気分である。ちょうど関取の初期のようなものである。

しかし、この第1期教育も無事に終わり、体力も益々増加し、食事も落ち着き名実ともに一人前の軍人に鍛え上げられる。第1期教育の卒業ともいわれる検閲も無事に終わり、私も上等兵候補者の仲間入りができ、上等兵となった。第一の関門を通過したので今までの苦労も忘れ、益々軍務に励むようになった。

第2期以降の教育［大正11年4月］

大正11年4月、第1期教育が終わり、第2期教育に入る。第2期教育はいよいよ特務教育と工兵隊としての技術教育であり、また上等兵候補者としての下級幹部の教育も、日曜日や業間を利用して実施される。工兵としての特務教育は漕舟、架橋及び坑道の構築を主とし、その他火薬の取扱い、爆破作業並びに築城と多岐に亘《わた》るのである。爆破作業の実施は、雷管と導火線、または導火管の接続の方法及び爆破の実施目的による。

梱包及び装置、また爆発物に対する薬量の計算などの作業計画、実施を専門的に教育を受けるのである。爆薬はふつう黄色薬、黒色薬を用いる。黄色薬は空中においても強力な破壊力がある。黒色薬は大量のガスを発し物体を吹き飛ばす威力を持っている。また、爆破の目的、期待する効果によっては黄色薬を用いる。銃のように弾丸を遠くまで飛ばす場合は黒色薬を使用する。これらのほかにダイリマイト、茶褐色薬などあるが、取扱い上非常に危険であったり、または威力の少ないなどの点で予備的に使用されるが、我々は一通りの取扱いを習得するのである。しかし爆薬は非常に危険のため、この予防法は確実に会得しておく必要がある。

我々は戦争に際しては敵の奥地に侵入して主要な軍事施設や道路、橋梁を爆破して敵の作戦に支障を来させるような重要な行動をするのである。または敵の要塞、あるいは主要な防御施設を破壊して友軍の攻撃を容易にする道を開くのである。この成功、不成功は友軍全般の戦闘士気に大きな影響を与えるから、これらの行動は再び生きて帰る事を期さず全員決死の覚悟で活動するのである。事実、この「あゆみ」を書いている現段階で過去を振り返ってみると、いかにこの第2期以降の教育が現地の戦闘において役に立ってきたか枚挙にいとまがない。

現今の戦争においては空中より飛行機で直接、爆弾を投下されるが、昔は人間の直接行動によって実施されたのである。これらの教育には仮設の敵を設け、または仮設に基づき実施する。あるいは図上で実施される事もある。この行動を担当するのは工兵の任務である。

また架橋を行なうためには舟を漕ぐ事が基礎となるが、この漕舟は素人ではなかなか大変である。普通は漁師出身者が行なうのだが、一般の兵もある程度は上達しておく必要がある。特に敵前渡河においては漕力が最も大切である。現今は普通モーターボートを使用するが、もし機械が故障した場合の予備として手力での漕力を必要とするのである。

そのほか土木作業は山鋸、横鋸、縦鋸の使用法について充分な腕前を備えておく必要がある。また相当な大木の場合には、折畳み鋸を使用して伐採するのであるが、架橋はもちろん坑道においても木材を使用する事が多いので、この技術を身に付けておかなければならない。

またこれらの作業を実施するため、その補助作業としての鍛冶工手、銃工手、靴工手、縫工手などがあり、各中隊より数名を選出してそれぞれの工長において教育指導を受けるのである。このようにして自活のため必要な事柄において教育訓練して、真の団体生活ができるように組織されていくのである。

工兵としては通信兵も必要で、戦地における師団内の通信や、部隊内外の連絡にも欠く事のできない施設であるため、この教育も実施される。それで有線と無線の両方の教育をするのだが、この人選には経験者を選ぶのが望ましいが、一般兵の中よりも記憶力の良好な者を選抜するのである。この教育はまず機械の取扱い、故障に対する簡単な修理、機能、原理に到るまで一通りの教育を実施されるのである。また演習場及び戦場における通信法や、有線の架設について訓練される。そしてこれら通信兵はモールス記号の完全暗記に努力しなければならないのである。

私は第1期卒業と同時に将来軍隊の中級幹部として最重要任務を負う下士官養成のための採用試験を受験するよう、それぞれ幹部より勧められたのである。私は何か将来に対して目標を持つべきだと考え、結果のいかんは別として受験の手続きをとった。

中堅幹部を目指し陸軍工兵学校入学［大正11年8月］

下士官志望においては志望すべきか否か、すなわち今後一生の方針を決定するものだけに随分考慮したが、成功の良否は別としてこの道を選ぶ事にした。この時の競争者は相当多数に及んだが、今度は死活、ひいては将来高い地位の人となるか否かの分岐点となるわけで、心に決した限り一直線に我が行く道を進まなければならないと、心機一転努力に努力を重ねる覚悟をしたのである。

候補生となれば優秀な将校が専属で教官となり、学術科とともに将来幹部となる素養を持つように教育されるのである。第一に普通の学科、特に工兵の幹部として必要な数学、理科、化学、力学などについても旧制中学程度の実力を有するように、また機械に関する学科、特に術科はこれを充分に活用できるまでに教育されるのである。その他電気学についても相当の知識を有するように、これらと並行して軍事学は本来の主科目であるので、幾冊かの軍事教範は半分以上も暗記するまで勉強し、その内容については充分に応用できるようにしなければならない。

候補生の中には旧制中学の中退者、あるいはその術力を持っている人もいた。これらの人々と肩を並べていくにはそれ相当の勉強努力をしなければ付いていけない。普通の日課時間だけでは到底全部の科目を身につけ消化する事はできなかった。

そして本年度より全国の工兵隊より成績優秀な候補生を集めて特別教育する事になった。その発表もあったので、私たちはいよいよ勉強にも熱が入り、いずれも今までとまったく違い術科も学科も大いに励んで勉強したのである。自分の一生の基礎を築く時期である。その事を思い、寝る時間も惜しい。今日の悔いを将来に残さないよう頑張る、期間は1、2年だ。この辛抱ができないようでは男とはいわれない、敗北者だと一大発奮をした。

工兵学校には相当の人物も集まってくるだろう。その人たちとともに学びたい、これには選抜に入る事が第一である。夜は11～12時までも勉強した。早く皆に追い着き追い抜く事だ。その努力も逐次身についてきたと私は意識した。

大正11（1922）年8月初旬（21歳）、私も選ばれて千葉県松戸町（現在の松戸市）にある陸軍工兵学校に入学を命じられたのである。そして自分ながらこの出来事を喜び、将来に対しての希望を持てるようになった。8月初旬、旭川を発って千葉県松戸町に到着し、入校したのである。入校者は約120人であった。

この学校は工兵の大尉または古参の中尉階級の人たちを1年間招集して、徹底的に工兵技術及び戦術の勉学を指導されるのである。これは初年兵の入隊当時と同様の指導を受け、卒業後は特別の資格を有する事になるので、入校将校は一生懸命勉強している学校でもあった。私たちも時には、この人たちの訓練のため協力する事もあった。

元工兵学校校門で編者ら兄弟3人（2001.6）

旭川市は旭岳の吹降ろしで道内でも寒気の烈しいところであるが、松戸町は東京近在だけに8月の暑さは格別の気がした。水田の稲も黄色になって垂れている。

校長が陸軍少将、それに大隊長、中隊長がいて普通の聯隊と同様であったが、教育科目ごとに教官がいて専門的に教育していく。大尉または古参中尉がそれを担任していた。

教育は最初、普通学より始められた。数学、理化学、力学その他電気、機械学などが行なわれ、専門的には旧制中学の実力を身につけるのが目的であった。この多種多様な学科を修めるには、並の努力ではできるものではない。私たちは寸時といえども時間を大切にし、無駄にはできない。日中は教育、教育で鍛えられ、朝は4時頃より起床して7時頃まで実施、朝食後はまた学科、学科、それに術科訓練である。夜は日中習得した事柄の筆記、記録に残すための整理をする。夜はまた軍事教範を繰返し熟読する。同じ教科書を1回、2回、3回と何回でも納得の得るまで研究し、勉強する。もし疑問の点は学科の時、または随時に説明を受ける。そして徹底的に勉強していつかのために応用できるようにならなければならない。

この学校にはいずれも優秀な教官ばかり揃っていて、教育にも熱心な人たちばかりである。生徒一同皆我も我もと精を出して勉強した。生徒も皆素質の良い人たちばかりが集まっており、出身部隊の名誉にかけて毎日努力し、特に私たち第1期生は初めて設けられた制度でもあり、その成果について上層部も注目している。その結果の成績いかんは将来にとって重大なる意味を持つのであった。

また私たちは同年生ばかりなので誰彼に遠慮もなく伸び伸びと教育を受ける事ができ、学習には好都合であった。衣類の洗濯などは土曜日の夕食後にするように習慣化される。いかほどの洗濯物があろうと全部終える事にしていた。現在は電気洗濯機だ、やれ共同洗濯だとなっているが、昔は各自で自分の物は自分で始末をしたのである。普通の日は勉強に専念し、夜は午後の11時以降までも講堂で自習する。私は同僚よりも浅学のため特に頑張りをしなければ皆についていく事はできないのである。時には夜警に注意されて寝に就く事も稀な事でなかった。

日曜日には自由に東京方面に外出する事もあり、また町で遊ぶ時には農家の方面までも出掛ける。松戸付近の農家の人々は善良の人たちであった。その人たちも工兵学校の者だと知っているので、種々の方法で私たちを観察している。時には村祭に会う事もある。ご馳走して下さる家もある。我々は北海道から九州、朝鮮より派遣された人もいるので色々の話題になる。その方言の話も出てくるので、農家の年寄りたちは珍しげに我々の話を聞くのであった。

学校生活はこのようにして1か年授業の内容を最短の期間で過ごし、8月（大正12年）には浜松市の上流、天竜川に転地架橋演習に全員揃って出張する事になった。ご承知の通り天竜川は日本三大急流の一つで、流れは実に清く川底の石々は宝石の如く清らかである。この天竜川の上流には秋葉山がある。この川を航行する連絡船は全部飛行船（プロペラ船）であった。私は飛行船を初めて見た。速力は相当速く、特に浅瀬の航行には適している。清い流れ、緑の山々を縫って走る風景は絵のように美しい。

我々はこの急流の天竜川下で渡航漕力の実力をつけ、ここでの架橋にも成功し、3週間の予定日数も終わり帰還整理も終了したので、急に行軍を兼ねて富士登山を実行したくなり、藤井教官に願い出たところ、早速許可になり希望者全員で登山する事になった。

まず鍾乳洞を見物した。この洞窟は自然にできたものらしいが、私もこの洞窟に入ってみた。穴の中は真っ暗である。曲がり曲がった迷路を這いながら、時には体一杯の通路をも通った。幾人かは懐中電灯をもって進路を知らせる。胎内と称するところ、弘法大師を祭ったといわれる石地蔵があり、富士山山頂の直下だと教えられたところもあった。約30分ほどでやっと別の孔口に出る事ができた。さらにバスに乗って富士登山口馬返しまで送られた。ここからはいよいよ登山だ。急坂で乗馬は返されたので、馬返しと命名されている。

ここは登山者で一杯である。私たちは夜道を通して徒歩で登った。7合目、6合目（注：当時、地方によっては頂上を零合目と称した場合があった）に着くと、頂上の光が見えて皆驚く。頂上なんて近いではないか、明朝まではかからない。12時頃には着くぞと元気を出して登って行ったが、しかし現実には登っても登っても先がある。6合目で金剛杖を求めてこれを頼りに一歩一歩進む。5合目を通り天地の境を越えていよいよ天の世界に入る。杖を頼りにここまで登れば疲労はだんだんと増してくる。杖の力でやっと登る。あの元気な我々の姿も徐々に影をひそめてくる。弱者は遅れる。早い者は追い越す。

一般登山者は合目ごとに小屋や休憩所で休み体力を補給し、あるいは寝をとる。2日間の予定で登る人もいる。女子登山者も多い。富士山の浅間神社は安産の社ともいわれているようである。荷物を運ぶ専門家もいる。この人たちの力で売店の商品や、登山者の荷物を運んでくれる。雪解け水もだんだん値段が上がってくる。最初は水筒1杯の水が2銭であったが、4合目、3合目では12銭にもなっている。しかし登山には水は欠かせない。頂上に近付けば多くの水が必要になってくる。体はだんだん疲労してくる。各人各個に自由行動である。頂上まで行けない人は途中より帰る。

登山は急がずゆっくり登るのが常識であった。気力を消耗しては長続きしない。疲労が重ならないように根気よく注意しながら登る事が必要であった。私たちは計画も何もしない。ただ滅茶苦茶に登った。3合目、2合目は最高に難所である。本当に金剛杖にすがって1歩1歩登って行く。10メートル登っては休憩、5メートル登っては休む調子で登った。私は1合目の手前で仰向けになって自己診断してみれば脈拍は140に達している。余程心臓に自信のある人でなければ、なかなか苦労である。下界を眺めれば山中湖ははるか彼方の方に見える。あの雲もこの雲も下界にあり広がっている。綿のような入道雲が地平線から登ってくる。

そして午前6時、我々は頂上（零合目）を征服する事ができた。一同万歳を三唱する。まず浅間神社に合掌し、天に登ったような心境であった。あの心地良さは今も忘れる事ができない。周囲4キロの噴火口を眺める。彼方に親知らず、子知らずの難所がある。火口の底には今なお噴煙が見える。6時30分頃、待望の朝日が遠く下界の地平線より登ってくる。その光景の美しさや清らかさ、なんと日本一の光景である。この日の出を頂上で眺められた事は一生の幸運である。素敵な眺めである。万歳を叫びたくなる。

遠山を眺めながら朝食で約1時間の休憩。記念のはがきをポストに入れる。休憩後、下山した。今度は2合目より寶永山を廻り一気に下山する。この地点は花崗岩の細い砂石、マラソンのように飛び降りる。止まる所を知らない1歩の駈歩で3、4メートルは降りる。靴の裏は減る。物凄い有様である。一目散に駆け下り、4時頃には馬返しに着いた。夢のような登山は終わった。海軍の兵士などもたくさんいる。そして我々は無事松戸の学校に帰ったのである。

ところで大正12年、世界の情勢は第一次世界戦争終了とともに日本の軍備も国力も大いに世界に認められるようになり、日清戦争、日露戦争、第一次世界戦争終了などの大勝の賠償として、満州の権益、遼東半島の租借権を露国より引継ぎ益々国運の発展を見るに至ったのである。そして日本と中国はお互いに東洋を守り欧米の中国侵入を喰い止めなければならなくなった。

これが我が国の国是であり、使命であったが、欧州人は常に隙があれば中国を経済的に、または軍事力をもって侵害し、中国の発展を妨げてきたのである。

英国は香港、シンガポールに権益の足場を設け、独国は青島に足場を、露軍はウラジオストックに強大なる基地を造り、相変わらず東洋を威圧していたにも拘わらず、外交的には軍縮を唱え、米国と英国は日本の軍備を10に対し6の比率をもって軍縮せよと強硬に圧力をかけてきた。

最後には、もしこの比率に日本が反対する時は、軍拡競争でこの比率を維持するという強硬手段に訴えてきた。すべての物資の豊かな米英は経済力を背景に、日本に圧力をかけてきたのである。日本は物資が不足で絶対に軍拡競争には勝てない。国民は涙を呑んでこの比率を承認したのである。その結果、日本の8・8艦隊なる海軍の計画を放棄し、その他の軍艦も犠牲になったのである。

このため国民は反対にその責を海軍に向けた。一般の兵に対してまでも侮った傾向が見られるようになった。日本の外交官、あるいは原敬総理大臣が刺されたのもこの原因に一連の繋がりがあったのである。

私たちは転地架橋演習も終わり、それぞれ出身原隊に帰る事になった。お互いに記念の写真やお別れ会の催しなどを計画した。私も8月31日は日曜であったため、久し振りに訪ねてくれた従弟とともに東京に外出して見物やら、兄や祖父を訪問して当分のお別れを告げ、ご馳走になり、楽しい一日を過ごして松戸の母校に帰った。

関東大震災と我々の活動［大正12年9月］

大正12年9月1日、私たちは演習から帰り昼食を摂っていた。その日は秋晴れのさわやかな良い天気であった。ちょうど11時58分、突然兵舎が振動してきた。私たちは大いに驚いた。地震だ、誰ともなく声をあげた。机の上の茶碗も箸も転げそうになった。思わず食器を取り上げて屋外に出た。外には一杯の人たちである。5、6分も過ぎただろうか、またまた大きな振動を繰り返した。再び大きな振動で屋根の瓦も点々と落ちてくる。週番下士官が、室外に出入する時は、屋根瓦の落下に注意するようにと皆に伝達された。そして、午後は演習も休み、休憩になった。

私たちは大きな不安があったが、当時は現在のようにラジオやテレビは普及しておらず、ニュースも速やかには伝わらなかったため、詳細な情報は判らない。後刻、判明したのであったが、新聞社もラジオ局も被害を受けたので、機能を失っていたそうである。

夕方になって市街から帰ってきた人々の話で、松戸町のニュースでは商店の棚に飾られている瓶類が倒れて大損害を受けたとか、土塀が崩れたとか、屋根瓦が落ちたとかの災害が報ぜられて私たちは何だか恐ろしさを感じさせられたのである。夕食後、営門近くの高台で東京方面を眺めたところ、見渡す限り右より左に約20キロに亘って火炎の上るありさまを目撃したのである。夕暗にともなってそれがはっきりしてきた。また時々、爆発音らしき音と炎の上るのが見える。物凄い眺めであった。

大都市東京は全滅するのではないかと不安になった。さー大変だ、皆が叫ぶようになった。史上始まって以来の出来事ではないかと思われた。我々が眺めている間にも大爆発する音響と火の玉が上がる。恐ろしい事であった。無駄口を言う人もいなくなった。早く鎮火してくれれば良いがと願っても、火の海は益々広がっていく。世にも恐ろしい災難が発生したのである。現在の山手線の方向も深川本所方面にも火事が広がっていく。心配だ、昨日会ったばかりの兄や祖父はどうしている事だろうと心配である。

翌早朝、私たちの学校にも非常出動命令があり、一部生徒は直ちに東京に向かって出て行った。4里の道を急行軍で、まず丸の内方面に行ったらしい。在京軍隊も大半出動して消火作業や警戒についている。そしてまた第2次出動に応じるため、私たちは予め準備をしていた。一般の演習も何もあったものでない。火災はいよいよ烈しく東京の中心地の大半は焼け野原になったのである。火事の火元は何百か所あったか当時は不明であった。

昼食後、私たちも第2次出動隊として軽武装で東京に向かった。現在であれば自動車輸送だが、我々は徒歩で20キロ近く行軍した。途中、郊外目指して避難してくる一般の人たちに会う。女も男も気の抜けたような姿をして、顔も焼けただれている。着物も火の粉で穴が開きこげている。自然と涙が出てくる。若い女の人も、あり合わせの帽子をかぶって「兵隊さん、早く行って東京の人たちを助けて下さい、東京は全滅だ」と涙を流している。可哀そうな気持で一杯だ。田舎に親戚や親兄弟がいるのだろうかと案じながらすれ違いで走って行った。世にも悲惨な情況であった。東京に近くなるほど益々実感が湧く。所々に電柱が倒れている。我々は暑い日中を4時間も急行して千住町に着いた。

街の中は焼野原と化していた。道路は電柱が倒れ、電線が網のように大きく広がり、路上は通行する事ができない。あそこにも、ここにも遺体が横たわっている。皆焼死体である。中には婦人が幼児の上に被さってともに死んでいる姿もある。気の毒で見ている事もできない。多分母親は身を犠牲にして死ぬまで幼児をかばっていたのだろう。髪の毛を焼き尽くされた人もいる。この世の地獄とは、この事かと目の当たり見せつけられた。

関東大震災の現場【01】

私たちは目的地、小菅刑務所の警備についた。この刑務所は東京においても重犯罪の人たちを収容している有名なところである。そのためか10メートル以上も高い煉瓦塀も、地震で大半は崩壊し、倒れていた。所内よりは、外の様子が一目で判る。外壕を越えた道路上は悲惨な人がどんどん通る。それを眺めている囚人たちも皆涙で見ている。可哀そうにとつぶやきながら着ている着物姿も実にあわれである。この状態は私の筆舌では現わす事ができない。まったくこの世の地獄というのは、この事かと思われた。また夕方ともなれば異常な情報が次々と入ってくる。朝鮮人が暴動を起こして附近の農家を襲撃したとかの情報やら訴えやらで、私たちのところに援助を求めて村人が絶えない。私たちは、これらの人たちを安心させるため、近所で収容を兼ねて休憩してもらう。治安のための警察も少なく手が廻らない。頼るはただただ私たち兵隊だけのようだが、私たちにとっては刑務所の警備という大任がある。

しかし数日して治安の方も次第に落着きを取り戻し、市民も復興の意力を持つようになってきた。当時、東京の人口は400万人といわれた。この人々の大半は将来の希望に対してそれぞれの方針にくるいが生じた事であろう。そして私も考えた。東京は1年や2年では復興しないだろう。私も急ぐ必要はない。あるいは当分軍隊で生活する計画も現実となるかもしれない。

ここは様子を見るべきだと考え、2年、3年遅れても止むを得ないと決心した。そして私たちは10月中旬、それぞれ原隊に帰った。学校での卒業記念のアルバムも記念の写真も、皆震災のため未完成で焼けてしまった。はなはだ惜しい事をしたのである。そしてこの震災のため、交通機関はもちろんの事、通信機関も東京の政治も一時は停止状態にまで至ったのである。2、3分の間に家は倒れ焼け、そして何百、幾千の発火によってこの東京の数十万人の犠牲者を出した歴史は永久に忘れる事ができない。私は成長して初めての難関に突き当たったのであり、また種々の経験や体験もしたのである。

任工兵伍長、中堅幹部となる［大正12年10月］

私は大正12（1923）年10月31日（22歳）附発令をもって工兵伍長に任じ、判任官となり肩章も金線入りの星一つを付け、堂々たる下士官となった時は、実に嬉しさで一杯であった。今日まで2年間の努力が報われたと同時に、今後の責務の重大なる事を痛切に感じたのである。同時に軍隊での中堅幹部として内務班長となり、30名以上に対して日常最も近く彼らと接しての生活と訓育をする事になった。

母親の如く一兵一兵の身上、給与やら日常の出来事一切について直接世話し、あるいは解決してやる事が大切である。また健康状態には特に注意を払い、被服食事などに関しても一切の世話をするため、その間柄は親子以上の親密感を増し、一心同体の間柄にまで仕上げていかなければならない。そのため人事についてもその発言には責任、あるいは重みが期待されたのである。そこで、なお一層の努力と自らも高度な教養をつけなければならない。また教育については、毎日毎日直接手を取り足を取って事に当たる必要がある。それには自ら模範を示して訓化させる事が最も効果的な教育法で、常に模範者でなければならない。

私も大正13年から初めて入営兵の教育の担当に決まった。初年兵の入隊は12月1日である。それまでに教育者としての教育法の研修が実施されたのである。この教育は各班の教育を統一するほか、学術科についても一通り実施される。その他教練のための号令の練習と術科については要所要所を、殊に教育の重点となる部分に着眼して養成するのである。教育については新式の教育法を取り入れて実施されるのである。また入営兵を迎えるために諸処の準備、殊に衣類、兵器の手入れ、消毒に至るまで完全に行ない、入営兵に対して気配りをし、快く迎える準備をするのである。そして今後はそれを持続するように、殊に官給品の取扱いは一層大切にしなければならない習慣を養成させなければならない。

また品物は物恩奉謝の観念を充分身につける事が大切である。各班の上等兵は先頭に立ち、また古兵は新入営兵のため、親身になって出来得る限り完璧に諸準備をするのである。この風景はまったく軍隊でなくては経験できない事である。このようにして10月、11月の2か月間は準備に忙殺されたのである。

いよいよ本年の年末、12月1日に初年兵を迎えたのである。第2師団管轄（宮城、山形、福島）よりの入営者は本年度で最後となる。翌年からは第8師団管轄（青森、岩手、秋田）と北海道内出身者で充足されるとの事である。

1月10日（大正13年）、初年兵は元気な姿で入隊した。私の班にも24名が配賦された。皆元気発剌として洋服あり、和服の羽織袴の姿ありで、多くの入営兵は父兄の付添人とともに入った。付添人の中には母親や友人までいて、中にはこの機会に兵営内の見学を目的にする人もいる様子であった。新入営兵はやがて身体検査も終わり入浴後、軍服に着替える。付添人は軍服を着た我が子や兄弟の姿をみて喜んで帰っていった。次いで中隊全員講堂に集まり、入隊式を挙行して未だかつて経験した事もない軍人となったのである。皆元気で喜びの気持で一杯である。

私も初めて迎えた初年兵諸君に対してはまったく兄弟同様の愛情を感じたのである。この人たちを立派な青年軍人に仕立上げ、国家のため、また本人のためになるように養成しなければならないと考えたのである。この人たちとともに起居し、同じ食事を摂り一大家族となって今後1年10か月、共同の生活を続けるのである。すなわち父は中隊長、教官は先生、先輩は兄となり、私たち班長は母親の代わりを務めるのである。

昔、古参兵は新入兵に私的制裁を加えたり、あるいは暴行を加えたとの話もあるが、我が部隊はこのような事は皆無といわれるくらいであり、殊に教育程度の進んだ今日においては尚更であった。もし他人に傷害を与えた場合は軍法会議に告発され、陸軍刑法によって厳重に罰せられるのである。このため班長はよくこの規則を教育し、理解させる事が肝要であった。

初年兵の第1期教育を担当［大正13年1月］

まず服装の整え方より始まり、軍靴の履き方、巻脚絆の巻き方、手拭いの腰への掛け方から一通りの教育を始め、整列、室内の敬礼、挙手の敬礼と漸次始まる。そして速歩行進が行なわれる。速歩行進は膝を完全に伸ばし１００メートルを１１４歩の幅で歩行するように訓練するのである。これは横隊行進などの場合、全員の速度、距離、時間を同一にするために不可欠である。また脚力の鍛錬にて行進力の養成に効果的である。部隊の移動には強大な行進力の養成が特に重要である。

戦闘は専《もっぱ》ら行進力の強弱によって勝敗を決定されるのである。徒手の訓練が一通り達せられると、今度は執銃訓練に移り銃をもっての教練が始まる。当時の小銃は約4キロの重さがある。これを持って、または肩に担って捧げ銃の敬礼、担い銃、立て銃と幾度となく繰り返しながら訓練が続けられるのである。各班はお互いに競争意識を持つようになり、班長は自班の成績を上げようとする。被教育者も教育者も一生懸命となる。私はその点、他の班長よりもはなはだしかったようである。

ある日、中隊長は笑いながら遠藤班長は初年兵教育に猛烈過ぎて共々参ってしまうじゃないかと、私もそのように思われる点もあった。しかし自分の担任している初年兵は皆自分を信頼している事は自他ともに認めている。だが反省もしなければならない。

兵隊は命ぜられるまま身体の故障も構わず努めるので、衛生管理には特に注意し、早期受診を勧め、毎朝夕の点呼には必ず顔色を窺《うかが》い、問診を実施してよく観察するようにした。精神教育にも重点をおき、特に信賞必罰とお互いの和と協調に努めたのである。しかし、兵隊の中には避けられない甲と乙がある事は現実で、甲、乙いずれを教育するにも教育の原則として教育者としての原則は守らなければならないと思っていた。すなわち甲には普通の教育でも乙に対しては、なお一歩細部までも突っ込んで教えて初めて平均の効果が現われると思っていた。常にヒントを与え、また記憶を新たにするため万事に分解教育という方法を実行したのである。この方法は非常に効果的であった。全体的に理解力が増したのである。

家庭教育においても、衣類を洗濯して整理する時は必ず破れや、釦《ボタン》が取れていないかを自分で検査して、常に完全にしておくように注意する。演習中においても使用した器具、工具類は必ず元の場所に整頓し、刃物は必ず次の使用のために準備して完全にし、一定の場所に整頓して置くよう、基礎的教育から日常の生活と合わせ、精神教育として忘れる事のないようにした。このためには、時々検査して見届け注意を与える。衣類その他、諸品物に対しては物恩の精神を高めると同時に常に大切に取り扱うとともに、我々の生活や任務を遂行するには生き物を食したり、使用したりして人間の生命が保持されている事を理解させるようにした。

この関係などについての精神的な教育をしたのである。器具、機材もまた我々が任務遂行に最も重要である。これには常日頃より物を大切に取り扱い、そしてこの器具をいかに有効に使用できるかという事は、我々技術者の訓練と技能により目的達成が可能になるか、否かに関わる事を理解させ、教育したのである。

第1期中には1日20キロ、または30キロの行軍を実施して体力を養成するとともに精神力の旺盛に努めたのである。行軍は日本軍の最も大切な行事である。期末に近づけば野外教練もしばしば行なわれる。また他部隊、歩兵部隊とも連合して行なうのである。

これら第1期の教育は一般の日本青年としての実力、精神力の教育ともいわれる大切な教育である。日本青年の将来に亘っての生活や国力の増進に非常に役立ち、第2次世界大戦で敗れた日本もそのどん底より立ち上がり経済発展に努力したのは、この旺盛なる国民の努力と一致協力の賜《たまもの》であったと私は考えているのである。

初年兵教育も進み、3月下旬には第1期教育の成果と将来に対する参考資料とするため、検閲及び検査が3日間行なわれた。この検査は各科目でなされる。そしてこれは今後、一朝有事の際は直ちに出動できる立派な軍人となるのに重要なのである。教育者も第1期教育期間の成績を披露するので、かなり神経質になる。そして皆自分の班から良い成績を出し、1人でも多くの上等兵候補者の選出に有利になるよう努力したのである。これは自分たちで教育した初年兵が可愛いからでもある。私は初年兵の第1期教育終了と同時に教育班長を終了した。

特技教育を受講［大正13年4月］

今度は私自身が第2期の特技教育として各種技術の受講及び実技訓練を受ける事になった。まず有線通信法の教育を受けた。通信班の教育は将来通信隊員として部隊間や師団、軍の相互の連絡、殊に適時適切に命令や報告を伝えられるように行なうものである。通信班はその重要な任務を担当する職務であり、各部隊間の状況を確実に把握し、迅速に行動できるようにしなければならない。そのためこの教育は重要なものの一つである。

幹部は幹部としての技能と、特に戦況を判断して常に戦況に合わせて通信設備を活用する事が大切である。また下士官は中堅幹部としての技能を備えなければならない。下士官は部下兵とともに分隊が独立して、他部隊に配属あるいは協力して行動する事が多く、工兵としての技術作業を遂行するため、一般戦闘の推移について判断し、これに適応できる能力が必要である。このため中堅幹部としての戦術の研究、指導を受けるのである。

戦闘はこう進展するだろうと将来を見通して、事前によくこれに対応できるように諸準備が必要である。備える戦術、方針なり決定する要素としては敵情、敵の規模の大小、装備、指揮官の性格、友軍の状況、殊に我々工兵は装備資材、器具、その他食糧、天候、気象、季節、地形、地質、気力などすべての条件を研究して行動を律する事が重要である。これは皆その条件が千差万別で、いかなる方法、いつどこでなどを決定するかが肝心である。これは何も戦闘のみに適用されるものではない。

商法も工業も農業にもすべてこの原理を利用し、研究して最善の方法で、しかも迅速に確実に実施されれば失敗はないと思う。万一失敗の恐れある時は、これに対応する処置を二段三段と計画しておく事も絶対必要である。それには確実な情報を掌握しておく必要がある。この訓練はいかように実施されてもこれで良いという事はない。また高級戦術ともなれば尚更である。諸般の事情というものは数限りのないものである。

我々工兵は一般戦術のほか、技術、学科術科にも堪能である事が要求される。このため青年将校の優秀な人を選んで京都大学の聴講生になり四か年入学する人もいたのである。また戦術と技術の両方面を組み合わせて研究する事も大いに必要である。我々も最初は基本の戦術から始まり、簡単な戦術より逐次千差万別の方法に移る。この方法も最初は研究より始まり、次いで実兵を指揮して山地や河川に出張し、種々の地形をもって実施されるのである。これらの研究は先見し、予想する事になるので、我々の生活の何事にも通ずるものである。

近代戦争では重火器及び戦車、その他の兵器の出現によって平地といえども河川、断崖など通行不可能な箇所にはそれぞれ橋梁を架設し、断崖を切り取るなどの工事を実施して諸車両の通行を可能にする必要がある。その他建築、電気に関するもの、自動車及び内燃機関に関するもの、コンクリート作業に至るまで一通りの工事について会得するのである。情況は千差万別であり、いかなる場合においても完全に任務を遂行できるように教育訓練されるのである。訓練は絶えず行なわれる。

また白兵戦を予想して銃剣術、軍刀術も各個人ごとに行なわれる。剣道は隊内に多くの有段者もいる。体力作りと合わせて気力の養成に有効である。殊に幹部は教官となる技術、実力を養成しておくのである。陸軍は体操、剣道の教育者を養成するため、東京に陸軍戸山学校があり、各部隊より優秀な者を選抜して1年間教育し、各隊の教育の発揚に供しているのである。実弾射撃も非常に大切である。

剣道、射撃は師団を統一して、年に1回各部隊の選手で競技大会が実施される。当日は師団司令部の上級幹部も出席して盛大に行なわれる。私も剣道は割合に好きで少しずつ始める事にした。私は、元来体格は下位であったので、体力を養成する意味も充分あったのである。我が部隊にも戸山学校卒業者で会津出身の慶徳正平曹長や鳴海軍曹、他にも優秀な人たちがたくさんいて、その人たちから指導を受けた。私は身長が低いので剣士としてのタイプではなかったが、何か自分の身に人より優る技能を持ちたいと願っていた。朝、起床すると直ぐに防具を着け30分から1時間稽古をする。稽古を終わった時の気分は実に爽快で良いものであった。また日曜日には、相当の時間鍛えてもらう事ができた。冬季は寒中朝6時より道場に将校、下士官総出で零下25度の中、シャツ1枚で汗を流し、素足で板張りの床で飛んだりはねたり約1時間たっぷり実施されるのである。この練習を何年間か行なった。夏季には旭川市の警察道場にも通う腕前となった。警察道場には師範、教官が多く、時として東京より先生を迎えてお手合わせをお願いする事もあった。

秋季大演習〔大正13年10月〕

大正13年10月、第2期教育、各期末の検閲も無事にすみ、1年間の総教育の締め括りとして、師団では農作物の収穫の終わりの時期に歩兵、騎兵、砲兵、工兵、輜重《しちょう》（軍隊の糧食・被服・弾薬など輸送すべき軍需品の総称）兵各部隊連合の大演習が実施されるのが恒例になっている。北海道の広野は広く、十勝方面、札幌方面、上川方面、帯広方面、名寄方面と各地交代でその演習方面が決定される。この演習は地方ごとに地方民に対して多大の迷惑をかけ、また歓迎されるために交代で行なわれるのである。地方民の青年団、在郷軍人、上級学生などの参加を申し込まれる事も多く、ちょうど演習祭りのようでもある。

期間は約2週間に亘って実施される。演習の目的は各部隊各個に1年間訓練された技能を遺憾なく発揮し、戦闘の主体となる歩兵、砲兵は連合して行なえるか、特科隊は主力部隊がいかに有利有効に戦力を発揮できるかを演習するのである。いわば脇役的存在であるが、この脇役の存在が非常に大切である。一例を挙げれば、歩兵はどんどん戦場を進行しても道路がなくては自動車や砲兵は進撃できず、後方が絶たれ、食糧や弾薬の補給ができなくなり、進撃した部隊も袋の鼠同様になり危険である。このため工兵隊の実施する道路構築が限度となる。

大部隊が1日40キロも50キロも前進しようとしても、工兵がついてきてくれなければ前進はできない。こうして各隊の密接な協力が絶対必要である。また上級幹部は未知の地で戦闘指導する事は、実力の養成上非常に大切である。最初は歩兵部隊ごとに野外演習より始まって各歩兵部の対抗演習となり、続いて旅団対抗演習になる。この場合、工兵は小隊単位、または中隊単位で各部隊に配属され、工兵としての技能を発揮するのである。最後は仮設的演習と称して一部の部隊で1個師団を仮設する。これに対して師団長が直接指揮に当たるのである。各部隊は最後の勇気を奮って全知全能を傾ける。

その演習前日は民宿で休養する。そこで私は帯広市の木材工場の家にお世話になった事がある。この工場主は会津、柳津町の出身者で相当大規模に製材を行ない販売していた。会津出身者同志のためか非常に話が進んだ。その家庭には札幌の女子校を卒業した娘さんもいて、和やかで家族同様に気軽に話した。ここでは実家に久し振りで訪問したような感じで何のわだかまりもなく過ごした。そして会津の人は餅が好きだからと多忙の中にも餅のご馳走になり特別の歓迎を受けたのである。改めて別の機会にも訪問した。その時は某隊の聯隊本部に当てられていたが、再度訪れたので家中が非常に喜んで別室で特別の歓待を受けたのである。その私の北海道在任中で特別な思い出の家であった。その家庭には両三度訪れたのである。そのようにして秋季演習も最後となった。

第1日は午前6時、薄暗の中、指定の場所に集合し、いよいよ行動を開始する。○○地区に敵を求めて進撃する。1日中ほとんど行軍であった。夕方になって敵との遭遇近くなり、夕食を準備する時間も少なく行動する。中には疲れて歩行に耐えられない兵士も出てきた。そしてその夜は工兵としての特別の仕務を遂行する。休む暇もない。いよいよ払暁《ふつぎょう》（あけがた、あかつき）に攻撃を開始する事になった。夜中は歩行しながら眠り、やっと耐えた。木株を見れば家の門柱に見える。すすきを見れば人に見える。まったく眠気の強い時は夢中である。馬も時々居眠りしてつまずく。今日は少なくとも50キロ以上は進んだ事だろう。

いよいよ朝になった。地平線は霧で見えない。北海道の10月は相当の寒さを感ずる。そのうちに我が砲兵は高所に陣地を占領する。観測班の行動は活発になる。歩兵部隊はあの方面より、またこの方面よりと姿を現わす。工兵隊は砲兵の陣地進入を援助する。敵の障害物を排除し、戦況は熟した。一斉砲撃を始める。騎馬兵は彼方此方に飛び廻る。進撃喇叭が鳴る。各部隊は一斉に進撃突撃する。あちらにもこちらにも突撃の喚声が聞こえる。最後の総攻撃であった。

折しも彼方より演習中止の喇叭が鳴る。続いてあちらでもこちらでも喇叭が鳴る。着剣した兵士は直立する。嗚呼《ああ》！　演習は終了だ。1万人の将兵は広野に静まり返ったのである。

午前10時よりの閲兵式後、演習は終了し、各隊は最後の民宿に着いた。

これまでの疲労も苦にせず民宿で喜び楽しみあった。そして翌日、全員が兵舎に戻った。

2年兵の古参兵は1年10か月の勤務を終え近く除隊となる。互いに除隊記念のアルバムやら記念品土産品の準備に多忙を極めている。初年兵も各種勤務や当番の見習い予習が始まった。上等兵候補者はそれぞれ上等兵を目指して教育訓練に多忙である。そして10月31日、除隊式を迎えた夜は各班ごとにお別れのパーティーを各自室、または中隊の講堂に集まり、幹部以下上官であり班長であった人たちと名残りを惜しみつついつまでも語らう。いよいよ明早朝に営門を出て行く。学校の卒業式と同様である。中でも班長との別れは格別で感無量である。

経理、酒保委員、通信兵教育を担当〔大正13年11月〕

私も大正13年11月23日（23歳）、工兵軍曹に昇進し、今度は普通教育を離れて、事務系統の業務に就き、経理委員を命ぜられ、主として戦闘被服の管理をする事になった。戦用被服は有事の際の準備として倉庫に大切に貯蔵されている。平常着用する新品の被服を購入した時は、必ず倉庫に貯蔵してその分を逐次年次の古い物と貯蔵品を交換するのである。被服は部隊（新たに編成される部隊）ごとに大小及び員数を確実に保存してあり、決して誤りは許されない。このため年に1、2回の厳密な検査が施行される。私の部下上等兵1名とともにこれを管理するのである。そして、有事用の現品、軍服など戦時動員令を発せられた場合、全員に着用させる衣類を確実に倉庫に保管するのである。

衣類は軍服（夏、冬）、脚絆、帽子、靴、靴下に至るまで各号数、大小ごとに区分、梱包して配列してある。これらを害虫などによる破損を受けないように注意し、完全な状態に保存しておく。しかし時には、形式の変更や平時用の新品を購入した場合は、戦時用と取替え更新を要するのである。戦時用には日本人の体格良好になりつつあるので、大小の寸法変更をされる事もあり、その時は新しい比率に変更して衣類を購入する計画、実施をするのである。またこの経理委員と併せて通信兵教育を担任した。この任務も通信機材の保管とともに教育計画の立案を始め、毎週2回行なわれる教育日には必ず出席してこの教育を実施しなければならない。翌年の第2期になれば初年兵の教育（通信兵検閲）もする事になっているのである。

なお、本課教育の主課目中、射撃も相当の成績を挙げる事ができたので11月30日には第1回の基本射撃記章を受賞した。

工兵隊による旭川市新橋の架橋演習［大正14年9月］

大正14（1925）年9月中旬、北海道旭川市新町通りに幅4メートル、長さ260メートルの永久橋の架設工兵特別演習が実施された。この演習に参加した部隊は、私たち地元工兵隊の他に弘前工兵隊、仙台工兵隊、さらに小千谷、水戸の各工兵隊の一部も加わった。特別参加として陸軍工兵学校の将校学生も参加した。その構造は左岸3橋節は構桁（注：1橋脚30メートル）、その他の部分は普通の桁橋である。作業期間は1週間であった。最も注目すべきところは短期間でいかに部隊を統制し、しかも順序良く能率的に作業を進める事ができるか、幹部以下未だ実施された事のない、この種の演習を研究実施して経験し参考とすべ

旭川市の新橋工事中の状況【02】

き点が非常に多くあり、実績を積む点にあった。

私の担任した作業は最初に全般の測量である。まず橋軸線（注：橋の中心線）を定め、図面に従って両岸の橋台の位置を決定し、杭を打ち、水準を求めた。次にトラス及び橋脚の位置と冠材高を決定して各杭により、その位置を表示したのである。各作業部隊は、これに基づいて打杭用の櫓を準備、次いで打杭に入る。作業場は実に壮観を呈した。市民も関心をもって大勢の見学者がくる。新聞記者の出入りも賑やかであった。作業はあれよあれよという間に進んでいく。構桁の加工班は水中においての打杭と、それぞれの計画に従って作業は進展してゆく。

私たち測量班も作業の進展に従って、杭の高さ全般に張間の基準と橋の反りを測量して計画通り作業を進めてゆく。私は右岸の橋台構築を担当した。橋台は橋梁の基礎となるものであるため、最も堅固に正確に構築をしなければならない。材料はすべて旭川市で準備したものを使用した。材質は主として北海道で多産するトド松を、また橋脚は杉の木を使用した。杭の太さは末口20センチを標準とし1橋脚に7本打杭し

旭川市の新橋渡橋式と観衆【02】

た。また橋脚も7本で張間は5メートルである。打杭機は重量100キロのものを使用した。

橋梁の設計、その他一切の準備は我が中隊の下士官の手で作成し、青写真で仕上げられた。橋幅は有効4メートルで自動車の通行にも支障のない永久橋である。構桁の部は水中より全般に亘って丸太を使用し、全区域に足場を構築した。この作業のために工兵監部より視察があり、全国工兵隊の各隊は主なる将校を派遣して見学させるなど、各隊の注目を集めた作業であった。地方の工事請負人なども何か参考を得ようとして大勢毎日見学に見えたのである。そして皆驚きの目で見学していた。

我々工兵の技術はこの機会で一般に紹介された。そして作業は予定通り1週間で完成した[03]。今までは市内と師団、近文町との交通は旭橋のみであったが、今回この新橋が完成したので旭川市の交通は非常に良くなったため市民も大いに喜んだのである。旭川市長は大いに感謝し、渡橋式も軍民合同で盛大に行なわれた。

翌年、旭川市街地と第7師団、近文とを通ずる旭橋は築後

60年を経過し、老朽化していたので、旭川市では橋の架替えを実施する事になった。このため代替の仮木橋が必要となり、市の依頼で再び我が工兵隊が、この橋を架設する事になった。設計、施工一切を引き受けた我が部隊は、前年の新橋架設の経験を生かして短期間で完成できた。私もこの架設工事に参加した。

大正14年10月30日には経理委員を免ぜられ酒保委員を命ぜられた。酒保は兵隊の極めて重要な慰安所であり、また日用品や酒、菓子類を販売するところである。金銭及び経理関係は独自に計画運用されるのである。しかし帳簿一切は師団に提出して経理部の検査を受けるようになっている。

新聞や雑誌を購入して酒保に備え付け、また各中隊に1部配賦する事にした。そのほか各中隊の花壇用として花種を購入して分配や、映写機を購入して時々聯隊全員を集めて映写会を催す。また酒保内を清潔にするため、塗替え工事を行なうなど種々の計画を実施、その他簡単な娯楽用品としてピンポン台や庭球、野球用具を備え付け兵員の娯楽に供した。休日の外出を少なくし、金銭の無駄使いを制限するため色々の努力をしたのである。

閑院宮殿下ご臨席での秋季大演習［大正15年、秋］

大正15年秋、北海道で秋季大演習が施行された。これに参加した部隊は第7師団（旭川）、第8師団（弘前）と仙台の第2師団の3個師団合同で札幌市近在（現千歳市）で施行されたのである。この大演習に参加する事は光栄の至りであった。演習は天皇陛下自ら陸軍軍服を召され御統監されるが、今回は大正天皇の御名代として閑院宮載仁《かんいんみやことひと》親王殿下が御統監、秩父宮殿下、各皇族方大勢お揃いで出馬あらせられた。

時あたかも戦闘は直ちに猛《もう》（勢いがはげしいさま）にならんとして払暁、霧深い時刻に敵味方双方あらしの前の静けさを保っていた。東の空が赤くなり、太陽の一辺が地平線に顔を出し光芒《こうぼう》（尾を引くように見える光のすじ）一面に走る頃、私たちのはるか300メートル前方、丘の稜線上に白馬の殿下のお姿を拝した。

我々は「オー」と感歎の声を洩らすのを静め、つくづく眺めている。続いて各宮殿下のお揃い。兵員一同起立して、神ならぬ偉大さを感ずる。花火の合図とともに戦闘開始。打ち出す砲兵、空に戦闘機、爆撃機が次々と飛来する。小銃弾は雨あられの如く、敵も味方も最善を尽くして決戦に入る。

私たちの前方に幾重にも張り巡らされた鉄条網のため友軍の突入、意の如くならず、さてはと思う刹那、我が工兵隊は敵の鉄条網を破壊せんと破壊筒をもって突入する。兵は鉄条鋏で強行に破壊せんとする。また兵は敵の機関銃座を爆破せんとして爆薬を携えて突

閑院宮載仁親王殿下

入する。兵皆決死の勇を奮って我先にと突入、私もこれらの兵を順序よろしく適時適切に指示を与える。一瞬の間にこれだけの作業を実施、見事に目的達成すれば、遅しと待ち受けていた歩兵部隊はなだれの如く突入する。戦闘も酣《たけなわ》、今、まさに突入し彼我相見会《まみえ》んとする時、彼方より演習中止の喇叭、3万4、5千の戦闘部隊と観客は夢が覚めたように静まり、大演習を終了したのである。

今上陛下（大正天皇陛下）ご崩御［大正15年12月］

大正15年12月中旬、今上陛下は永らく病床にあられたが急に病状悪化した。全国民は国を挙げて病気回復を願ったが、その願いも空しく遂にご崩御遊ばされたのである。国民一同の悲しみは極に達したのである。直ちに昭和天皇がご即位され、年号を昭和と発布されたのである。

層雲峡に転地保養施設建造［昭和2年10月］

当時将兵には結核にかかる隊員がいて、師団の一般兵員のため層雲峡に旭川衛生病院の分院として転地保養所設備を造る事になった。そこで、これに通ずる道路約20キロや、永久橋の架設を担任することになった。我が中隊は中隊長以下、再度に亘り保養所の設備、テニスコートの設備などのため出張したのである。

この温泉地は石狩川の上流上川より約30キロ上流にある大函、小函の水源地より約3キロ

九十九滝

完成した層雲峡の転地保養所を背に

層雲峡の岩肌

下流にある温泉宿は3、4戸であったが、不便のため一般の人は余り利用しなかった。湯量は多く、支流の両岸には至るところに温泉が湧出していた。上流より温泉地に至る石狩川の両岸は高さ100メートル以上の扉のように垂直な岩壁があり、春の融雪期の5月末には至るところに季節滝が出現して、その雄大な眺めは素晴らしく、他の地方ではとても見られぬ絶景であった。さらに秋には楓の紅葉が彩り実にすばらしい眺めであった。近くの山は切り立っており、岸壁には熊の穴や豆腐岩と名づけられた展望の素晴らしいところがあり、絶頂の眺めもまた見事だった。石狩川の水源地大函、小函には世にも稀な、楓で作った屏風を揃え立てたような滝があり、内地では到底見る事はできない絶景であった。その他あちこちに種々の特徴ある名称のついた滝があった。

私たちが開発した保養所の入口には、九十九滝と命名された大滝があり、その付近には1メートル近いトド松が群生している。その奥地は人跡未踏といわれる旭岳である。何年か後に我が子孫がここを訪れたなら、私たちが開発した記念碑を見てうなずくであろう。こんにちでは一般に知られている北海道の層雲峡温泉は有名な大温泉峡になり、北海道を訪れる者

左上：記念碑(2009.6)　右上：赤十字社のメダル
左下：改築された赤十字社 マークの付いたコンクリート製保養所(2009.6)
(この施設も老朽化し、現在は使用されていない)
右下：源泉湧出部からみた保養所(源泉は層雲峡温泉街に供給されている)

は必ずここを見学し、大雪山の雄大なる眺めを楽しまれるまでになっているのである。これが私たちの行なった終世忘れる事のできない初めて本格的に開発した温泉峡であった。

《注：61ページの現地写真は、平成21年6月に現地を訪問した際の写真。映っているのはコンクリート造り赤十字社療養所。当時の木造を改築したものだが、それも老朽化し今は廃屋となっている。なお、功績により赤十字社から表彰された。経過を記した石碑は立派に残っており、敷地内の源泉井（白い木札部）からは現在も層雲峡温泉街の一部に給湯している（61ページ写真・改築された赤十字社・参照）》

天皇ご即位式参加（昭和3年11月）

昭和3年の秋には昭和天皇のご即位大観兵式があり、私も我が工兵隊を代表して東京代々木原練兵場で行なわれる祝賀大観兵式に参加の光栄に浴するため、旭川市を出発した。そして東京青山区に民宿したのである。

東京はどこも祝福の飾りや花電車で一杯である。私たちは区民の大歓迎を受け、当日はあの広い代々木練兵場一杯の人出であった。私たちは3時間前に練兵場に整列して挙式の練習やら、細かい注意やら説明を受ける。練兵場の貴賓席にもぼつぼつ着席している光景が見える。武官、文官、外国文武官も輝く正装姿で威儀を正し、きら星の如く輝く光景は実に立派であり、我が国の偉大な姿を示し、諸外国民高官の祝福を受けられる、その準備が着々と進んでいった。

白馬上の昭和天皇【04】

我々も全国より派遣された各代表者とともにまた在京近衛師団、第1師団、陸海軍の諸学校の学生生徒、その他各種の機械科部隊、特殊部隊はそれぞれ威容堂々、所定の1時間前に整列し、練兵場は約10万人の人で埋め尽くされたのである。定刻になり天皇陛下は勲一等の大勲位菊花章を佩用《はいよう》せられ、陸海軍元帥のご正装をもって白馬に召され、二重橋をお出ましになる約10キロ間の街道に並ぶ人波の中を威厳に満ちて、定刻には代々木練兵場にお着きになられた。君が代三唱の礼、101発の礼砲を受けられ、休む暇もなく直ちに閲兵式を開始されたのである。我々は一斉に「頭！　右」の礼でお迎えする。そして約30分後には我々部隊の直前を閲兵、私たちはお元気なご勇姿を目前に拝する事ができ、身に余る光栄に浴したのである。

私たちは隊長の号令で捧げ銃の敬礼を行ない、お迎えし、お送りする。やがて2時間の長きに

観兵式の様子【05】

亘ってようやく閲兵を終わり、各部隊は分列行進に入った。私たち代表部隊はそのままの態勢であった。

また近衛騎兵部隊は各人礼装をまとって馬上豊かに近衛旗をひるがえし、速歩行進する姿は絵に描いたような壮麗さである。兵隊の堂々たる行進、次いで重火砲部隊戦車、次に空には編隊飛行を実施、続いて野砲兵重砲、空軍自慢の錐揉み乗り高等飛行を演じ、延々4時間近くの大観兵式は実に見事で、現役の私たちも今更のように驚嘆してその素晴らしさにうっとりさせられ、大観兵式に参加の栄を充分味わったのである。すべての儀式終了とともに天皇陛下は再び君が代吹奏の中を静々と右の方に去られて行った。

私たちは、この光栄ある観兵式を無事にすませ再び青山の宿舎に帰った。その夜は青山区民の大歓待を受けた。さらに記念品として区民より記念の木盃を各人に与えられたのである。また陛下より恩賜の煙草を戴き光栄の至りであった。その他各部隊ごとに記念の木盃を製作、各人に分配されたが、我が家の家宝として永遠に保存することができる記念品であった。

新家庭をつくる［昭和5年1月］

昭和4年4月、私も工兵曹長に昇進し6月10日には永年勤続者として勤功章を授与され、これからの仕事は単独で責任ある中隊の給与業務を担当することになった。下士官以下の俸給、食料、衣服の保管についての業務である。私たちが初年兵として入隊した頃の給料は1か月3円60銭であった。10日ごとに1回1円20銭支給されるのである。兵隊の中にはこの中から50銭あるいは70銭の郵便貯金をする者がほとんどであった。毎給料日には室附班長がこれを集めて私のところに持ってくる。計算して郵便局に預ける。また払下しの場合も同じである。「軍人は質素を旨とすべし」をよく守った。

私も永年の辛抱の結果、ある程度の貯蓄ができ、そこで将来の家庭作りに向けて着々と準備していった。家庭を築けば種々の支障を来すこともあり、万一病気にでもなれば多額の出費を要することも考慮しておかねばならない。当時は現今のように国民健康保険制度もない時代であった。殊に軍人は国家に奉仕の義務もあってか薄給生活を強いられていたので、家庭生活に少しの不安もないようにするには、初めから最低限10年間分の生活設計を考えて置く必要があった。

昭和4（1929）年10月末になって予め話が進められていた地元慶徳村の佐藤平八様、長女ヒサ（当時20歳）と結婚する事になった。渡部熊吉夫妻の媒酌で実家において母兄弟、親戚の祝福を受けて結婚式を挙げ、そして翌年1月5日入籍したのである。新家庭の住所は旭川市三区三条通り十二番地の陸軍官舎内で、そこに新居を持った。家財道具も最低限度で夜具の如きも予備としては1組であった。それでも水入らずの2人だけの生活は比較的気楽であった。しかし不便不自由の点も多かったが、先輩の細君や年寄のお世話で何とか起居することができた。新妻に対し近所の細君も気軽に交際をしてくれ、種々の指導も受けた。家庭用品や生活必需品は財団法人偕行社に発注すれば、配達してくれる。現金主義を止め、すべて伝票で購入して支払いは毎月の月給より差し引き、分割購入や市内の特約店より伝票で購入する事も可能であった。ただ魚類などの生ものは行商人より購入するので生活は気楽にできたのである。

当時は2人で1か月、15、6円で生活が可能であった。それでも日曜日には映画や散歩に出る余裕があり、家具も多少ずつ揃える事ができた。自分の能力向上のための剣道も8月31日には1級に昇進していよいよ有段者に一歩近付いた気分になり、更に一層努力をする事にした。

昭和6年6月19日、旭川市四区三条で長男が誕生した。妻の母は妹キミ子を実家よりわざわざ遠く北海道の旭川市まで手伝いにこさせてくれた。本当にご苦労であり助かった。友人の細君や金木さんのご母堂のお世話も受けありがたかった。私は勤めがあり、殊に産婦の扱いはどう考えても無理な話であったが、キミ子や近所の婦人たちの心遣いで本当に助かった。

私も初めて父親となったが、父親としての教養は何一つ身についていない。子供をいかに育て、いかに教育するかは種々考える事もあり、速やかに勉強もしなければならない。やはり子供はまず健康である事、正直である事が一番大切だと考えた。そして素直な人間に育て上げたい。また最も大事な事は、長男は兄弟中の模範となる人間であること、次男以下は大いに長男の素振りを見て育つのであろうと思っていた。また私は絶対に臆病な人間にはしないよう心がけたのである。長男を素質良く育てる事ができれば、次男らは気楽に良い子供となり人間となるとの方針について、確固たる自信を持つようになった。そのほかに最も大切な事は愛情であると思ったのである。

私たち夫婦は家庭内で子供たちの前では「ばか」という言語は絶対に使わない、次に「恐ろしい」という事と「うそ」を言わない、この3つを家庭で徹底して守った。妻も協力してくれたので、この3つの言語は我が家には不必要なものであると今も思っている。

著者・遠藤千代造と妻ヒサ

外来者に対しても注意をしてもらう事にした。これが当面の精神上の養育法の基本であった。我々日本人は3つの大きな義務がある。子供の養育の義務、徴兵の義務、そして納税の義務。私は国民としてこの3つの義務を大切に果たす事を心がけたのである。生涯を通じての義務である。このほかにも法律規則を守る事も非常に大切である。そうして初めて一人前の人間として社会に尽くす事ができるのだと考えた。今後幾人かの子供が生まれて、その子供を育てる期間10年か20年かあるいは一生を通じての労苦と、第一子を育てる期間はこれに匹敵するものであり、何事も出発点が一番大切である。なお肝心な事は子供の教育について時と場所、機会を捉え、仕事の都合や多忙とか面倒とかの理由は成立しない。常に愛の下に一歩一歩着実に前進する、これが成功の基礎であると思う。子供に対しては絶対威圧的ではいけないと同時に押し付けでもいけない。親と子は自然的に結ばれているのであるからこれを大切にしなければならない。長男は誕生日を迎え、よちよち歩くようになり、日曜日にはロープを張ってやり、彼は伝い歩きができるようになったので、にこにこ笑うのを見て親も楽しい日々を送る事ができた。

第二章――満州事変

満州事変勃発［昭和6年9月］

昭和6年9月、突然、満州鉄道の柳条湖付近のレールが爆破されるという事件が発生した。当時伝えられたところによれば、我が日本が主権を持つ南満州鉄道の柳条湖という鉄道橋が張学良《ちょうがくりょう》一派に爆破されたのである。[06]

当時満州には張学良、馬《ば》占山《せんざん》、馮玉祥《ひょうぎょくしょう》その他の各派がそれぞれ地方を支配し権力闘争をしていたが、その中でも張学良（注：爆殺された張作霖の長男）一派は大きな勢力を有していた。しかし、中国全般から見れば蒋介石一派が最大の勢力を有していたのである。このような情勢の中にあって、我が満州警備隊は単独、これに対応したのである。もちろん在満同胞の警護と満州の主権を守るためであった。

中国側も林彪《りんぴょう》の率いる師団が日本軍と衝突、交戦状態になり、好むと好まざるに拘わらず満州事変にまで発展したのである。勢威なる林彪師団の攻撃は猛烈を極めた。我が警備隊は危険な状態に陥ったので、在朝鮮の日本軍本庄繁大将は独断で鴨緑江《おうりょっこう》を超え、満州に進入して日本の権益、満州鉄道の守備に当たったのである。

しかし、当時は本庄大将の処置は批難される事が多かった。またこの事件を円満に解決しようと計った者もあったが、効果はなかった。中国側も林彪師団が待機して全面的に要地の占領を企図しており、もしこれを許せば取返しのつかない結果になる状態であった。日本軍としても今更満州を放棄する事は絶対許されない。

国内事情は人口も増加の一途で資源もなく、住む土地も狭く、殊に東北や北海道は1年の半年は雪の中の生活である。このような日本は満州に多大の資金を投じて国民を移住させ、打開を計るのが当時の日本の活路であり、日本の方針でもあった。いま、この事変で日本人が満州より追い出される事は死活問題である。日本政府は満州ばかりではなく多大の経費をかけて諸外国に移住を進めている。しかし満州においては日本人を締め出す方針を定め、排日主義を採用して日に日に日本人に圧力を加えてくるのである。日本人には毎日の生活用品も不売同盟を起こす有様になっていた。

既に、奉天の市街地には4キロ平方の大規模な軍需工場を建設して仮想敵国、日本に対して武器製造が始められていた。何故日本人が諸外国人より排斥されるのか私の考えを書いてみよう。

日本人は頭脳も良好で極めて辛抱強く、いかなる仕事も遂行する非常に優れた能力の持ち主である。特に質素な国民性だが、その個性として小心者、神経質の者が多く、他国に移住

満州奉天地方【7】

してもその国の住民と互いに交わる精神が少なく、いくらかの貯蓄を得れば故郷に戻っていく習性がある。言い換えれば他国の資産を持ち帰る事になる。他国はその分、資産が少なくなってくる。それでは不合理である。移住すればその国の人となり土となる覚悟がなければならない。中国人のように移住すれば、子々孫々その国に帰化しなければならない。

従ってその国の国籍を得ても、日本人としての性格を失う必要はなく、宗教も生活習慣も替える必要はないのである。満州においても日本人はこのような態度を採り続けた事と思われる。日本政府の移民対策もこの点充分研究してみる必要がある。中国華僑は世界中に存在し、昔は相当排斥を強いられた歴史もあったようだが、土着の精神を守って現在のように発展し成功したのである。殊に東南アジアにある華僑墓地はすばらしいものがある。日本とは比較にならない。

総じて日本は日露戦争後、満州開発に20億の資金を投じ、日本人自ら開発団と称して満州に渡り、匪賊と闘いながら長年の歳月を費やして築いた満州である。

もし日本人が満州より引き揚げた場合は、日本の運命は今後どうなるか。露軍（ソ連）は、早速満州に進出して満州を占領し、引き続き中国全土を席捲して占領するだろう。そのために彼らは西ヨーロッパより東アジアに往復線路を敷設して軍隊の移動を迅速に、時に緊急の場合に鉄道輸送を西より東に運行するのみで、東より西には空車の回送を一時中止できるように準備されているのであった。

また中ソ国境の河川渡河には河底に軌条を敷設して重戦車の渡河を可能にする準備をもされているとの事であった。この想定は昔、旅順や大連を占領した経験のあるソ連なので思い出さずにはいられない。この満州を守っているのは必ずしも日本のためばかりでなく、中国のためでもあったのである。

当時、中国では各地方に群雄が割拠して虎視眈々と勢力争いに終始していた。ちょうど日本の戦国時代の様相であり、秦の始皇帝もあの万里の長城を築く能力があっても、国内を統一する事は不可能に終わっていたのである。この事実を見ても判るように、中国の余りに広大なる地域を領しているため、偉大なる指導者がなく、交通網や文化でも今日のような戦争は到底不可能であった。

ソ連では年中寒気帯の土地より暖かい、しかも実りの多い中国に進出する夢を持つことは想像に難くない。また満州の張作霖の長男、張学良はソ連に留学して共産主義に徹した親ソ連派であり、これらを裏書きするように満ソ関係は日に日に険悪になりつつあったのである。

満州派遣軍混成第14旅団編成さる［昭和7年9月］

当時満州は日一日と戦火が拡大されていった。そのために我が第7師団も昭和7（1932）年9月11日、旭川において満州派遣軍混成第14旅団が編成されたのである。その中に八木茂大尉を隊長として同通信隊が編成され、有線小隊桑原中尉、無線小隊三浦少尉を小隊長に、私は中隊の指揮機関として総務を司り、その他衛生機関、経理会計機関をもって編成されたのである。

私が戦地に派遣と決定したのでそれぞれの実家に電報連絡をした。妻の父ははるばる私の好物日本酒を5升も背負って御祝いかたがた安否伺いに旭川市まできてくれたが、私は父とゆっくり呑んで御祝を受ける暇もなく、家族の引上げなど一切は同僚にお願いして出発日を迎えた。旭川駅では官民多数に見送られながら軍用列車で深川―札幌市を経て留萌港に到着した。一泊の後、留萌港より輸送船に乗船した。波止場は官民多数の見送りの人で山をなし岸壁一杯であった。

しかし私は既に旭川駅で家族と別れ、長男は小さな手を振って見送ってくれていた。その他にも軍隊家族の大多数が見送ってくれた。留萌桟橋は出征兵士のため、その肉親や知人のテープで海面も見えない。船はドラの音を合図に汽笛一声桟橋より離れる。テープはだんだんと長くなり果ては消える。小蒸気船や港内に停泊している幾百隻は一斉に汽笛を鳴らして送って、祝福してくれる。武運長久を祈ってくれる。誰もが死を決して我が生命線満州を守るぞ、の覚悟で一杯である。銃後の国民を裏切る行為は絶対にしない、と元気一杯で誓う。伝馬船もやがて見送りを中止して帰っていく。

我が輸送船も油を流したような海原を水平線に向かった。日本内地を左舷に眺めながら航海は続く。船の中では中国語を研究している兵士もいる。船は3日後に朝鮮の釜山港に入港した。続いて上陸、列車の人となる。釜山より一直線に朝鮮半島を縦断する。各駅では日本人、朝鮮人を問わずそれぞれ歓送迎してくれる。ある駅では朝鮮人老母に握手をしたら、その老母は涙を流していたが、言語が不通でも心情は通ずる。朝鮮半島の岩石の山が次から次へと消えて行く。

遂に有名な鴨緑江に到着した。この橋の彼方は外国である。考えている中に汽車はゴトゴト鉄橋を渡る。私はこの鉄橋は定めし立派な鉄道橋を想像していたが、内地にあるような普通の鉄橋であった。しかし長さは相当のものである。私たちは車中で国境を越え南満州に入った。汽車はなおも走り続け奉天を目指して走る。しかし気分としては別に敵地に入ったような感じもしない。その後6時間以上走って9月20日、奉天（注：現在の瀋陽）駅に到着し、直ちに下車した。

奉天で人馬とも悪路と闘う［昭和7年9月］

奉天は寒かった、11月の天候である。私たちは冬服であったが外套を必要としたのである。駅ではホーム内にテロの爆破装置があるとか、破裂したとか聞かされ、ちょっと緊張したが何事か不明であった。やはり戦地だなーと思った。

　奉天の駅より市街を見れば3、4本の幹線道路は扇のように真っ直ぐに広がっている。広いロータリーもある立派な町である。ここは日本人街である。飛行場は右の方にあるとの話であった。我々は昭和通りの、ある建物に宿泊して次の行動に対して種々の準備をする。電話器具、無線機材などの整備調整をして次の行動の準備をする。いつでも行動に移れる態勢を採った。第1回の行動は東辺道における討伐戦であり、初めて戦闘行動に移った。

　討伐行は我々の予想していた戦闘行動とは大いに違っていた。我々は毎日毎日行軍ばかりである。先頭部隊が時に小敵と遭遇すれば敵は直ちに避難して四散する。日本軍が引き揚げればまた出てくる。しかし宣撫《せんぶ》（占領地で人心を安定させる宣伝活動）工作の意義は大きかった。

　一度日本軍が出撃すれば彼らの施設、精神的な打撃に相当の効果を挙げる。また敵は、根拠地を失う事になり、その敵の計画を充分挫折させる事ができる。東辺道においては軍隊を鉄道輸送する事がたびたびあったが、第2日目の鉄道輸送にはある地点において鉄道橋約30メートルが敵に破壊されたので輸送はストップした。我が通信隊は早速、野戦工兵に代わり架設に着手したのである。しかし鉄道橋ともなれば簡単にはできないが、幸いにも河川には流木はほとんどなく、また砂利で河底は堅固であった。

　直ぐに河底より鉄道の枕木を積み重ね桟ドルにて橋脚2か所を構築する計画を立案し、近くの駅より枕木を運搬して河底より組立作業を開始した。この間にあって歩兵部隊は敵の襲撃を考慮して警戒配備に着く。

私たちは枕木を重ねながら要所要所を鎹《かすがい》で固定した。何しろ貨車を通行させるには相当の堅固な橋脚を架設しなければならない。そして上面も両端と合わせて平坦にしなければならない。約6時間の後には概略完成したので試運転のため、橋梁上に機関車を通過させ、引続いて無事全員を輸送できたのである。機関車の燃料も石炭不足で薪を使用する事も何度かあって、蒸気不足の時は場所を選ばず停車して蒸気を補充する始末。計画通りの輸送は到底至難であったが、幸いにして敵の襲撃には遭遇しなかった。しかし、警戒態勢は依然として厳重にしなければならない。

私たちは時々輸送に対する業務までも担任しなければならなかった。通信隊の器具機材は全部馬匹《ばひつ》(軍隊用の馬)によって運搬されたのである。このため駄馬あり、輓馬《ばんば》も相当数になっていたのである。11月下旬ともなれば時に雨天の日が多くなってきたので、道路は非常な悪路となり、馬の腹をも没する悪路に悩まされ、人馬とも苦労に苦労を重ねた。だんだん戦地の苦労が身にしみるようになってきた。

1日の行動の末、夕には宿泊する。普通民家に仮宿泊するが、住民や家主に許可を得なければならない。しかしお互いに言語が不自由のため、手まね足まねでちんぷんかんぷんの話をする。彼らは理解すれば室を空けてくれるので、これが承知したと思い藁を集めて寝る準備や夕食の準備もしなければならない。

本来の任務を遂行して通信網を張る。また無線部隊も早速開設して現地部隊間、司令部との通信所を開設して命令及び報告事項を発信する。もちろん宿営地の各部隊は自ら警戒姿勢を整える。指揮官幹部ともなれば12時以前は休養を採る事ができない。我々随員も同じである。

またこの辺りの気候は日本の青森県と同様に思われた。この附近の住民の生活状態は日本とは比較にならない。ほんとうに下層階級の人間が最低の生活を営んでいるのに過ぎない。娯楽設備も機関もない。交通も不便だ。砂利舗装された道路もない。

しかし鶏や猪らの家畜は割合に多い。農産物もかなり多く、特に大豆や小豆、野菜も耕作されている。衣類は非常に粗末で着替えを持っている者も少ない感じだが、日本の茶箱大の入れ物は普通持っているのが目についた。

家屋は日干乾燥煉瓦を使用した建築物が多く、屋根には高粱の壁土を塗ってある。燃料は雑木を利用しているが、非常に大切にしている。普通は高粱の枯木で、あるいは野原の雑草を集め藁と合わせて縄ったものを焼く家庭もあった。森林としては見るべきものはなく、雑木林が多い。植林はしないのであろう。政府というものが弱体では、永年計画の植林などを実施するのは絶対不可能である。殊に林を利用して、いつ、どこからか出てくる敵の攻撃を受ける危険性が多いため、造林は不可能だろう。公共の生産を進める事ができない状態では、その地区の発展は絶対望まれないのだと私は思った。この地の住民は一生不幸な生活を続けているのだと思ったのである。

1日も早くこれらの人民を解放してやらなければと、つくづく考えたのである。家屋内は土間であり、各部室内には窓がないので、非常に暗く、なお不潔な感じがする。そのためか老人には眼病が非常に多いのでそれが判断できた。中年以上の女子は多少とも目を患っているのが普通である。また老婦人は足を纏足《てんそく》（中国で、女性の足を大きくしないため、子供の時から親指を除く足指を裏側に曲げて布で固く縛り、発育を抑えた風習）にしている人が多いのに驚かされた。若年婦人は大同年間（注：満州国の元号、昭和7年3月1日以降）になって蒋介石総統が禁止したので、この習慣はその後、跡を断ったとの事である。しかし満州は日本よりも宗教が盛んであった。各家庭には大なり小なりの仏壇があり信仰心が強いと感じられた。1日の食事は朝食午前10時、昼食午後3時、夕食は夜の10時頃に粥食するのが普通であった。

中国人はお茶が大好物であると聞いていたが、その番茶は日本製であると聞かされた。家具は満州人としては貴重な家財であり、寝台、机、椅子などは立派なものを使い、中国独特の彫刻を施したものを塗装して使用していた。また中流の家庭では大人も子供も毛筆を備えており、素晴らしく立派な字を書く。特に太い毛筆を使用して細かい字をよく書くのが私たちの目を引いた。ちょうど私たちのペンの代用のように書いているのである。

官立とか公立とかの学校は珍しく、普通は寺小屋、あるいは塾のようなところに通って勉強していたが、大半は父兄より直接指導を受けている。中には無学者も相当いるのではないかと思われた。文字を会得している人は我々との会話に筆談ができるので非常に便利であった。文字の読み方は異なっていても、その文字の持つ意味は同じであり相通ずるのである。

兵隊たちも住民と仲良しになり筆談で時間を費やしている。この風景を眺めていると私は満州人という観念を忘れ、同じ日本人同志であるような気分になってくる。

敵国人という感じは少しもない。同人種は懐かしいものであると思った。我々はこの通化市を占領して約1週間、ここに滞在していたが、敵の動きもないので、この地を後に再び奉天に引き揚げ、奉天大学の校舎を利用して宿泊する事になった。

奉天大学は当時閉鎖されており、貴重な建築や図書館と思われる校舎は全部厳重に施錠されていた。この大学の校舎は実に大規模であり、棟数も20箇以上あって近代的な立派な校舎であった。私たちはここに宿泊して次期行動の準備をしていたのである。話ではこの大学でも未だに利用されていない校舎も多数あった。校舎内の暖房設備も完備されていないので、我々は寒気を凌ぎながら約1か月ここに滞在していたのである。

奉天軍需工場視察［昭和7年12月］

奉天市近隣での2回の討伐戦終了後に、再び奉天市に宿泊した。私はある日、満州事変の発端ともいわれる奉天市工廠、すなわち軍需工場を視察に出掛けてみた。その工場は奉天市日本人街より電車で約20分のところにあった。工場の入口には一般人の門衛が監視していたので、早速工場視察を申し込み、日本人技手の一人が私たちに案内と説明に当たってくれたので大いに助かった。この工場は約1キロ四方の大敷地を有しており、兵器工場のほかに被服工場もあるとの事であった。

私たちはまず兵器工場を見学した。ここには未だ工場の完全運転には至っていなかったが、旋盤、機械など設置していないものが、約300台ずらりと並んでいた。私たちは機械が全部昼夜連続で運転されれば相当多量の兵器と弾薬が完成され、我が日本には非常に脅威を感じる事は目に見え、危険なものであると想像しないわけにはいかなかった。

隣の倉庫には砲弾が見事にずらりと並べられているではないか。この設備や砲弾は何の目的に使用されるだろうと思い、冷や汗が流れる思いであった。その他飛行機工場あり、戦車の工場ありで、規模の大きさに驚かされたのである。約3時間、この工場を視察したが、実にその一角を見学したに過ぎなかった。ここを細部まで見学するには2日も3日も費やすだろうと思った。私たちは時間が経過したので案内者に篤くお礼を述べて工場を退去した。

今日は非常に参考になる工場を見学できて喜び合ったが、この工場が完全運転できれば1日の生産量は大砲16門と、それに要する砲弾ができると聞かされて、私たちはただ唖然とするだけであった。再び電車に乗り、さらに奉天市街を見物した。

まず奉天公園に行く。ここには日本人用の小さな神社があった。日本の稲荷神社を大きくしたような社で、周囲には6、7メートルくらいの立樹が植えられていた。私は奉天神社にしては少し小規模な感じがしたが、神社を祭ってあるだけでも何だかうれしくなった。公園のテニスコートには表面に水をまいて氷結させ、子供がスケートで遊んでいる姿が見られた。

さらに忠霊塔や満鉄の本社、市街地を見学した。市街地は近代的であり道路も非常に良い。日本人街は綺麗である。これで奉天見学は終わったのである。

第3次作戦で満ソ国境へ［昭和8年1月］

第3次作戦は広域に亘るため、鉄道輸送が再度行なわれたが、日本人や満人の機関手が不足のため、時々私たちが自力で運転する事があった。私は列車の運転をした経験はなく、順調な運転は不可能である。常にがたごとがたごとと音を出して車輪とレールが折り合わない。速度も出ない。カーブでは列車が横転するかと思い心配で生きた心地がしない。今までは列車の運転は軌道上を自然に走っているような感じと思っていたが、今自分で運転してみて難しい事を初めて知ったのである。

そのうちにボイラーの圧力が下がって機関車が動かなくなり、冷や汗をかく事もあった。時には鉄道隊とも野戦工兵隊ともなって活動する。そして脱線せずに2倍の時間を費やしてやっと目的地に到着した。有蓋車の馬匹もおとなしく、また無蓋車の兵員も不思議な列車だと思っていたであろうが、誰一人不平を唱える者もいなかった。がたごとしながら、満州鉄道の要地、四平街に到着したのである。

我々は四平街で予期もしなかった日本人家屋に久し振りで民宿したのである。私は下士官と兵隊と6人で貿易商を営んでいるといわれる相良礼三様という人の家に御厄介になった。私たちは渡満後初めて同胞の家に厄介になり、内地に帰ってきたような気持になり嬉しかった。ちょうど主人は留守であったが、奥さまと子供さんと満人の料理人兼小使がいて非常な歓待をしてくれたのである。夕食の御馳走は2つの日本間一杯に並べられ、日本酒の他にビールあり、各種の洋酒あり、和料理にすき焼きの一の膳から二の膳付きの生れて初めての豪華な御馳走であった。

我々は十二分に御馳走になったが、御馳走の減りは目に見えなかった。また帰営に先立ち、奥さまは何かお土産を上げたいので遠慮なく希望を述べてくれと言う。記念品やお土産を戴いても荷物になるばかりだからと、幾度も辞退を申し上げたが、「何かないか」と重ねて申されたので、私たちもそれではと記念の写真を写しおのおの実家に送っていただくように申し上げたら、お易い事だと引き受けていただいた。その写真は今も我が家の記念品として保存してある。

四平街を出発し、我々は馬仙山部隊を求めて満ソ国境を目指して前進、満州里に向かった。世界に名高い興安嶺に差し掛かったこの時、我々は突然待機を命ぜられた。想像した通り敵は興安嶺を利用して強硬に抵抗していたのである。我が軍の果敢なる攻撃に対しても敵はよく頑張ったのであるが、遂に陣地を捨て退却を開始したのである。

我が軍は橋頭堡《きょうとうほ》（橋のたもとに構築する陣地）を確保せんとして貨車で急進撃を開始した。時あたかも敵は最後の勝負とばかり頂上より満載の貨車をもって突放車を放ってきたのである。興安嶺は世界でも有名な鉄道である。傾斜が余りにも急なため、中段に返り勾配があって加速スピードを減ずるようにうず巻状になっているのである。敵はこの急勾配を利用し、貨車3輌に砂利を満載して頂上より放車し、我が輸送車と自然に衝突をさせ損害を与えようとしたのである。

貿易商を営む相良礼三宅で歓待を受ける(右から2番目が著者)

これをいち早く発見した我が鉄道隊は急いで、この突放車の転覆を行なう事にした。突放車は猛烈なスピードで降ってくる。我が勇敢なる鉄道兵はこの突然の災難を避けようとして数名で身の危険をも顧みず脱線器をレールに取り付け、しかも2か所に亘り取り付けた。列車は目前に迫る。決死の兵は沈着に取り付け、突放車が30メートル付近に接近した時点で完成。刹那、列車は実に見事に転覆して線路外に放出されたのである。

この勇敢な鉄道兵は殊勲の行動であり、他の模範とされたのである。もしこの突放車が我が輸送車に衝突すれば、友軍車は恐らく将校以下何百人もの死者や負傷者が発生して我が作戦に大なる支障、大損害をもたらし、忠良なる将兵が犠牲となるところであった。

さらに作戦の大きな方針変更を来すところであったが、これを逸速く発見した我が鉄道隊員の決死の努力で、機を逸せず突放車を転覆させて我が輸送車を危険より救ったのである。

友軍は無事進行を続ける事ができたので、敵をして興安領の要所を占領して体制を立て直し、防衛配置の時間を与えなかったのである。もしこの突放車の損害を受けた場合は、これを攻撃するには非常な困難に陥り、損害を受ける事になったであろう。我が軍は幸いにして敵の計画を挫折させて友軍の進撃は予定通り進み、我々は満州を占領することができたのである。

満州里は北満州でも最も寒気が烈しく朝は零下40度以下になり、地下は2メートルの深さにまで氷結していたのである。それで各家屋の暖房は民族によって違っているが、中国人はオンドル式、ソ連人はペーチカ式で大きな薪を使用している。ソ連家屋は出入り口の扉は二重になっているので、中の扉と外戸の中間に1メートルくらいの空間をおき、外気が直接内部に進入しないようにできている。例えば訪問客がある時は、まず30センチくらいの小窓を開いて簡単な用事の場合、早々に引き上げるのである。決して長話はしない習慣である。

飲用水は行商人によって運ばれる。20リットル単位で買って使用しているのである。河水や井戸は全部氷結している。ただし掘井戸や水道は使用する事ができたのである。我々が室外で用便する時は寒気のため、必要時間と耐え得る時間が一致するのである。外出する場合には零下40度以下に下がれば防寒具で厳重にする。顔も目だけ出し、靴も手袋も特別製の物を使用するのである。自動車や諸機械類もオイルが凍り付き急の使用には耐えられないのである。従って戦闘も思うようにはできないので、お互いに休戦状態であった。このような状況下で日本軍はチチハルも占領して北満州の大部分を平定したのである。満州里は北満州の中でも気温の最も低い地方である。

私たちも正月は零下40度の満州里で新年を迎える事になった。この地方の公衆浴場はロシア系は蒸気風呂である。蒸気風呂はボイラーの上に相当大きな玉石を置き、その玉石を熱したところで水を掛けて生じる蒸気の暖気を取り入れ入浴気分を味わうのである。入浴者は階段上に腰を掛けて手拭で体を擦り拭いたりしている。しかし中には湯を使用して体を洗っている人もいる。

私も参考に2、3回入浴してみたが、日本人には適しない感じであった。中国系の入浴は日本式と同様であったが、共同浴場には個人の風呂場もあった。個人浴場には寝台もあって一日中入浴し、湯茶を呑んだりする事ができる。小使がいて出前をとる事も可能である。扉には施錠もできる。通常は2人1組で入浴する。

湯船は外人用の個人風呂で、湯は幾回も替える事ができるのである。料金は、共同風呂は1人10銭、個人風呂は1人30銭であった。サービスとしてあか流しもやってくれるが、日本式とはちょっと違っていた。また理髪店、アンマなども風呂屋にあり、時間に余裕のある人は幾回も入浴したり、上がって茶を呑んだりして保養をしているので大変進歩した入浴場だと思った。我々は約1か月間も駐留していたので、露天同様の馬小屋の馬は寒気のため、自然に毛並も長くなり自然に保温されてきている。

私たちを一番困らせたのは便所である。大便も小便も直ちに凍って柱のようになり、これを除去しなければ便所は使用できないので、住民に捨てさせなければならない。通常便所は2メートルの高さに造って、所々場所を替えなければならない、

私たちが満州里に駐留中、2、3回降雪があって約5センチの雪が降ったが、決して消えなかった。砂と混ざって春まで消えないらしい。この寒さでは何もする事ができない。毎日外出したり、浴場に行ったりが仕事のようであった。

外出する時は、熊の縫い包みのような服装で、皮膚の出ている部分は目だけの完全防寒である。朝10時頃出て入浴場で3時間くらい遊び、そして初めて隣の飯店に入り中国料理を取った。テーブルに着けばまず茶水と、ひまわりの種が運ばれ、それから料理を注文した。ひまわりの実はなかなか食べられない。皮を口の中で割る事ができないのである。そして開き豆や種々出てくる。注文した魚料理が出てこない。注文が違ったと思っていた仲間の一人と高粱酒を口にした。多分40度以上はあるようで、全然呑む事はできない。盃《さかずき》をなめる程度であった。2時間ほど費やして2杯は口にしたが、充分良い気分になった。それで支払った金額は1円20銭、実に安い。日本の5分の1くらいである。そして宿舎に帰って寝に就く。また別の日には入浴の帰りに阿片宿へも行ってみた。ある老人は阿片で顔が飴のようであり、かなりの中毒患者になっていた。

兵隊の中には毎日ロシア語を勉強している者もいる。1日約20語覚えるなら5日間で100である。単語を100も知っていると何とか話はできるので彼は一生懸命だ。そしてある日、露人家庭を訪問した。家族や娘さんもいて親切に歓待してくれる。そして仲良しになる。

時にはウオッカやジン（注：何れも強力酒）を御馳走になってくる者もいる。彼はある日、いつもの通り御馳走になって夕方帰路、橋梁上で倒れて凍死寸前になったとか。ちょうどその時、露人の通行人に助けられ送られてきたのである。彼は命拾いをしたのである。その後、彼は二度と露酒は口にしないというので皆驚いた。また露人からも注意されたという事である。この辺の住民は寒気のため、強力酒を用いるのである。

白系の16歳の少年は毎日のように我が宿舎に遊びにくる。彼は日本の政治家の名前をよく知っていた。一見親日家であった。彼は演説口調で1時間も汗を流しながら話をする青年であった。現在、彼はいかなる運命を歩いているだろう。ある日、歩兵隊と希望者数名で北満の討伐作戦の研究で、国境方面に出掛けた事があった。出会ったものは動物だけ。それも非常に足が早く撃つ事は難しかったらしい。が、やっと2、3頭の氈鹿《かもしか》を射止めたが、宿舎に着いた頃は凍っていたのである。

正月用に内地より送られてきたマグロは冷凍魚であったが、満州里では真っ白に凍っている。兵隊はこのマグロを丁刀で皮ごとはさとった。刺身は実にうまく食した。魚肉は適当に削って出す。その味の良さは、それは大変なものであった。北満でのみ味わえる御馳走であった。

私たちの最も楽しみであったのは、銃後の有志より送られてくる慰問袋や学校生徒よりの慰問文である。その分配は面白い。後向きで勝手に1個ずつ取る事にする。大きな袋を取ってみれば、ちり紙と雑誌だったり、また運の良い者は種々日用品が入っている。殊に若い娘さんよりの手紙でも入っていれば小躍りして喜ぶ。そして返事を出す。その返事がくる。遂にペンフレンドになる。兵隊は勇気を出して喜ぶ。

私もある日、妻より1通の手紙を受け取る。内容はまた赤ちゃんが生まれる知らせであった。私は陰で1人喜んだ。そして今度、女子の時はこの名前に命名するようにと返事を出した。中には1日に3通を出した新妻よりの手紙を受け取って喜んでいる人もいる。故郷の便りは一番うれしいものであった。満州里での1か月以上の駐留生活の正月も終わりを告げたので、ここを引き上げ、再び奉天に戻って次期行動の準備をしながら待機する事になった。

熱河作戦始まる〔昭和8年3月〕

いよいよ熱河作戦が開始され、我々通信隊は例によって部隊間の通信連絡に当たる。この熱河省《ねっかしょう》（現在の河北省、遼寧省及び内モンゴル自治区の交差地域に相当）には日本人の移民者が非常に少なかった事に気が付いた。中国でも甚だ交通の未開発の省であったが、日本製品の輸入されているのには驚いた。殊に仁丹など医薬品や日常使用する台所用品に到るまで皆日本製が用いられ、また一般住民は日本製品を貴重品として用いている。我々通信隊は無線機充電のため、家庭発電機を帯行していた。

ある夜、発電し宿舎に電灯を照らしたところ、老いも若きも近所の大人子供たちが大勢集まってきた。そして大人たちはいかにも不思議な光を初めて見る。そして電球に向かい風を掛けて消そうとするが電球の光が消えないので、皆不思議に思っている。そしてこれは魔物だ、魔物だという。話は急に一般に知られ、見物者がどんどん集まってくる。熱河省では電気は見る事ができなかった。我々の電灯は開闢《かいびゃく》（世界のはじまりの時）以来の出来事であった。

自動車を見て驚いている人も随分いる。僻地であるのにはびっくりした。作戦行動は大なるものもないので、単に宣撫工作で出動したようなもので、熱河入城は昭和8年3月であった。[08]

熱河地方は黄挨《こうあい》（黄色い土ぼこり）と称する土煙が入道雲のように空高く舞い上がるのである。路面には約30センチもの挨がある。馬の駈歩で生ずる土煙は遠くより眺める事ができる。我々も体中、軍服も装具も皆黄色となる。日本では味わう事のできない光景であった。

特務曹長となり内地帰還［昭和9年2月］

私は昭和8（1933）年4月1日附をもって工兵特務曹長に任ぜられた。通信隊には特務曹長に定員がないので、自然内地に帰還しなければならない。それで私の交代者として旭川工兵隊より柴口曹長が派遣されてきたのである。

私の在満期間は短期であったが、在満中は先に東辺道地区で見た感想や北満での感想は、さすが中国は地域の広い大国であるという事である。しかし文化や地域開発、一般の住民生活は日本に比して甚だ相違がある。土地は広いが荒野の連続で、たとえ水田や畑があってもその農作物の収穫は非常に低いと思われる。だが、大連地方の収穫を見れば、いかに広範囲の農業経営であるかが判るような気がする。この農地を日本式に経営する事ができれば、その収穫は実に数倍に達するだろうと思われる。私は一日も早く日華関係が平常を取り戻して、日中関係が強力に努力して開発すれば、両国にとって絶大なる幸福がもたらされる事ができるだろうと思った。しかし中国には種々の問題がある。宗教問題や国内問題があり、国が大国のため、言語にしても北京や奉天を中心とする標準語と、北満の地方語、南方語などがあり、また暖地あり、寒冷地ありで生活程度もその地方、地方で異なっているのである。急な統一は難しいと思われる。

私の瑞昌《ずいしょう》での帰還の連絡待ち状態も解決したので、朝鮮経由で門司港に約9か月振りに帰国した。

門司より東京間は瀬戸内海の展望、あぁー、日本は良い国、美しい国だなあと思った。荒野同様の満州とは比較にならない。車窓よりの眺め、右も左も菜の花の真っ盛り、所どころの山吹の花香りが車窓より入ってくる。畑一面真っ青の麦畑、今年も豊作かなあと望め、眺めていても飽きがこない。都市でも農村でも綺麗で清潔だ、まったく日本は良い国だなあーと思った。汽車に乗る人、降りる人、皆感じが良い。この感想は中国に行ってきた人でなければ、実感がでないだろう。私は今初めて、真の日本を見直す事ができたのである。

その後、横浜で1泊、東京に1泊して親戚を1、2箇所廻り、便りを寄せあったのである。そして5月26日、旭川駅に着いた。私は有志大勢の大歓迎を受け復帰したのである。私の帰還以前に妻は実家で長女を安産していた。母子とも健在、との事で二重の喜びであった。そ

勲章を胸に正装姿の千代造。右は同じ正装姿の編者の長男(1980.6)

のため妻子の迎えがなかったのはちょっぴり淋しい気もしたが、同僚や上役の家族も皆出迎えてくれたのである。私は早速、部隊長や上官にそれぞれ帰還の報告を終わり、派遣業務は完了したのである。また中隊や部隊の有志にも留守中のお世話に対してお礼廻りをしたのである。

昭和9年3月、函館市に大火災が発生して多数の民家が焼失し、相当数の死者を出した[09]。函館市は函館山に至る細長い平地部分が市街の中心地をなしており、南北より吹く強風でいつも大火となる市街であった。このたびの火災で市は全滅と思われた。そして軍隊の出動になり、我が工兵隊も混成中隊を編成して火事場の整理、橋梁の架設に尽くしたのである。また歩兵部隊も出動して警備その他の任務に着いた、このような災害があった。

委員業務に就く［昭和9年6月］

私の業務は糧秣《りょうまつ》委員、乗馬委員、並びに通信教官と3種類を命ぜられた。この業務はいずれも将校が担任する業務である。糧秣委員は部隊の兵員に対する食糧の一切に関する業務である。給与計画の1年間を通して部隊長の教育計画にそい、兵員の体位向上と健康の増進に努め、患者の発生を給養方面より見たて防止に最善の方法を取り、かつ各中隊長の教育計画なども顧慮して立案するのである。

すなわち初年兵入隊当初より第1期は初年兵の教育訓練の烈しさと、体位向上、患者の防止のため、1か年間を通じて最も給養の大切な期間である。殊にカロリー分の大量摂取、その他蛋白質も十分補給しなければならない。

部隊長の教育計画においては秋季演習や部隊訓練に、中隊長の行なう夜間訓練、出張演習などにはそれぞれ夜食を与えるなどを重点として、まず経費の使用計画を定めるのである。この重点給養のための節約方法としては、休日、祝日など兵員の外出人員の多い昼食、夕食には普通食物に無駄を生ずるので、このような日には減量し、また野菜、漬物などは冬季間物価高になるので秋に仕入れして貯蔵し、あるいは漬物は秋の収穫期に材料を購入して自家製漬物を貯え、冬季間といえども高額の品物を購入しない。また特に季節物を努めて給するため、種々の献立や調理法を研究して兵員の食欲に合致させる。

計画的に2か月に1回、季節変更時などには調理に対する意見や嗜好の調査を全員に対して実施して、理想的な計画を立案するのである。残飯、残菜の如きも商人に売却して得た金額をも正当の使用に加えるのである。軍隊のこの種の金銭経理は部隊の1人に対して白米白麦は現物で支給され、副食費は1人に対し幾らの計算で定額支給される規則である。このため委員は定額料定額金の運用を部隊長に代わって行なう事ができ、委員の努力次第で充分効果を発揮する事ができるのである。私はこの計画達成のため、部隊の1年間の総人員の概要を計算して細部の計画を立案し認可をうけたのである。

乗馬委員としても飼養計画は兵員の部とほぼ同様で馬匹《ばひつ》（軍用の馬）の訓練計画、新入馬の保育教調計画、これに当たる兵の教育計画を立案し、馬匹飼育、訓練、衛生などに関するほかに、乗馬訓練も一通り教育し、兵馬ともに充分な教育訓練をしなければならないのである。しかし新馬などの訓練には乗馬隊上がりの専門者に一任するのである。

通信班教育は、教育計画や通信機械の保存、手入れ、使用に対する一切の業務を行なうもので、助手の下士官とともに第2期以降に教育を実施するのである。通信兵は記憶力の旺盛な一般兵以上の能力者をもって充てられ、可能ならば経験者が最も適任者である。

軍隊には時々、部隊長の検査検閲が行なわれるので、私はこの3種のため、非常に多忙を極めるのであった。糧秣委員は炊事場、調理場を主体として諸帳簿のほかに、炊事場の清潔状態、在庫品と帳簿などの対象購入品の清新なるや否や、当番兵の清潔管理などについて検査される。また、乗馬委員は、厩舎《きゅうしゃ》を主体として飼料の保管、馬匹の衛生、取扱兵の馬匹についての学識、乗馬運動なども検査をされるのである。

通信教官としては、器材の保存、監理、通信手の技能の程度について、時には演習を実施して良否を検閲されるのである。師団の経理部長による、随時検閲あるいは国の実施する会計検査院の検査には非常に神経を使うのである。万一にも不正などが発見され、過失でもその任に当たる者の処罰を逃れる事のできない場合も発生する。成績良好なる場合は名誉とされるのであるが、軍人は自分の担任業務を忠実に実施する事が最も大切なのである。私は精一杯の努力を重ねたのである。

業務はそれぞれ助手として下士官1名、上等兵1名ずつを当てられ、細部の業務は専門家が担任するのである。委員としては計画の策定、運用実施、その他部下助手の指導に当たり、大局的に見て全責任を負うだけに、相当の神経を費やして常に自ら範を垂れなければならない。軍事方面の研究教育については、常に修養と向上を図らなければならない。そのため絶えず幹部教育が将校、下士官に実施されるのである。

子供たちの成長［昭和8年5月］

長男は順調に発育、長女も昭和8年5月6日に誕生、親子4人水入らずの生活が続いた。長男や長女のため、毎月少額の郵便貯金を実施した。生後より必ず毎月これを続行したのである。これは今後の子供のためにも実施する事にした。そして子供が生長すれば実の見本のため、すなわち生きた教育にしたのである。長男が3歳と3か月頃にはだんだんと知能も発達していった。時には難しい質問で私を困らせる事もしばしばあった。しかしそれは私たちにとって嬉しい事でもある。

著者夫妻と妹、３人の子供たち

ある日2人で入浴中、彼は盛んに指で空間に字を書いたりした。いつの間にこのような動作を覚えたのかと不思議であった。また質問もする。「お父さん、夜は何故暗くなるの、水は何故流れるの」とか次々に質問するので、さすがに私も閉口したが、私は「それは父さんも判らないから、早く良い子で大きくなって学校に行って先生に聞くんだよ。先生は良く知っているから」とこのような事でも親切に納得のいくように説明して教えたりして本人が理解するようにしたのである。

叱る事はしない。良い事をしたら必ずほめてやる。そして子供ながらも一人前の人間として取り扱い、常に愛情を忘れず率直な子供に育てようと心掛け、自らも反省すべき事は反省するの方針で養育を続けた。子供たちもよく懐《なつ》き親子のきずなは絶えなかった。

昭和10年3月14日次男誕生、男子2人女子1

人の父親となった。長女も順調に成長して時々次男の世話をするようになった。次男の発育も順調であったが、2歳の時、胃腸を害したので旭川市御例祭の前夜祭であったが、早速旭川市県立病院に急ぎ入院した。院長先生も心配したが、誠意をもって手当をして下さった。妻も私も、神にも拝む気持ちであり深刻であったが、幸いにして先生方の努力で約3週間の入院で元気を恢復、退院する事ができ、私たちもほっとした。その後の食事は厳格で医師の指示通りに実施したが、実に気の毒であった。

その後順調に恢復し、元気を取り戻したので私たちも非常に喜んだ。次男は生来、非常に几帳面な性格を持っていた。食事に座るところも各人定まっているので、私の不在中に誰か座ると、「そこはお父さんの場所だから駄目だ」と言って承知しなかった。私はこの考えを良い事として、彼の良い性格を伸ばすように妻ともども協力した。ある日、私が夕方勤務先より帰宅して真っ直ぐに室内に入ったので、彼はお帰りなさいを言わない、今一度外に出ろと言う。そして「お帰りなさい」と言う。彼も上機嫌であったが、私も嬉しかった。

寒冷地調査のため樺太へ［昭和10年1月］

私たちの所在地、旭川市は冬季は零下25度以下に気温が下がり、北海道の中でも寒気の厳しいところである。しかし樺太はさらに寒く、樺太には常置部隊の配置がないため（注：当時南樺太は日本の領土）、冬季間の種々の状態を研究する事は有意義である。そして我が工兵部隊が幹部教育と合わせて、寒冷地における作戦、氷状についての各種の記録を得る事は、北方作戦の特異性から特に大事であった。そこで我が部隊の幹部が、この任務に当たり出張する事になった。

私たちは稚内港より乗船して樺太の大連《ママ》港に向かう予定であったが、天候不順で、また船長の都合上、港湾長が代理船長となり樺太の大泊港に向かった。この宗谷海峡は我々のまだ知らない事柄が多かった。

大泊港と稚内港は向かい合っているが、湾内には一方どちらかの港一杯に氷山があって冬季間は船の運航は停止するとの事であった。すなわち北風が吹けば大泊港の氷が一夜にして稚内港を閉鎖してしまう。また南風の時は、大泊港が閉鎖されてしまうのである。このように宗谷海峡の氷塊は北に走り南に移動する。私たちの出張の際にもこの様子が目撃されたのである。私たちは途中、氷山に会い、また氷上にアザラシを目の前に見る事ができた。

いよいよ大泊港にかかれば港内は薄い氷で、平均20~30センチくらいであろう。私たちの乗船は砕氷船であった。日中は天気も良好だったが、午後3時過ぎには刻々と寒気が増してきた。砕氷船は船底に水を積み、その水を前底、後底に移動しながら船先を氷上に上げ重量を利用して、結氷を破壊して進むのである。もし薄氷の時は氷上に直接、船頭で割り、または衝突によって割り船の前進後退を繰り返して進む。これで速力は3分の1に降下する。最も難関の時は2マイル（1マイルは1.6キロ）で1時間を要する、歩行速度と同様であった。我々はオットセイが水中で魚を取る状態などを眺め、呑気な船旅を続けていた。いつしか西の空が明るく明日は天気かなあと思っていると、海鳥が氷の上に立っている。

寒くなり足が凍って飛べなくなる。翌日10時頃、やっと氷は融けて飛んでいく呑気な海鳥もいる。原住民は朝早く氷上で鳥を捜して歩き、幾らかの獲物が獲れるという樺太の風景である。

運送船は逐次進み、幸いにも大泊港に入港する事ができた。その翌日は港一面に氷が張っていた。厚さ20、30センチである。漁師は氷に穴を開け、光に集まってくる魚を釣ったり、スコップで掻き上げたりしている。上がった魚は2、3度ばたばたと動いている中に凍って白く硬くなってしまう。

私たちの船は、港内が結氷したため運航不可能となった。大泊港でも冬季は運航不可能になる。ここを運航する砕氷船は並みの船長では務まらない。専門の船長が司るのである。船長の話では連絡船はいつ出港できるか見通しが不可能との事であった。一般の乗客も相当いるが、3日間も停泊していたので、船長は映画会を実施してサービスに努めたりした。

ある日、大泊にある製紙工場を見学した。工場内を木材の切断から粉砕、そして流し台乾燥機、梱包まで全部動力機械を利用しての作業に、私は初めて見学してびっくりした。製紙工場は昼夜通して運転されていた。正月も日曜もなく、年中無休である。機械は全部保温されているので、休業すれば始業時、この機械が温まるまでの燃料経費が多大になるので、保温だけは必ず行なう。肥料工場などもこれに似ているのである。

北方の氷は内地の氷と異なっている。海の氷は風に押し付けられるたびに積み重ねられ、厚さを増すのである。7、8メートルの厚さが普通であり、氷山と称されるのは数十メートルに及んでいる。その氷の状態は目視したり、船長の説明で充分理解する事ができたのである。

私たちは4日目にようやく大泊港を出港する事ができた。そして稚内港に向かったが、海中は真っ黒であった。時には大氷山の流れを見届けた。氷上はさほど大きくも見えなかったが、水中には9倍の氷が沈んでいる。運送船は氷山を避けて航行する。万一氷山に衝突すれば船体は破壊される危険があるとの事であった。だんだん稚内港に近づくと、港内は一面氷である。厚さは8～10メートルもあるという。砕氷船といえども破壊する事は不可能である。

船長は小樽港に回漕するという。私たちは、それでは氷の研究が不可能になると船長と交渉して沖合より下船する事にしたが、船長は身体の安全を保障する責任はもてないという。我が部隊長は演習だからというので船長もこれを認めてくれたので、我々は2キロほどの沖合に本船より縄梯子で氷上に下船した。お陰で一見して氷の細部の状態を観察する事ができたのである。氷の状態は建築用石材を不揃いに積み上げたようになっている。氷の角は切り立っている。普通の靴では足の裏が痛み、歩行は困難になる。

氷と氷の間隙には、所々に大小の落し穴があり、表面は薄氷が張られているので、穴に落下すれば生命はない。海水は沸騰した湯と同様である。火傷の代わりに海水では凍傷するのである。船長の話では、海水に入る時は菜種油のような油を体に塗れば効果は非常に大きいとの事であった。

氷上は凹凸が多くてスキーは全然不可能である。それで氷上を歩行する時には、衣類はなるべく多く着用する。また2、3メートル長の竿を用いて穴に落ちた時の用心をする。靴は底の堅いものが適当であり、全員が必ず命綱を使用する必要がある。穴に落下する時は、他人の知らないうちに入り込む事もあるので非常に警戒を要するのである。危険なところは棒を用いて点検しながら歩行する事である。我々はこうして約2キロを歩行して氷上の研究を終わった。研究項目、その他細部について参考となる事が多々あった。

射撃、剣道大会［昭和10年10月］

昭和9年4月29日、満州事変の従軍褒章並びに勲7等青色桐葉章を授与され[10]、位官勲等者に列席の光栄に浴したのである。また10月17日には待望の剣道初段の認定を受け、いよいよ有段者の地位を獲得する事ができ、初心の念願を達成したのである。その後も益々心身を鍛練しようと思い、毎年の寒稽古などに精を出して、次の年には2段に昇段して名実ともに剣士の列に入る事ができた。この頃は、幹部に対しても指導的立場に立つようになったのである。

さらに、昭和10年10月に勅諭《ちょくゆ》（明治憲法下で、天皇が直接下した告諭、勅語に比べて訓示的なもの、軍人勅諭）下賜50周年記念行事の一つとして、師団の各部隊選手と地方有志の剣道及び射撃の合同競技会が催された。私は射撃会場の役員を務めたが、剣道の選手でもあった。しかし当日は業務多忙で剣道の試合は棄権したが、その代りとして射撃の選手に充てられた。射撃大会は歩兵部隊4個聯隊の組、私たち特科部隊騎兵隊、砲兵隊、工兵隊、輜重隊

満州事変出征記念、大満州国建国功労章授与さる

の4個部隊で競った。その他外部団体の3組である。個人優勝者には旭川市長賞としてカップを授与される。私も選手として部隊の名誉のために頑張らなければと最大の努力をする。

射撃も終盤に近付いてきた。応援者や見物者は多数で私を取り巻いた。現在の成績は砲兵隊の選手が45点で最高である。この点数より1点でも上位を獲得しなければならない。任務は重大である。しかし私は気負いはしない。充分やって及ばない時は止むを得ない。しかし努力だけは十二分にしなければならないの一念で、一発一発丹念に続けた。

最初の1発が銃口を離れ、弾は見事に命中して好成績を上げ10点を獲得した。よし行けるぞと希望が持てたのである。2発目、3発目もまあまあ、4発目も9点で最後の5発目、この一発に勝負は掛かっている。失敗は許されない、2、3度深呼吸して充分目標に照準をつける。1、2度照準をつけて見る。一致する、思わず引き金を引く。弾は飛び命中だ。再び最高10点の白旗が左右に振られた瞬間に私の優勝が決まった。応援者も教育の主任将校もニコニコである。そして旭川市長奥田千春の優勝カップを授与されたのである。

剣道審査会記念に（最前列右端が著者）

家に帰ってからが大変である。友達は誰も彼も「おめでとう」と祝いにきてくれた。我が祝宴会でそのカップで酒を呑むのは初めての人ばかり、酒は大繁盛である。このカップは現在も我が家に保存されている。

10月28日には再び剣道の審査があり、その結果、剣道3段に昇進した。3段ともなれば真の剣士である。自分は身体的には劣っており、3段に達するには相当の苦心があったが、毎年稽古に励み通した賜物であると、この指導していただいた先生に対して感謝したのである。

2・26事件勃発〔昭和11年2月〕

昭和11年2月26日、私たちは聯隊長以下、将校及び帯刀者准士官、下士官全員は毎日午前6時起床し、6時30分より兵営内の剣術道場で剣道寒稽古を実施していた。零下20度の室内での猛稽古、面、胴、小手と竹刀の音。剣士の気合激しく誰かれの容赦なく打ち合う。約1時間の猛訓練の末、全員大汗を流して整理体操の後、終わる。この寒稽古は1か月間、毎年続けられる。下士官や青年将校は自己の体力増進、技術の向上をめざして大いに頑張るのである。
その日も稽古を終わり、中隊事務室において雑談中突然、ただいまラジオで重要ニュースが発表されたという。その内容は東京で陸軍軍隊の一部と士官候補生の一部が反乱を起こし、政府の要人斎藤実内大臣、高橋是清大蔵大臣、陸軍の渡辺錠太郎大将教育総監や岡田啓介首相らの自宅を襲撃して問答無用で射殺し、暴動が発生した。今後どのように展開するのか一切不明、との事であった。[11]
我々は一瞬、耳を疑った。何かの誤報ではないかとも思った。あるいは流言ではないかとも思った。聯隊長も司令部より何の連絡もないので、至急、聯隊副官を司令部に派遣し確認したのである。聯隊長は多少とも事件の事情を知る青年将校に「ラジオ」を通して今後の推移を見守り、細かな情報入手に当たらせたのである。
当時は今日のようにテレビやラジオは発達しておらず、ただ新聞社の発行する号外に頼っていたので、多少は国民より早く耳に入れる程度であった。情報将校によると、その後の進展性はなかったようだが、彼らは幾多の軍上層部よりの降伏勧告にも応ぜず、依然として立て籠り続けているとの事であった。私たち一同は驚き、何たる事件だ、日本国内で一部の軍人軍隊の「クーデター」とは。この太平と思われる世の中においてである。軍律整然たる軍隊でこの種の「クーデター」が発生したとは。誰も急には真相を判断する事はできなかった。しかし現実には真に発生したのであるが、この奥に潜む彼らや同調者たちは日本軍国主義者に出会ったことが誰にも想像しうる事であった。また彼らは数年も以前より政治、思想を研究していたので、今さら誰の意見も入れなかった人物たちであったが、事前に発覚しなかったのは不思議と思わざるを得ない。

しかしながら、当時の世界情勢が反映していたとみられる。当時、ソ連は満州国国境に世界でも有名な堅固な要塞を構築して50個師団の兵力を配置し、機会があらばと虎視眈々と、満州への侵略を意図し夢みていたが、中国はそれに対抗する力はなく、日本は日露戦争で得たる権益と満州を守るために満州国境に兵力を配置して「ソ連軍」と対峙し、日本軍隊、なかんずく北方師団は「ソ連」を仮想敵国として日常の演習を実施していたのである。殊に工兵隊は「ソ連軍」の「トーチカ」攻撃には常に攻撃の方法、手段を研究していたのである。トーチカとは個々の要塞である。

当時、世界の主要国国際会議で海軍の保有勢力を5・5・3の割合に軍縮せよと日本に迫り、この制限を日本が受け入れなければ軍縮を止め、軍拡競争に切り替えると強要する始末であった。いかに温厚な日本国民でも、これは日本に対する侮辱だと、当時日本国民は激しい怒りを感じたのである。また、当時日本は8・8艦隊という海軍力を持とうと計画を進めていたのであるが、この軍縮会議の結果、中止させられたのである。

この軍縮会議の比率について米国は自国の東側(大西洋)と西側の太平洋岸の防衛を必要とするので海軍は二分されるという名分を付し、しかし日本側は米国の西側には仮想敵国はないではないかという。また、英国は植民地が多いので、この率は正当だという。しかし、植民地にもそれぞれ勢力を有している。

日本は四面を海に囲まれており、海岸線は非常に長い。日本の防衛力の大半が海軍力に頼らねばならない。また資源の皆無な日本は外国より資源を求めるので、輸送船の防衛には相当な海軍力を持って、これを安全に護衛しなければならないと主張したが認められず、この5・5・3の比率は強引に通された。その時、交渉に当たった全権大使は気の毒であった。陸軍においても師団の縮小を余儀なくされたので、世論も陸軍の軟弱を嘲笑し、悪口をいうものも出てきた時代で、軍隊の面子は地に落ち、大正8、9年にいたりこのような風潮は益々盛んになってきていたのである。

《注：陸軍は高度の国防国家建設のため、軍と国家の近代化実現の使命感を持った。合法的な漸進を図る正統派と非合法な急進、皇道派とが軍内部で抗争。昭和11年1400名の将兵が武装決起。合言葉は尊王と討奸（重臣・統制派軍閥・財閥・官僚の討伐）で貧困、腐敗、堕落の消滅を信じていた。討伐軍となった陸軍が制圧、29日に終息。襲撃された重臣の3人が海軍大将。東京湾に入った40隻の艦隊は反乱軍に砲を向け、一時陸軍との衝突も懸念された[11]》

現役を退職、嘱託で旭川偕行社に〔昭和12年5月〕

私は大正10年12月1日、工兵第7大隊に入隊以来、17年間に亘る長年月を現役兵として服務したが、後進者に昇進の道を開く意味をもって、上役の任務続行の勧めを辞退して現役を去る決心をしたのである。昭和12年5月27日（35歳）、現役を退官、予備役陸軍少尉となり、今後は在郷軍人として奉仕する事になったのである。部隊長以下の人たちと送別会を催していただき、また師団司令部の獣医部、経理部よりも多大な賞賛を受けたのである。

翌日の発令で財団法人偕行社に籍を置く事にした。この法人は、軍隊とその家族400世帯のために、部隊に対しては酒保、食料品の提供、給食に用いるパン類の製造販売、また官舎家族には生活用品一切を販売するパン工場や肉類工場、精米工場並びに軍隊内で使用する木製家具などの製造も実施していたのである。

私の勤務は本部であった。すなわち販売品の倉庫係であった。私も初めて商人の仲間入りをしたのである。若手の販売人は午前中に各担任区域の官舎住宅を廻り、その日の注文に応じて、午後は配達伝票に所要の記入をして現品とともに配達するのである。その代金は全額毎月分の給料より差し引かれる事になっている。多額の品に対しては分割払いをする事もできる。また偕行社では市内の呉服店からの買物に対してもチケット購入もできたのである。

昭和12年9月頃より日本と中国との関係が急激に悪化し、互いに対立が重なり不穏な状態が発生した。そして遂に日支事変が勃発したのである。不幸にも双方戦火を交える結果となった。そして我が社の製麺《めんぽう》麹工場長本田氏が召集を受けたのである。私には、これは只事でない、予備役将校が召集されるのは相当長期戦の構えではないか、軍も重大なる決意で対処しているのではないかと思われたのである。

小規模の場合は現役の部隊が出動するのが普通である。しかし今度の事態は相当の覚悟で行なわれるに違いない。長期に亘る場合には最初から兵員の節約を図らねばならないので、

当時の旭川偕行社（下は現在の偕行社）

軍としてはまず年齢の高い者より召集すれば、若い兵隊は永く持ち続けられる。将校でも60歳以上になれば戦闘は不可能で召集する事はできなくなる。私は本田氏の後任としてパン工場長を命ぜられたのである。

本田氏は引継ぎも簡単にして早々召集に応じたのである。私は無論パン工場の経営は一切経験がなく、ただ出勤して監督している状態であったが、事務的には助手の書記が1人いるので運営の方は心配なく、製パンの方には班長がいて総て責任をもってやってくれた。工員は20名近くであった。毎日事務室でお茶を呑み、工場内をうろうろ、その後、工場内も判り、書記より仕事の事を聞き出してパン工場とはこのようなところかと呑気な構えで日を送ったのである。だが、製品材料となる小麦粉、砂糖の相場を知る必要があるので、熱心に新聞の相場を研究する事にしたのである。何しろ小麦粉は一貨車ぐらい購入するので、値段の高低には充分注意しなければならない。年間売上高は約15万円くらいある。

歩兵部隊には1回1000個以上の食パンを納入、その他各隊に納入する日曜日には酒保用品として相当な納品があるので、土曜日の残業は常である。当時はアンパン5個入包が10銭であった。現今の50円に相当するのである。私の給料は諸手当合わせて約70円であった。仕事としては割合呑気であった。事務的な仕事は一切書記が引き受けてくれたので、計画的な重要な事に注意すればいいのであったが、食料品の衛生については厳重に注意した。それと他よりの注文品を確実に届ける事が工場の信用上注意を要するのである。私は時々、官舎家族の祝儀用デコレーションケーキなどの注文を受けに廻る事もあった。価格は市価に比して2割以上も安く販売していたので大いに利用された。この酒保部は利益本位ではなく、各部隊及び宿舎居住者の便利と、最も大切なのは衛生方面の考慮が多く、各部隊統一したものを供しようとする大目的があった。

長男の生長も順調で、ある日曜日、私は市内に買い物があって支度をしていると、「お父さんはどこに行くの」と聞くので、「町に行く」と答えると、僕も行くと言うから「支度をしておいで」と言って、彼の仕度中に私は1人で町に出た。そうしたら彼は1人で私の後を追って外出してしまったのである。そして積雪多い電車線路を1人で旭橋の先、靴店まで行って、私のいない事を知り落胆して泣き出したとの事であった。

妻は彼の姿が見えないので隣近所、知り合いの家を探したが見えない。それで軌道会社に電話したりして捜したが、遂に見当たらないので途方に暮れていたのである。私は町での用件をすませ、帰途電車の中で彼の姿を発見してびっくり。脇にいた兵隊に事情を聞いたら、旭橋の先の靴屋の前に1人で泣いていたので家を聞いたところ、三区三条の遠藤と明瞭に答えたので連れてきたとの事であった。

私も自分の不注意で家内に迷惑を掛け、子供には実に気の毒な事をしたと思い、その後は日曜日には努めて家内や子供と遊んでやる事にした。なお決して子供にも小言を言わないように注意したのである。そして種々その時の様子を聞いたら、電車道は片側に電車がくると別の線路に移りながら行ったと言う。実に危険この上もない事であった。これは満3歳と5か月の11月の出来事であった、私は今も覚えている。その後は決してうそはつかない事にしている。

昭和12年7月16日、3男が誕生した。これで我が家も6人家族である。幸いに子供たちも皆順調に育ってくれたので、こんなに嬉しい事はない。3男の誕生で、妻の妹が再び手伝いで旭川にきてくれたので、私は本当に助かった。妻は産後の肥立ちも良く、妹は帰郷の準備を兼ね市内に土産物の購入に行く事になった。長男も大きくなり、案内役で妹とともに街に行ったのである。帰ってから妹は、長男は私より町を詳しく知っているんだと笑っていた。

第三章——日支事変始まる

日支事変のため応召［昭和12年12月］

日支事変が始まってから3か月余を経過したが、いっこうに鎮まる様子もなく、我が日本軍は到るところで破竹の勢いを示した。戦闘は益々拡大の方向に走り、全面戦争の様相を示してきた。大国中国を相手に戦う日本は相当の準備と覚悟を必要とする情勢になってきた。また中国には背後にソ連の後押しがあった。いつ何時戦争がさらに発生するか予断を許されない。そのために満州派遣軍の強化も必要になってきた。私も自然、召集を避ける事はできないものと覚悟をしていた。いや当時の日本人皆が心配していた事であろう。昭和12年も余すところ少なくなったので、私は工員全員と会食の名義で某料理店で形ばかりの宴会を開いた。工員は全員集合し、大いに呑めや歌えで賑やかに終わった。しかし、これは私に対する壮行会になったのである。

昭和12年12月27日、今年も余すところ僅かになり年末年始の準備も一通り終わって家に帰ってきた。家には案の定、召集令状がきていた。予め予想して覚悟はしていたものの、新年を前にしていざとなればやはり気は落ち着かない。今までの業務の整理をした。早速、会社の主任に連絡して応召の準備、業務の引継ぎを行ない、安心して中継ぎを終えた。細部は書記が承知しているので好都合であり、私はまず応召後の種々の事柄、すなわち子供の教育方針、生計計画などを妻とも相談の上、当分は旭川で暮らし、来春にでもなれば実家の方に引き上げるよう、また生活費は毎月留守宅渡しとして俸給より差し引き送金するのでその点は心配する事がないと。ただ今度の戦争は2、3年で終了するやら、5年10年と長引くやも知れず、私も心中は穏やかでない。多分十中八九、生を得て再び家族の元に帰国できるか否か、先の事は全く予断を許さない。

しかし妻子にはこのような顔はできない。応召先は仙台留守工兵第2聯隊であったので、当分は留守隊勤務を続けるだろう。そのうちには種々の情勢も判明してくるし、往復手紙も出せるので安心するように納得させた。幸いに妻も大きなショックはなく、比較的冷静な態度だったので、私も安心して隣の家にでも行くような気持ちだった。

次いで当分お別れのため、家中で祝杯を挙げた。明けて翌日は新しい紋付の羽織袴をつけ神社に参拝し、武運長久と家内安全を祈願した。妻も私の武運を祈ってくれた。そしてどこからか千人針を用意してくれた。多分胸の中はさぞ淋しかったろう。当時26歳の若き女性である。幼児4人を今後いかに育て、生活していったらよいかを考えた時、一層心配になったであろう。そう思う時、軍人たる妻の気の毒さが判る。しかしそれは私事である。国のため

旭川招魂社(旭川百景)

に我が生命線を守り、二度とアジアに戦争を起こさぬよう、この戦で決着をつける、の意気込みであった。

重大な国難に殉ずる事はすでに覚悟をしておかねばならぬ。我々国民1人1人がその準備をしておかねばならない事である。1月1日、家族揃って記念写真をとり、私は知人、同僚に留守宅の世話をお願いしてお別れの挨拶廻りをしたのである。その日の夜行で関係者や原隊当時の上官、知人、同僚の多数の見送りを受け、二度と旭川の土を踏む事ができないかも知れぬと思いながらも元気で旭川を後に、1人新赴任地に出発した。

車中は静まりかえっている。元旦で旅行者も少ない、誰と話をするでもない。旭川函館間、約12時間の夜間列車の中で函館に到着、北海道も見納めかと思えば淋しい気もする。20年近くも住み慣れた北海道とお別れだ。

連絡船もこれが最後かと思いながら青森に着く。

応召時の千代造家族の記念写真（昭和13年1月1日）

続いて上野に上り急行で走る。翌朝郡山着、いよいよ故郷入りである。磐越西線で山都に到着、駅には兄が出迎えにきてくれた。積雪は1メートル近い。久方振りに兄との対面である。約5キロの道を私は長靴で帰った。道路は休校で足跡もない。約1時間半を要して久し振りに我が生家に入ったのである。まず母に挨拶したが、病気療養中であった。姉も帰ってきている。母は喜んでくれたが、1週間前より病気との事で、翌日、早速医者を呼び診察を願ったが、母の病気は頭痛がして便秘であるとの事だった。その夜は友人も駆け付け、家に集まる親戚、縁者とともに祝ってくれた。

私も久方振りに帰郷して話は弾んだが、母は起さてこなかった。でも割合に元気で喜んでいたので私も安心した。それでも私は家族の事を気に掛けていたが、努めて平静さを装い、家族の事も応召の事も、仙台にいるのだから心配はいらないと説明して納得してもらった。そして病気を早く恢復しなければならないと、力をつける。母は私のいう事はよく聞いてくれた。私も少年時代より家を離れ、親と別れての生活が何十年も続いた。そして今度は生死不明の戦地にいつかは出動しなければならない。種々考えると涙が出てくる。親に対しても申し訳がない。親孝行もしていない。心配の掛け通しである。

青年時代は海上生活、そして満州事変に参加、今度で2回目の戦争参加と波瀾万丈の生活である。今度の戦争は、その原因は遠く昔より因果関係で継がれていた。言語は違うが同じ髪色、顔や肌色までも同じ人種が戦ったり殺し合ったりしているのは非常に悲しい事である。私は思う。これは国家が弱体であるため、白色人種より常に迫害を加えられ、強要されても、これに反発する実力がないためであると。中国のような気候に恵まれた大地を擁する国でも、これを完全に統治する人が不在のため、満足な処置を取れないのであろう。特に中国は広大でお互いに交流も不可能で意志の疎通も取れない。不便が自然に生ずるが、その障害を排除する事ができなかった。それに対し、世界の強国は争って中国に進出して現地民を安い労賃で使用し利潤を得たのである。

世界中、殊に東南アジアにいる華僑たちは自国の生活を棄てて他国に逃れたか、または群雄割拠で国内戦争のみに浪費する国にあきれて他国に出たか、いずれかであると思うのである。日本は土地が狭く、また人口増加で東南アジアや米国に移住したが、最近は満州開発と称して移住するようになった。日清日露の犠牲を払って得た権益も危うくなり、これを解決して東洋の平和を築こうとする日本だが、ソ連が後押しする一派によって理不尽な排日にさ

第2聯隊本部（仙台）の正門【12】

らされている。我々は日本の国是、日本の生命線を守るために貴い犠牲を払う事をも意に介さず喜んで戦場に向かったのである。

日本は独国のヒットラー、伊国のムッソリーニと3国同盟を結び、米国、英国、中国に当たったのである。ソ連を含む敵3国も中国には多大の権益を有するのである。これが保護と財産を守るの名目で、どんどん中国に対し互いに援助を与えたのである。

私は1月5日に郷里の人たちの見送りを受け、故郷を出発した。1月6日、工兵第2聯隊留守隊本部に出頭して諸手続きを完了、第1中隊附を命ぜられたのである。業務は一般兵の教育で、訓練は平常と変わりない。時には戦地部隊に補充兵を送る業務や、時には戦死者の故郷で行なわれる慰霊祭に部隊長の代理として参加する事もあった。

約6か月の留守部隊勤務を続けたが、今度は石巻市に転地、架橋で出張し、私もこれに参加して石巻海岸及び河口で行なう架橋や操船訓練に当たる。石巻の河口や海辺は北海道の石狩川とは比較にならない大海原である。演習は気分も良かった。私は仙台に宿泊中「林子平」先生を祭ってある寺を訪れた事があった。守番の尼さんは私に親切に数々の宝物を見せてくれた。中には当時製作された林子平の日本地図や海岸線があり、軍用船の製作方法を記された本も見せていただき実にありがたかった。何かの参考になろう。

ちょうどその頃、中支那派遣軍の山田茂部隊より将校の補充請求があった。山田部隊長は元旭川の工兵隊に教育主任として勤務した人なので、私も面識がある。当時中支の戦況は杭州湾に敵前上陸を敢行後、数々の功績をたてたのである。特に安慶作戦には軍司令官より感状を授与され上奏に達していたのである。内地でも山田部隊の功績を新聞やラジオでの報道があり、意気旺盛であった。私は石巻市に出張中、補充要求を聞いたので、中支派遣軍山田部隊に派遣される事に決した。昭和13年7月、いよいよ中支に向け出発する事になった。

中支那派遣軍山田部隊附となる〔昭和13年8月〕

私は約7か月の仙台での生活に終止符を打った。早速、北海道の妻子や実家に連絡する。妻子5人は急いで仙台まで面会にきてくれた。久方振りの親子対面で懐かしかった。子供らも順調に育っている事を知る。近く私は戦地に行くので、今後、相当の長い期間別れて暮らさなければならない。そしてその後の運命がどう回転するのかが一切判らない。子供らの生長はうまくいくだろうか、私は妻を信じて一任するより方法がない。幸いにも妻は良い子供に育てる素養を持っている。しかし妻は、軍人の妻として出征した人に心配を掛けないようにしっかりして養育その他をやっていく義務があろう。４人の子供はいずれも幼年であるが、心の中では父不在の家族になる寂しさを感じているようである。戦争は非情なものだ。しかし、これは私ばかりではない、私ら以上に困難な人たちもいるだろう。そう考え、私は一切を国のために捧げるのだ。これが私の運命であり、使命でもあると思った。

私は各有志や上官、同僚、妻子や兄に見送られ仙台で車中の人となる。次男は私に抱かれて長い別れを惜しんでくれた。長男、長女も堅くなって見送ってくれた。駅で発車の指令と同時に汽車は暗黒に向かって走り出した。見送りの人の姿もだんだん遠くなっていく。汽車は一路東京に向かって走った。

上野駅に到着、都内にいる兄や祖父に挨拶をしたり、東京にいる山田部隊長の留守家族を訪問した。当日は兄の歓待を受け1泊する事になり、翌日は東京駅より東海道線を南下した。途中横浜駅では瓜生さんの奥さんが見送りに出てくれた。月桂冠1本を祝儀にいただいた。私を弟のように可愛がってくれた。彼女ともこれが最後の面会になるかも知れないと思いながら。

車中は月桂冠1本を楽しみながら、時々戦地の服装をした帰還兵に会う。その姿を見ると、今度の戦争の様子が判る気がした。彼らは疲れている様子であまり話もしない。汽車は下関に到着、連絡船で門司に渡る。指定旅館に宿をとり、渡支に関する情報や種々の手続きをとり連絡船を待つ事にした。２泊の後、上海行きの汽船に乗る。当時は飛行機の爆撃もなく呑気に上海港に到着、20年前には上海に上陸したこともあったが、あの当時とは大きな変化はなく、人の多さとあまり清潔でない市街は同じだった。

さらに外の輸送船に乗り替え、南京を目指して揚子江を遡航する。揚子江は大きい。川幅が1キロ以上もあり、1万トン級の船が上下する。上海やその周辺は戦禍の跡はあまり見られない。揚子江には濁った水が流れている。黄水である。日本では見る事も考える事もできない。南京に上陸してみた。ここでも戦禍の跡は見られない。市街は比較的冷静である。市場には黒山のような人の波である。飲食店も平常通り開店している。中国美人が多数出歩いている。さすが南京だなあと思わせた。私は南京に1泊後、再び乗船して戦禍の蕪湖《ぶこ》を左に眺めながら九江に到着、約1週間の揚子江遡航も終わり下船した。

昭和13年8月初旬到着し、早速山田部隊の宿舎を見つけて聯隊長に着任の報告をする。また部隊幹部らに挨拶をした。九江市街はいかにも激戦の跡物々しく、中心部の建築物もほとんど戦禍に合い倒れている。占領直後の事で復興には着手していない。戦禍はそのまま残っている。

私は第1中隊附第3小隊長を命ぜられた。私が着任する以前の山田部隊は支那事変勃発以来、多大の功績を挙げ、特に昭和13年6月上旬、安慶作戦開始するや山田大佐指揮の下、鎮江進発、海洋揚子江部隊と協力して一挙に深く敵中に突進して安慶を急襲攻略し、戦略上の要塞を占領、次いで西進し、特に台湾歩兵第2聯隊を基幹とする部隊をもって漆黒の暗夜を遡上、幾多の障害を避けて降家口付近に敵前上陸を敢行し、敵を排除し、昭和13（1938）年7月5日、鄱《は》陽《よう》湖《こ》の咽喉を占領していたのである。

漢口周辺の中支那地図（主に作戦関与の地名）【13】

続いて7月下旬、周到な準備と行動で九江を攻略して、武漢攻略の作戦奏功、その基礎を確立したのである。

この九江戦で、敵は細菌戦術を使用し、井戸水、飲用水に「コレラ」菌を散布して我が軍の行動に打撃を与えんとしたのである。幸いにも我が軍は早期にこれを発見、処置する事ができ大なる支障には至らず、軍はこれらの水の使用を禁止し用水を濾過、消毒して使用したのだが、原住民には相当の犠牲者が出たのである。

私が山田部隊に到着した昭和13年8月上旬には、戦闘の跡が多く戦争の悲惨さをつくづく思い知らされた。当日の夕方6時頃までに宿舎付近に約20発の砲弾が飛んできて破裂する。私は砲弾の音も経験ずみで、さほど気にはならなかった。またこの砲撃で損害を受ける事はなかった。誰もその区域には近寄らなかったからである。私は部下60名と生死をともにする運命になった。

揚子江遡航する著者の長男(2002.6)

部隊では私が着任する以前に予め、私のこれまでの経歴を知らされていたと思う。私が着任して感じたことは、私に関する一般の警戒心があったが、半面親睦感もあり、また私は戦地での下士官以下の心境は経験があるので、第一要件は和合する事が一番大切であり、真に生死をともにするのでできる限り情実を以って接する。

戦地は教育ではなく実践である。軍律の許す限り平常の状態を保ち、先輩後輩の好みをもって統率する事に注意したのである。私には他の青年将校よりは信任の程度が篤かったと思っている。多少我が儘の面もあったが、私は部下が本当に可愛い者であるとしみじみ感じたのである。戦地では互いに信頼し合う事が最も必要である。幹部は部下を信じ、部下は我が長を信じて初めて立派な行動をとれるのである。また戦地では協力の気持ちが必要であり、戦地は淋しいものである。しかし互いに信用して皆寄り添えば実に強いものである。

私は九江ではこの方針の下に指導に当たったので、部下より話せる小隊長だと言われるようになった。銃後には種々幹部に対する悪評を聞いた事があったが、これらは相互に信じ合うの精神に欠けていたためである。

武漢三鎮攻略戦開始［昭和13年8月］[14][15]

8月10日、武漢三鎮すなわち武昌、漢口、漢陽の3都市に対する攻略の準備が開始された。この三鎮は中支の中心都市であって、今では中支那軍の作戦上の要衝である。蒋介石はここを放棄すれば重慶あるいは成都に移るだろうが、その時は一地方の軍閥となり中支全体にはその威力が及ばなくなると評する人もいるほど重要な都市である。

私たち工兵の重要な任務は、敵を目前にしての渡河戦、その他戦況の進展に伴い、自動車道を構築して諸車両、殊に自動車の通行に備えなければならない。戦線の進みと同時に、これに要する物資、食糧、弾薬、化学兵器の輸送を進めなければならない。中支の広野は自動車道は皆無に近い状態である。戦線の進展の度合は、工兵の道路構築の速度と歩を合わせなければならない。

工兵隊も第一線に密着して作業を強行しなければならない。我ら工兵隊は自衛能力に乏しく、後方攪乱のため敵が出撃すればはなはだ危険である。自動車部隊、車両部隊は危険のため、警備隊を附されるが、時々敵の出撃に会い、損害を受ける事がある。自動車道は平地では水田にある畝《うね》を道路幅に切り取り、これに表示を行なえばよく、他は充分な地形を利用して、作業量の少ない路線を選定する。しかし、山の傾斜面などでは相当な作業量になり、小川といえども必ず橋梁の架設が必要であるが、中支では木材が非常に少ないので架橋には特別の工夫を要するのである。中支にはクリーク（注・灌漑や交通に利用される小川、運河）が多い事は日本人もよく承知している。敵の遊撃隊はクリークを利用して巧みに舟に乗って移動し出撃する事が多い。

中国の道路は主要道路でも幅70～80センチの路上に切り石を敷き、その上を一輪車で物資を運搬しているのである。その他は諸々の小川に石造りの永久橋がある。中国人の一輪車運搬は先頭より後尾まで300台も500台も連続して押して行くのである。登坂の場合には1台に2人も3人もいて逐次合同作業で進むのである。その他は籠を吊るした天秤で、片方は子供、他方は食器布団などを、あるいは驢馬《ろば》で運搬するのが常道で、1日に5里も10里も遠く引越しをするのである。

中支で日本式の道路のあるところは大都市、その周辺、あるいは軍用道路にごく限られている。また中支の河川には砂利様のものはほとんどないので、道路の舗装はできない。急造には煉瓦を利用するより方法はない。

武漢郊外のクリーク(2002.6)

我が部隊は毎日毎日、自動車道の構築である。軍用地図によって目標を定める。もし、この表示班が方向や地図の見解を誤れば大なる失策となるので、任務は非常に大切である。幸いに水田は乾田で、土質は赤粘土のため、晴れの日は自動車の通行は可能であるが、雨天や雨季の場合は通行が非常に困難になる。馬も人も物も泥まみれになってしまう。我が部隊は9月中旬、軍の作戦命令により武漢三鎮を目指して行動を開始した。

まず九江市街の南端より水田を利用して自動車道の構築が始められた。水田は乾田で底は比較的硬質粘土のため、自動車の通行を許す程度であった。我が部隊の兵員は幸いにして今日まで幾度も経験し訓練されていたので、大いに能率を上げる事ができた。次いで師団の戦況は瑞昌方面の和尚脳《おしょうのう》、沙帽《さぼう》嶺《れい》、坡峯尖《はしょうとつ》など、文字通りの山巍峨《さんぎが》たる峻峰相連なる縦深20数キロに亘り山岳地帯の敵は頑強、執拗な抵抗を試みる。しかし我が軍は敵と力戦奮闘、1日として休まず9月21日、遂に畳山の線に進出して江南地区の敵軍防戦の軸を破砕したのである。

我々工兵隊も寸時も休む事なく、連日不眠不休で自動車道を構築し、自動車、砲車の前進を極力援助し、協力してこれらを前進させ、第1の目標たる瑞昌に進出し、これを占領する事ができたのである。連日の雨天には我々も閉口してしまう。車両部隊の水田通過はまったく前進不可能だ。このような時には馬匹によって物資や食糧の輸送を実施するが、この輸送隊の仕事が非常に大変である。「どこまで続くかぬかる道」と歌にまで歌われ、人も馬も物資も皆汚れ、車両は轍を減らしてしまう。馬は腹までどろどろ、歩兵、パンパン隊の如きは4頭曳きの馬でも人馬一体となって気合を掛ける。兵は一晩中、小坂に立ち往生の状態である。馬も倒れる人間も気力を失う、この世の地獄と言える状態であった。私はこの戦争なればこそ誰ひとり不平を言う者もいない。何とか最善を尽くしたいと考えるのみであった。

私はこの有様を何と表現したらよいか迷う。このような行動を毎日繰り返しながら、敵なしといえども自然との戦いであった。殊に食料の不足には参った。

冨水渡河前哨戦〔昭和13年9月〕【16-17】

武漢三鎮攻略の我が軍主力は王家橋を占領し、揚子江の支流、陽新を流れる冨水川に進出していた。冨水川左岸には馮玉祥《ひょうぎょくしょう》の率いる敵大軍が占拠しており、我が軍の武漢攻略に徹底的な打撃を与え、攻略の企図を挫折せしめ、揚子江左岸より攻撃する日本軍を各個に撃滅せんとしていた。このため、敵の作戦計画を破砕せんとする日本軍が、この冨水川の両岸で対峙し、彼岸の決戦状態になった。この冨水の渡河戦は最大の渡河戦であり、最も重要な渡河戦といえたのである。

敵はこの冨水左岸一帯の要所要所に堅固な防御陣地を構築し、日本軍の渡河攻撃を予想して、それに頑強に抵抗し、多大なる損害を与えんと準備を整えていたのである。従ってこの渡河戦は非常な困難が予想されたが、我が軍は一挙に冨水を強行渡河して対岸の敵を速やかに駆逐し、さらに西進して1日も早く武漢の要衡攻略を企図していたのである。中支作戦の天王山ともいわれる決戦であった。

我が聯隊（約5、000人）は工兵第9聯隊と他の2個聯隊の合同軍（約20、000人）の渡河戦の統一指揮、という重要な任務を命ぜられていた。

なかんずく我が中隊（約200人）は渡河点最右翼（下流側）地区の、敵の堅固なる陣地正面の渡河を命じられた。この渡河軍の作戦として、最上流地点の渡河戦をまず実施して左岸地区の高台を占領する事によって平坦部の敵攻撃を容易にしようとしていた。この部分は河幅も比較的狭く500~600メートルであり、河の中央には相当大きな中洲があった。

まず担当の工兵中隊が上流のある地点で渡河戦を実施した。渡河と同時に、友軍歩兵部隊2個中隊を乗船させ、中洲に上陸。ところがその瞬間より、敵の猛烈な機関銃と砲兵の集中射撃を受け兵は次々と倒れた。敵は前面高台地帯に強力な陣地を構築していたのである。中洲に上陸した友軍は、中には砂に穴を掘り敵弾を避けるのに懸命の将兵もあったが、敵弾は砂の中を2メートルも突き進んでいかんともし難い。兵員は次々に倒れて行く。長時間に亘る敵の猛射で友軍歩兵隊は損害が増すばかりで、遂にこの渡河戦は失敗に終わり、敵に有利な態勢を与えてしまったのである。この戦闘で我が軍は数百名の犠牲者を出した模様だったが詳しいことは知る由もなく、ただ悔しさで一杯だった。

このような状況下で我が山田聯隊長は、渡河戦失敗を何とか挽回せんとして、以後の渡河戦指揮を、私に行なうよう突然命令があった。私は悪いくじを引いたなと内心思ったが顔にも出せず、しばらくの間、その方法、作戦を頭の中で考えた。

今行なわれんとしているのは、全軍の冨水渡河作戦のための前哨戦ともいうべき一部の戦闘であって、我々の本命は飽くまでも冨水の渡河大作戦である。従ってこの一部渡河の戦闘で、兵員に損害を出せば本来の任務遂行に大きな支障がでる。しかも折悪く、渡河用器材として川舟6、7と若干の板でその他には何一つない。附近より集め得る可能性も全然見当がつかない状態であった。さらに私は、すでに冨水の渡河大作戦指揮という重大な任務も受けている。とはいっても、もしここで不覚の行動を採ってこの任務を遂行不可能にする事は絶対できない。兵員も1人といえども損害を受ける事は許されない。また命ぜられた以上、これを断わる事は許されない。

私は思案の結果、岸辺より中洲まで再度川舟で舟橋の架設をする事にした。幸いに水深は1・5～2メートルと判断し、流速も流線部で70～80センチ程度であった。河底も比較的堅固で砂地である。結論として、まず舟艇を縦の方向に繋ぎ、これを支えるためと橋を渡すため1舟に4、5名ずつ配置する事にした。この計画を各分隊（20名）長に命じ、各舟の準備を命じた。各舟は綱によって互いに連結し、その上に板を渡して1列をもって渡橋する架設

軽徒橋の例【18】

法であった。この作業は正面の高台に敵を控えての工事で甚だ危険である。

私はまず、自分の部下にこの作業に最初に参加する者を募った。各兵は全員希望したが、私はその中から約20名の兵員を、その長として下士官1名を充て渡河班を編成し、丸裸にして川中に飛び込ませた。作業隊は逐次舟を操作しながら中洲に向かった。何を考えたか敵はあまり猛射してこない。敵弾はぱらぱらであった。約20分で貧弱な橋が中洲に届く。我が歩兵隊はビクビク危険な橋を渡って行く。続いて後から後からと歩兵は進んで行く。50～60名の歩兵が中洲に着く。次いで先頭は敵岸に上陸し、渡河は成功したのである。

その時、異変が起こった。敵は前面高地で一将校が馬上豊かに右から左に走り指揮刀を持って一斉に引き上げの号令をしているのが見えた。私は目に物を見せられた感じである。その意気揚々とした態度といい、行動は実に日本軍を見るの感であった。私は考えた、あの将校は日本の陸士卒業生ではないか。以前旭川で士官候補生として11名を我が中隊で教育した連中がいた。今時分は立派な青年将校であろうと思った。《編者注：「日本の士官学校を出た将軍である湯恩伯《とうおんぱく》の指揮下にあったとも言う」（内匠俊三氏回想）[19]に該当するとみられる。同一人物でなくても類似の人物が存在した可能性も考えられる》。

何故、敵が引き揚げたのか理解はできなかったが、我が小隊に損害はなく無事当初の任務を達成できたのである。その後はこの任務を他部隊に引き継ぎ、我が部隊は本来任務の渡河点に帰ってきた。渡河戦はこの他部隊の渡河計画によって我が部隊でも数百名の貴い兵員を犠牲にするところであった。幹部として、指揮官として戦闘指揮は臨機応戦の能力と責任を負うのである。私は兵士が名誉であろうが勇敢であろうがそのような事は考えない。ただただ任務を遂行して、しかも1名の犠牲者も出さない事を念願するのみである。犠牲者を出して行なう行動は誰にでもできる。犠牲者を出さず完勝する事が私の信念である。戦闘も結局は頭脳の戦いである。私は最大限に努力、最大限に頭脳を使い、そして最大の効果をあげる。

無茶と短気は慎み、熟慮断行に心掛けた。場合によっては無茶と思われる事でも、必ず有利になるとの考え、理解を持ち、また運用、対策についても1段階、2段階と考えるのを基本とするよう心掛けたのである。

さて、先の渡河前哨戦は本来の目的からすると必ずしも有効な戦果を得るまでには至らなかったので、我々全軍による本格的な渡河大作戦は一層困難になり、しかも重要となってきた。私は今後の計画を策定するために敵の配備、殊にその兵器、兵力、さらに敵の火力の指向方向などを詳細に探知するため、敵状探知隊を設けて敵の行動に対して常に監視記録を命じた。またこの探知に基づき、詳細な図面を作成記録して敵の状態をより詳しく知る努力をした。その結果、敵の銃砲陣地はほとんど中洲に指向されている事が判明した。

そしてその兵力は約1個中隊を基幹としたものである。敵の後方には砲兵陣地もあり各種の砲を有している事も判った。我々はますます企図を秘匿して満を持した。すなわち要所要所に警戒兵を置き、住民はもとより日本軍といえども、無用の者はこの地区から前面への立入りを禁止したのである。私は前後3回に亘り変装して川岸に出向いた。川幅、中洲の状態、岸辺の状態、また川岸の高さが2メートルの崖であり崖より直ぐに水際となっており、また土砂崩れがあり、水流などを詳細に確認し、対岸の敵の顔も望遠鏡で見る事ができた。彼らは昼間は裸で銃の手入れや水浴をしたりのんびりしている。対岸の敵に、あまり緊張の態度が見られないのが、かえって相当の自信を持っているのかとも受け取れた。

最も重要なのは銃眼（注：敵を射撃したり監視したりするため、防壁・装甲板などにあけた穴）の種類と数量、及び射撃方向である。銃眼の最大射撃幅は約30度である。そのため専門的には火器の種類及び方向を判断できたのである。また夜間攻撃には明暗の度が非常に大切になってくる。

私はこれらの結果を総合的に判断して、今後の変動も確認するため、現地民の服装に替え、炎天下を老人の姿で敵前に現われ、敵状の細部を偵察すると同時に、敵の防備配置と重機の配備を確実に観察し、同時に河川の両岸の地形水深、流速、中洲の状態並びに私の計画する航行経路の障害物の有無などを直接、確認したのである。

そして我が敵は必ず中洲を利用して渡河するものとしての予想に重点が置かれているものと判断した。その水流部や対岸の上陸を予定する場所にはなんら障害物も、敵の配備も必ずしも堅固ではない事も確認したのである。私はこの作戦実行に重い責任を感じた。自分の能力で最大と思うほど、夜の床でも、さらに良策がないかと終始考えたのである。計画は密にして一度実行に移せば勇猛果敢に何事も突破するというのが私の考えであった。

ある夕方、軍の参謀が私の現地を視察にきた。参謀も色々観察した結果、私が敵情判断及び計画の概要を述べたのに対し、一言の疑いもなく私の計画に賛成して帰って行ったのである。

日露戦争の際、乃木大将が旅順の要塞二〇三高地を攻撃し、占領するのに多数の将兵を犠牲にして陥落させたのであるが、この要塞は非常に堅固に造られ、また当時では稀なる新兵器機関銃や重砲火器も大量に配置されている世にも珍しい難攻不落とまでうたわれた要塞であった。当時、機関銃の如きは日本軍には装備されていなかった。殊にこの二〇三高地を攻略できなければ、旅順港への攻撃は絶対不可能になってしまう。すなわち、敵は二〇三高地の砲台より自由に砲撃でき、このため旅順内の敵は自由に行動する事もできた。その結果、日本の旅順軍隊は内地との連絡を絶たれてしまう。これを許している限りは日本の勝利は絶対にないのであった。

戦争でも多数の死傷者を出せば、その指揮官や責任者は銃後や父兄より人殺しだ、子供を返せ、父を返せ、と責められるわけだが、命令に違反する事は絶対にできない。これは軍律に重大な違反となり、国民より非難される。軍隊の幹部は悲壮な覚悟と責任をもって行動を決定するのである。直接指揮する幹部は部下の犠牲に遭えば、自分も戦死したい気持ちになる事がある。

今度の計画は、敵を倒すか倒されるかの一発勝負であった。総ての点に沈着冷静、正確に、しかも原則を外さず第2、第3の手段も考えておかなければならないが、戦争は1回で運命を決するのである。現今の戦争は飛行機やその他化学兵器が発達しているので情報も正確に把握できるが、当時の戦争は甚だ旧式であった。

渡河予定の3日前に野砲兵隊1個大隊（砲数12門）の協力部隊が到着した。私はこの部隊との協力関係について砲兵隊隊長、中小隊幹部と工兵中隊長を交えて協議をした。私は最も重要なる敵情、殊に敵の配備、兵力、火器の種類と数を詳細に報告し、敵の戦闘計画を説明し了承を得たのである。また渡河戦の指揮計画も詳しく説明した。

この砲兵隊は最近、内地より派遣されてきたまだ慣れていない部隊であったが、私の説明を理解した。そしていかなる方法で協力したら効果的であるかと、歩兵隊長の申し出があったので、私はこの問題が一番主要なる条件であるため、腹蔵のない態度で協力について次のような希望を述べた。

第1段階は、対岸の重火器に対し砲1門をもって2個の銃座を完全に破壊する。このため約2か所の銃座に砲1門を配置する。この準備のため、砲門を夜間を利用して川岸近く100~200メートル附近の藪の陰に進出させる。このため日没を利用し、進路の標示などを工作隊の指揮で実施して、敵に対し絶対秘密の内に砲門を進出させる。そして砲車の進入は馬匹（注：荷役用の馬）ではなく、総て人力で進入させ、侵入後は完全に偽装して砲車の有無を敵に察知されないようにする。砲車進入翌日は敵の銃座に対して、直接照準で完全に一発で破壊するよう、さらに念のため、1発を速やかに砲撃して、次の銃座に砲身を転換して2発で破壊する。さらに余力をもって、なお後方を砲撃する。

第2段階には敵岸より約300メートル後方に対して弾幕網を設けて敵の退路を遮断するとともに、後方よりの援護部隊を河岸に進出不可能にする。

砲兵隊長は、私のこの提案を無条件で承知し決定したのである。後での話だが砲兵隊長は、私の砲兵の使用について専門的で、隊長の予想以上の名案であったと賞していたのである。敵も武漢防衛は重要な第一拠点であるため、富水の防衛線を広範囲に亘って相当の守備体制を整えている事は充分察せられたが、私たちの渡河地点附近の地形は平坦で守備には不利であった。

私は敵の作戦上の判断も明確になり、充分な渡河点の河川の状況なども確認し砲兵隊との連携も完了したので、これらを部下に説明するため、右方の高地に登り詳細に指示をした。これで分隊長や舟長は自信を得て行動ができると自覚したのである。私の渡河計画は、正面の中洲に上る事なく出発点より左約45度の角度で上流に向けボートを発進させる、そして中洲の上流尖端より一挙に対岸に向けるようにした。附近には多少の敵陣はあるが、比較的敵の予想しない上陸地点であると判断したのである。ボートの漕行距離は約1キロであった。

富水渡河大作戦〔昭和13年9月〕

いよいよ富水川渡河大作戦が始められた。午後6時5分、薄暮となった頃、軍司令部より合図の花火3発が高々と打ち揚げられ、パチパチと元気良く散った。各部隊は一斉にそれを合図に砲撃を開始したのである。もちろん我が砲兵も、時こそ来れりとばかり十数門が直ちに火蓋を切る。

火光とともに各弾は敵のトーチカの銃眼目掛けて飛ぶ。その瞬間、大音響とともに敵の銃座附近で火の玉が飛ぶ。命中だ、命中だと誰も思うが声を出さない。かくの如く計画達成100パーセント。続いて300メートル後方に対し弾幕射撃である。ドカーンではないどころ、まるで湯の中に焼鉄を投げ込むが如き猛烈極まる猛射である。私が今までに経験したこともない光景である。また、いかようにも表現できない現象が30分も続いた。この間砲兵の発射した弾数も相当のものであろう。

敵も遅まきながら気が付き、機関銃弾を雨、あられと打ってくる。また敵の砲も右の部落に向け猛烈に打ってくる。部落は直ちに火災を起こす。炎々と火は揚がる。その火炎を目標に敵は打ちまくってくる。真昼のように明るくなる。しかし私たちからは400～500メートル離れているので安心だ。そのうちに我が工兵隊は歩兵渡河部隊の応援でボートを運ぶ。他の組と進路を違わないよう、標示を伝って舟を運ぶ。

私が懐中電灯で前進の命令を下すと、歩工連合でボートを担って河岸に進出する。小銃弾や機関銃弾が雨のように飛んでくる。我々身辺の地中に刺さる音がする。2、3発は私の体にもと思いながら岸辺に這い出る。ボートは全部浮かんでいる。私は「えいっ」と気合を掛けながら前進の命令を下した。ボートのエンジンは約50メートルに亘り一斉に始動した。ブン、ブン、ブルン、と今までは針が落ちても判る静けさが、一瞬にして活気を帯び轟音と化した。次々と進むボートの逞しさ、折しも敵は数倍も撃ってくる。ボートは進む。聞こえるのはエンジンの音ばかり、やがてエンジンの音が小さくなる。

待つ時間は長い。3分、5分、10分、と気が気でない。しかし1キロの距離だ。約15分を経たと思う時、懐中電灯で上陸成功の合図が発信された。私は部下側近とともに「やったぞ、成功だ！」と叫ぶ。伝令は報告する。敵弾はまだ止まない。渡河歩兵部隊は次々と河川に寄る。そのうちに作業隊が帰ってきて損害は軽傷で2、3名だと聞く。私も安心した。気がついてみれば、私の外套に敵弾の当たっているのが判った。夢中で気がつかなかったが、身体には別条のない事が判る。

続いて歩兵部隊をさらに上陸させる。敵の射撃もだんだんと薄らいでくる。そのうちに弾は1発もこない。時々流れ弾のようなものが飛んでくる。第1回上陸歩兵部隊は直ちに対岸の敵を攻撃する。敵は一斉に退却した。今では敵味方の砲撃も鎮まり静かな渡河戦となった。緊張に緊張した約2時間の戦闘行動も今は静かになった。右方の部落はまだ燃えている。今

参謀らと（右端が著者）

度は便利な渡河点を利用して渡河、続いて他部隊で橋梁を架設する予定になっている。我が部隊は堅固な敵の守備を逆用して完全に無血渡河戦を敢行したのである。

翌日朝方４時頃、参謀が視察にきた。そして大成功だと喜んでくれた。彼はこの戦闘で１５００人くらいの損害を覚悟していたと語った。私も正面で失敗すれば２０００人内外の負傷者を出すんじゃないかと思う時もあったが、最後まで綿密な計画を崩さなかったのが良く、自分でも驚くほどの成果であった、と思った。私は自分で計画し実施して良い結果が出たので本当に嬉しかった。部下も私の計画をよく知り、信じて行動してくれたのが大成をもたらした事に疑いはない。

この作戦は情報を得、敵の意図を逆に利用して中洲に上陸する方法を中止し、敵の弱点に最初の攻撃を掛けた事と、砲兵隊が私の案に全面的に協力してくれた結果、偉大なる成果を挙げる事ができたのはいうまでもなく、大いに感謝したい。私もその時点で砲兵の運用に良い考えが浮かんだものだと我ながら感心したのである。

砲に附属してある双眼鏡で望んだ時、明瞭に敵の銃眼が浮かび出ているのを見て、百発百中だなと思った。少なくとも8割の正確さは期待できると自信をもったのである。

後の話であるが、あるボートは乾燥のため干割れで浸水して漕行不可能と思われた時、舟長の中村上等兵は全員鉄帽で中の水の排水を命じたとの事。さすがの歩兵も驚いたらしいが、中村上等兵は構わず竿を持って指揮し、頑強に命じてようやく対岸に着舟できたとの事。機転を利用した立派な行為であったと思う。これは他の部隊でもあったとの事。しかしその舟は行先不明との事であった。私はこれが訓練と沈着なる行動の結果であり、我が部隊は重要なる敵前渡河作戦に成功し、しかも1人の損害もなく終わり対岸の敵も完全に敗退し、我々はその後を追って冨水対岸に渡った。

対岸の敵陣地跡を調査した結果、2か所に確かに敵重機銃薬莢が山のように高く積まれてあった。渡河戦開始と同時に撃ち込んできたあの雨あられの如き機関銃弾は、恐らくこの機関銃より発射されたのであろう。彼らは、日本軍の総攻撃を事前に察知できず、暑さで銃眼より外に出て遊んでいるうちに戦闘となり、そのままの位置で射撃したため、我が砲兵よりの難を逃れられたものと思われる。

つまり、大多数の銃眼は我が砲兵の射弾1発のもとに破壊されていた。それは、我が戦闘計画が十二分に発揮され、敵の防備計画を決定的に瞬間で破砕する事ができたので、敵の敗退を早めさせる事になったのだ。しかし彼らも勇敢であった事は間違いない。私は、敵の陣地を歩行中、畑の中で何か書類らしきものを見つけたのでいぶかって見たら、これは以前、旭川で中国の留学生に参考書として配布したガリ版印刷の書類だった。本当に感無量であった。私たちはまた、本来の次の任務遂行のため、休む暇もなく敵を追撃して武漢三鎮を目指して前進した。[20]

金牛鎮の占領と岳州城入城〔昭和13年10月〕

金牛鎮（注：鎮とは、重いもので抑える事。その重し。中国では軍団を駐屯させた軍事・経済上の要地の称、またその軍団の称をいう）は、日本でもよく知られている有名な大冶鉱山の西方約50キロ、梁子湖の北岸にあり、敵の兵站《へいたん》（戦闘部隊の後方にあって人員・兵器・食料などの前送・補給にあたり、また、後方連絡線の確保にあたる活動機能）基地として兵器、弾薬、及び食料の集積所であると同時に、作戦上重要なる市街である。また武漢三鎮に対する最後の抵抗地点でもあった。

いよいよ金牛鎮に近づいた頃、夕方になった。私は下士官1名、兵6名を率いて金牛鎮における河川及び橋梁の状態を偵察する任務を命ぜられた。夕闇を利用して金牛鎮に向かい、右翼方面より前進したのだが、歩兵部隊の様子を質《ただ》した結果、我が歩兵部隊は、右翼方面にかなり前進したとの情報を得た上でさらに前進した。この附近は珍しく自動車道路が通じていた。しかし道路上は、敵の警戒が厳重で進む事ができない。止むを得ず水田や畑地帯を前進することにした。

約2キロ前進したと思われた時、懐中電灯の光が盛んに動いているのが見える。日本兵にしてはちょっと不思議な事と思いながらなおも前進すれば、土工作業の音がする。そして敵将校が兵に指示や注意を与えているので、これは敵が防御《ぼうぎょ》陣地を構築作業中なのだと判り、と同時に我らは敵の真っ只中に入ったと気づき愕然とした。

そして、いずれかの場所を通り抜けようと苦心をしたが、いずれも敵部隊の作業隊と遭遇するので、この方面からの前進を断念した。しばらくの間、附近の藪の中に潜伏し、翌日夜半に金牛鎮に進入する方法を熟慮した。しかし友軍の作戦指導が全面的に左方山間地帯の敵を主目標に変更した事が判明した。それで、私たちもこの場を去って左翼方面より前進する事にし、敵軍の中、夜陰に乗じて移動し、左翼方面に廻り金牛鎮を目指すことにした。友軍の夜間攻撃は順調に進み、私たちも夜明けと共に金牛鎮に向け出発した。

敵の敗残兵があちこちに見られる。朝霧の中を5、6人あるいは十数人の兵隊が、呼べば近寄ってくる始末である。5~6メートルに近寄って初めて我々の正体を知り驚く彼らである。これらを捕虜にして同行を命じた。さらに14、5名を捕虜にした。さらに目的地に向かう。私は部下の下士官に、河川の状態を偵察するよう命じて、自らは橋梁の位置に向かう。捕虜には念のため銃器を捨てさせる。これらの敵兵士は訓練と教育が未熟なのかおとなしく付いてくる。我々から考えればまったく呑気なものである。我々も処置の方法がないので成り行きに任せる事にした。捕虜の中には空腹の者、負傷している者もたくさんいる。我々は大勢の敵の中を前進して、遂に金牛鎮の町端に到着した。

家屋の外に人影はない。私は下士官に命じて家の中を偵察させた。家屋内には10名内外の敵兵がいる。次の家にも敵がいる。私は驚いた。外観は何の変哲もないのに家の中には敵兵がいるのだ。私は咄嗟に捕虜にして引き出せと命じた。中には抵抗する者もいたが、その多くは指示通りに出てくる。中には銃を持って手向かおうとする兵もいる。これらには殴りつけた。そのうちに隣家の方が賑やかになった。私は咄嗟に「これはいかん」、ここで戦闘を開始しても勝ち目はない。何とかして逃げ出す事だと考えた。捕虜とともに、町端に20～30メートル退いた。そして急がず敵を刺激しないように、発砲を厳禁して退路に着いた。

遠くの方では敵兵が金牛鎮に集まって行く様子が双眼鏡でよく判る。我々の退路は水田で棚田になっている。畔《あぜ》を伝いながら細道を何気ない風を装って通る。私は、部下の中から戦死者を出してはいけない、と同時に失敗すれば捕虜になる事は確実である、と真剣に考えた。町の中では敵が時々発砲している。我々が通る100メートルや150メートル先附近の民家には敵がいる。そして敵将校は私たちを見ている。

私は捕虜の逃亡に注意して拳銃を持って厳重に監視している。捕虜が逃亡して一声発すれば、我々が日本兵であることが直ちにばれる危険があった。私は、注意深く我が部下を守り、沈着に行動せよと注意しながら敵家屋の近くを通る。幸いにして敵は発砲してこなかった。そして30分も歩いたと判断される頃、昨夜通った見覚えのある地点に出ることができた。

金牛鎮の橋梁は石造りの永久橋でそのまま現存し、破壊を免れている。河川の幅は30メートル内外である。偵察の結果、まだ敵兵が頑張っている事が判明した。しかし私たちはとうとう、安全な地帯まで敵の捕虜30名近くを率いて帰還することができたのである。

このたびの行動は、完全に敵の中に入り込んで幸いにも無事に逃げ出してこられたのだが、これは沈着な行動を第一としたためで、敵は不審に思いながらも強いて発砲行動するまでには決心がつかなかったのである。我々の服装も中国兵だか日本兵だかちょっと判断がつかない格好で、殊に日本兵の2倍もの敵兵と一緒で、我々が捕虜か中国兵が捕虜か判断を誤ったのだろうと思った。私も部下も、生きては帰れないと考えていたと、後で笑い合った。戦地では沈着な行動と冷静な判断が極めて大切であるとつくづく思うのである。このような行動は戦史にも稀であろう。私にとっては実に良い勉強になった。

常日頃の訓練と軍紀を守り、殊に指揮者は部下を信じ、部下もまた指揮官を心より信じて、この人となら危険の場合でも活路を開いてくれると信じる力、信念が非常に大切という事である。長は部下を、部下は長をと信じ合わなければならない。もしあの場合、統制を乱し臆病心で勝手な行動をして敵に暴露され発砲し、撃ち合いを始めれば我々は非情な戦いを自ら起こして、無事な生還はなかっただろう。金牛鎮の戦闘も我が軍に有利に展開して、この方面の敵陣地を突破し、金牛鎮を完全に占領する事ができ、10月27日、粤漢《えっかん》鉄道も占領した。

師団主力は、武昌に向かい突進したが、我が部隊は歩兵部隊とともに、長駆、岳州城に向かい、進撃の命令を受けた。まず威寧を占領した。この間、我が工兵隊は不眠不休、万難を

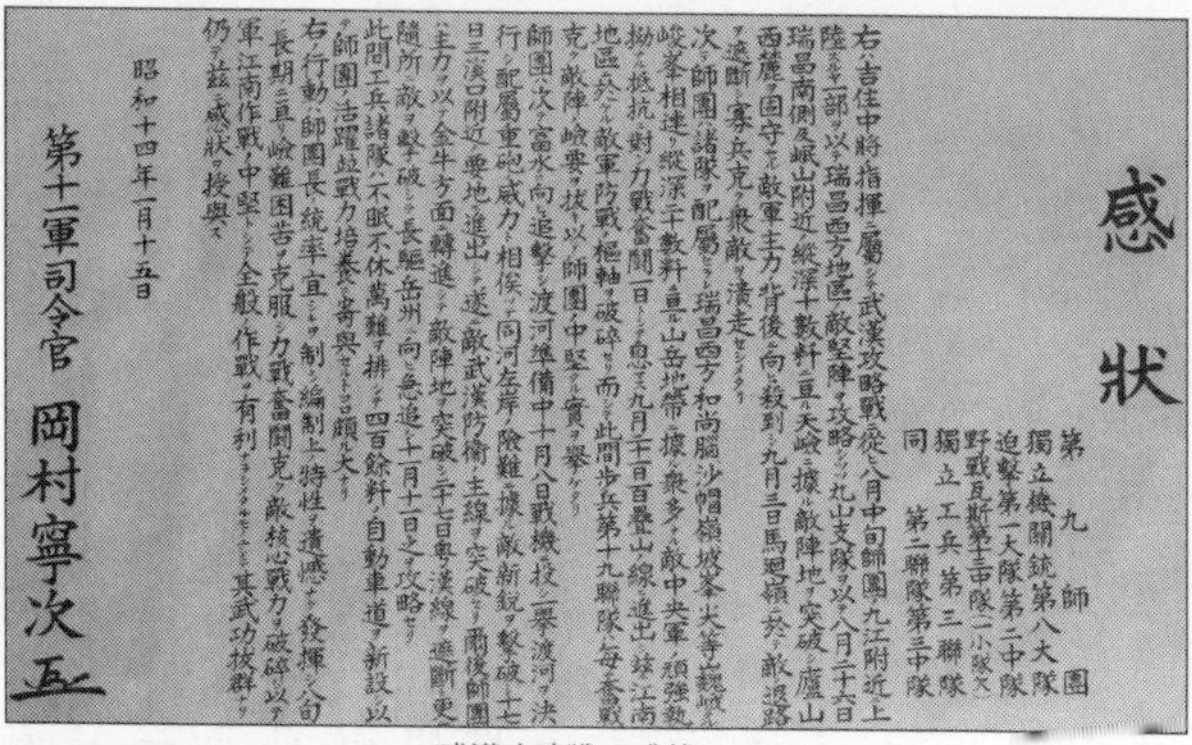
感状

第九師團
獨立機關銃第八大隊
迫擊第一大隊第二中隊
野戰瓦斯第十三中隊（一小隊欠）
獨立工兵第三聯隊
同　第二聯隊第三中隊

右ハ吉住中將指揮ニ屬シテ武漢攻略戰ニ從ヒ八月中旬師團ハ九江附近ニ上陸スルヤ一部ヲ以テ瑞昌西方地區ノ敵堅陣ヲ攻略シツツ九山支隊ヲ以テ八月二十六日瑞昌南側及岷山附近ノ縱深十數粁ニ亘ル天嶮ニ據ル敵陣地ヲ突破シ廬山西麓ヲ固守スル敵軍主力ノ背後ニ向ヒ殺到シ九月三日馬廻嶺ニ於テ敵ノ退路ヲ遮斷シ寡兵克ク衆敵ヲ潰走セシメタリ
次テ師團ハ諸隊ヲ配屬セラレ瑞昌西方和尚腦沙帽嶺坡峯尖等ノ巍峨タル峻峯相連リ縱深二十數粁ニ亘ル山岳地帶ニ據リ衆多ナル敵中央軍ノ頑強執拗ナル抵抗ニ對シ力戰奮鬪一日モ息マス九月二十一日百疊山ノ線ニ進出シ該江南地區ニ於ケル敵軍防戰ノ樞軸ヲ破碎セリ而シテ此間歩兵第十九聯隊ハ毎ニ奮戰克ク敵陣ノ嶮要ヲ抜キ以テ師團ノ中堅タルノ實ヲ擧ケタリ
師團ハ次テ富水ニ向ヒ追撃シ渡河準備中十月八日戰機ヲ投シ一擧渡河ヲ決行シ配屬重砲ノ威力ト相俟テ同河左岸ノ險難ニ據ル敵新鋭ヲ擊破シ十七日三渓口附近ノ要地ニ進出シテ遂ニ敵武漢防衛ノ主線ヲ突破セリ爾後師團ハ主力ヲ以テ金牛方面ニ轉進シテ敵陣地ヲ突破シ二十七日粤漢線ヲ遮斷シ更ニ隨所ニ敵ヲ擊破シテ長驅岳州ニ向ヒ急追シ十一月十一日之ヲ攻略セリ
此間工兵諸隊ハ不眠不休萬難ヲ排シテ四百餘粁ノ自動車道ヲ新設シ以テ師團ノ活躍並戰力培養ニ寄與セルトコロ頗ル大ナリ
右ノ行動ニ師團長ノ統率宜シキヲ制シ編制上ノ特性ヲ遺憾ナク發揮シ又合長期ニ亘リ嶮難困苦ヲ克服シ力戰奮鬪克ク敵核心戰力ヲ破碎シ以テ軍江南作戰ノ中堅トシテ全般ノ作戰ヲ有利ナラシメタルモノニシテ其武功抜群ナリ
仍テ茲ニ感状ヲ授與ス

昭和十四年一月十五日
第十一軍司令官　岡村寧次

武漢攻略戦の感状【11】

排して約400キロの自動車道を新設して、師団の活躍、戦力培養に大きく寄与したとの事で、岡村第11軍司令官より感状を授与され天上に上奏せられたのである。[21]

昭和13（1938）年10月30日、遂に岳州城を占領した。しかし、我が小隊も九江出発以来、炎熱とマラリアと、重なる2か月余の活動で兵力の消耗が甚だしく、岳州占領と同時に疲労で10名近くの入院患者を出す状態となり、小隊の能力はいちじるしく低下した。九江進発時の兵力の約7割が減少したのである。しかし、幸いにも1週間内外の休養で体力も回復して、逐次帰ってきたので良かった。

岳州では、もっぱら警備を主として附近の道路の補修をも実施した。岳州城は有名な洞庭湖畔にある。その城の築城は、幾百千年も前に構築されたものと思うが実にみごとで、岳州鎮一帯が城の形状で絵でも見ているような素晴らしさだった。私は、おとぎの国の竜宮城のようだと錯覚する。湖水に面したお城は煉瓦と石材で建築された大掛かりなお寺のようで、遠くから眺めた時はさらに素晴らしかった。南京城やその他の城とは異なっている。中国でも珍しい城ではないかと思われた。この岳州城は無血占領に近い進入で城内整然としており、物資も幸い豊富であったようである。敵は、我が軍の急進撃のため、防戦する事もなく、我が部隊は武漢三鎮を、また附近の要衝をも占領し、この戦闘は終結したのである。我が中隊は、岳州城を占領後約1週間滞在し、11月12日、蒲《ほ》折《きん》並びに新店鎮附近の交通作業のため、第9師団長の指揮下で、新店鎮附近に位置して岳州―雲渓間の道路補修、警備に当たった。蒲折―嘉魚間、及び嘉魚―石磁頭間の自動車道を構築、また蒲折―趙李橋―李橋間の道路増強等を命ぜられ、そのつど駐留地を移動しながら、交通作業を実施して自動車、兵力の移動、その他に支障のないように努めたのである。

昭和14年の正月は蒲折で迎えたが、中支における初めての新年であった。我が中隊の兵士は比較的長く、中支での戦争行動にも慣れ、全員が通常の作業その他の任務を支障なく遂行できるようになっていた。また作業には常に、現地住民の協力を得るなど、人夫の使用法や取扱いもよく心得て、満点といわれるような優秀な個人個人で、それぞれが分隊長幹部級となっていたのである。

《注：漢口作戦の大要：武漢三鎮は、揚子江、粤漢線、京漢線等の要所。実質的な政府を置いた漢口の占領で蒋介石政権に打撃を与え日支事変の一挙解決を図り、兵力、資材等、国力を賭けた戦い。13年3月に国家総動員法成立。6月漢口作戦を御前会議で決定。炎熱、

マラリア等の中、言語に絶する戦い、総兵力30万。10月26日に漢口占領、粤漢線を遮断した[14]》

南昌攻略戦［昭和14年2月］[22-23]

4か月後の昭和14年3月中旬、南昌攻略の準備が開始された。我が山田部隊も主力をもってまず、修水の渡河準備が第一の主要任務となった。この渡河は普通の渡河と異なり、重車両、殊に7トン以上もある重戦車を渡河させなければならない。普通の戦闘では、砲兵隊やその他の自動車の渡河が多く、技術的な作業を顧慮する事もなかったが、7トン戦車ともなれば日本工兵の当時の装備では門橋《もんきょう》（小型の舟には乗せられないような車両・火砲などの重装備を、数隻の舟を連結して渡し舟として使用する）作業は不可能だった。そこでなんらかの創意工夫が必要であった。

当時、中支では雨季で河水は増水している。この河川は、幅が約１５０メートルであったが、附近一帯は概して水田が多く、近くには小部落もあった。門橋は、7トン車を積載するため、天候不良などの悪条件もあり、約7割程度の安全荷重を計算に入れて、約12トンの荷物を搭載できるようにする必要がある。

また我々を苦しめたのは、中支には適当な木材や、その他の材料がない事である。日本でも山に木が少なくなったとはいえ、まだまだ中支に比べれば豊富である。弱い丸太をいかに組み立てて重量に耐えさせるか、船の舷《げん》（船の両側面）もそれだけの重量に耐えられるかも難題である。さらに、積み込む桟橋も必要である。直接に乗り上げれば舷は破壊するなど、種々の設計と、その準備が必要になる。中支の雨季は、河川と湖水との関係は非常に面白く、また合理的にできている。揚子江や黄河の奥地であるヒマラヤ山岳地帯に積もった雪は春とともに融雪して流れる。河水は揚子江を主流として幾多の支流が注ぐ。また雨季には、幾か月分もの雨水を本流だけで消化する事は到底不可能である。そのため、大陸には到る所に湖水が自然にできている。洞庭湖や鄱陽湖《はようこ》が代表的なものである。

その他湖南省、湖北省は湖水の省ともいわれるように、省内一面に大小無数の湖に水が貯蔵されるよう、自然に出来上がっているのである。そして数か月を要して逐次、揚子江に出て上海に流水する。

湖水も川も、場所によっては川幅が、数十キロにも広がって大海のような眺めである。この状態を知っただけでも中国は大きいなあ、と察しがつくであろう。

敵は、対岸の山地帯に堅固な陣地を構築して奉新、ひいては南昌を第一線防禦地帯として頑張っている。南昌は、武漢三鎮が占領下となって武昌、南昌、長沙と分断され孤立したので、南昌防衛は非常に大切になったのである。そして、我が軍の修水渡河攻撃を知るや益々陣地を堅固にして、間断なく砲撃を加えてきている。我が部隊も渡河準備には非常な苦労を強いられたのであった。

この山岳地帯は約40キロに亘っている。そして奉新までさらに約15キロの山岳地帯があった。我が部隊は主として夜間に、敵の砲撃を避けながら準備を進めたのであるが、雨季のため連日降雨があり、田畑も水浸しであった。この中で作業する工兵隊は実に困難を極めた。しかし、このたびの渡河戦は、中支における優秀部隊として自他ともに許す山田工兵部隊が総ての困難を克服して行ない、ようやく準備が出来上がったのである。

私たち小隊と、伊藤少尉が率いる第3小隊の2個小隊は、戦車隊に配属されて南昌攻略戦車隊が編成された。歩兵第147聯隊の第2大隊を基幹に、戦車隊第5大隊同第7聯隊、独立軽装甲車第9中隊と、我々独立工兵第3聯隊第1中隊兵站、輜重《しちょう》（軍隊の糧食・被服・弾薬など、輸送すべき軍需品の総称）兵第1中隊の第1小隊をもって編成し、石井大佐指揮の下に南昌攻略戦が開始されたのである。独工3の山田部隊が、1か月余に亘る霖雨《りんう》（ながあめ）の中、幾多の困難を排して実施した準備完了を待って、3月20日夜半、行動を開始した。

渡河部隊は、暗夜雨天の中を修水河畔に集結し、敵弾の飛来する水田の中をお互いの連絡のため、懐中電灯や白布を使用しながら、電灯の淡い光を目標に足を運ぶ。瞬間、一発の敵砲弾が私の目の前10メートルほどの地点に落下した。同時に、私は水田の汚水（汚物、廃液などを含む家庭排水。汚れた水）を隣兵とともに全身に浴びた。私は思わずやられた、と思うと同時に地に伏したが、すぐさま体の方に異常がない事を知った。幸いにも敵弾は不発弾であったのだ。命拾いをした。私の行く先は幸運だと自信を強めた。そして部下の様子を尋ねたが皆、無事である事が判った。彼らは、かえって私の安否を気にして「小隊長……」と呼んでいる。私は、心から良かったと思った。今、渡河を目前にして犠牲者でも出せば全般の士気が衰える。危機一髪であった。兵隊は「汚水なんか何ともない」と皆元気である。私もこの様子を見て嬉しく思った。

私は、この作戦で2回命拾いをした。1回は昼間に私の側に1発の敵弾が炸裂したが、その時も不発弾だった。一般に雨季のためか不発弾が多かった。友軍にとっては実に幸運である。我々は、渡河が終わるや戦車に乗り、約40キロの敵陣地内を強行突破して速やかに敵の後方に進出し、敵の退路を断ち、敵の後方を攪乱するのが最大の任務であった。これが、敵陣地内ではいかなる敵の銃砲火、機銃掃射を受けるかもあり得よう。しかし、どれほどの敵の猛射を受けようとも、一目散に敵中を走るだろう。多少の犠牲は覚悟の上である。初めて敵中に飛び込む私たち小隊は、男の中の男で、成功すれば日本軍の亀鏡《ききょう》（亀の鏡、正しい姿を映し出す鏡）と褒《ほ》め称えられるだろう。このたびの戦争は遣り甲斐がある、と全員が張り切っているのだ。

いよいよ戦車隊を助けて修水の渡河が始まる。重量戦車の乗船に、門橋は軋み濁流が渦巻く。さすが戦車は重いなあと感じさせられる。修水は幅約300メートルである。ようやく戦車が門橋に載る。沈量を平均にして徐々に運行に入る。船は静かに漕ぎ出した。川の中央に出る。門橋はどっしりとしている。岸に向かって進む。4丁櫓で漕ぐ。竹竿で突っ張る。岸辺に着く。

直ちに上陸開始、船の操作も慎重である。戦車は無事上陸した。直ちに出発準備、我々は、装具を戦車上に、そして車上の兵となる。戦車は次々と渡河してくる。敵もこれを察知してか無闇に撃ち出してくる。しかし大半は、暗夜に鉄砲の感である。兵隊たちは、「こんなヒョロヒョロ弾に当たってたまるか」の意気込みである。敵が戦車に近づけば一発の下にと拳銃を握る。各兵も小銃、手榴弾を握っている。

私たち工兵は、地形上戦車の通行困難なる地点、あるいは断崖に遭遇した場合は、直ちにこれを切り崩し、壕の如きも破壊し、戦車の進撃に支障なからしむと同時に敵の戦車攻撃に遭えば、これを自衛するなどの任務を有し、戦車護衛に万全を尽くさなければならないのだ。

戦車隊は無事渡河に成功し、整然として直ちに出発したのである。ゴウゴウドカンドカンと地鳴りを上げながら一目散に敵中に突っ込む。小高い山、谷を縫う。敵も気づいて機関銃で射撃してくる。我々は構わずどんどん進む。そのうちに機銃の音も小さくなる。星空が見えるが山の中は暗い。我々はただ前進するのみである。戦車上を銃弾が通る。私たちは、戦車上に座り姿勢を低くして乗っている。体の動揺もない。

かくして、東の空はやや明るさを増してくる。午前4時過ぎには相当敵陣の奥深くまで進行したのである。午前6時頃には未知の敵の後方に進出した。幸いにも、犠牲者もなく敵の砲兵陣地帯に突入した。もし敵が我々の戦車に対して肉迫攻撃でもしてくれれば、我も撃たんの覚悟である。我々は、常に着剣して油断がない。戦車隊は、全速力で突進して敵を撃破する。前進に前進を続け、山岳地帯の小山も何も意に介さず、翌21日、先頭梯団《ていだん》（大兵団が行進するときなどに、便宜上いくつかの部隊にわけた、その各部隊）をもって第106師団に協力、五谷嶺附近の敵主陣地を穿貫《せんかん》突破する。

敵状を見れば野砲数門がある。敵兵は見えない。しかし附近に、数名の兵が隠れているのを発見、逃走するのを見て射殺する。多分、附近にはたくさんの敵兵がいる様子だ。そして次々に機を逸せず萬家埠安義に突進、随所にいる敵の集団を破砕し、退却中の各種火砲40門を捕獲して、22日夜半、早くも100キロを踏破して燃料最後の一滴を尽くし奉新を攻略した。まず空中より燃料の補給を受け、我々工兵隊は、工事用の消耗品、すなわち釘、鎹《かすがい》、鉄線などの補給を受け、次の作戦工事の準備をする。

奉新では、夜中の事とて敵兵も一般住民も何が何やら戸惑う状態であった。中には、我々を中国兵と間違って提灯などを持って出迎えた一般民衆もいる。意表を突いた急進撃であった。我々工兵隊は、早速奉新にある3か所の石橋に、手配して破壊計画、装置の有無を丹念に調べる。幸いその形跡は見当たらないので、石橋の両端に警戒兵を配置してそれら橋梁を完全に確保したのである。

翌23日も友軍の飛行機が飛来して戦車用の燃料を投下して行く。白い落下傘のついた小ドラム缶は2個ずつ投下される。初めて経験する近代科学戦争の様相を呈し、見ている兵士も勇気百倍、我らの使用する器具材料も充分に補充されたのである。

我が戦車隊も種々の補充を完了後、再び戦車上の人となり、奉新を進発して主力とともに、南昌を目標に活発な行動を開始した。南昌に接近するにつれ、進路上の道路は至る所が破壊されていた。我々は、これらの破壊道路を全速力で補修する。1分たりとも休む暇も、食事する時間も勿体ない。しかし戦車の走行速度は急に衰え始めた。小隊は誰彼の別なく、衛生兵も警戒に当たるという。100%の作業力を発揮して、戦車の前進を促す光景は実に勇敢そのものであった。

そして25日、西山満寿宮附近の難敵を蹴散らして翌日午前、逸早く贛江《かんこう》河畔に達した。この附近に達するや、敵による障害は益々多く、かつ道路も5～10メートル間隔に深さ1メートル余の壕を掘って、戦車の進撃を阻止してある。我が工兵小隊は、これを全面的に除去し、戦車の進行を可能にする。南昌を守備している敵兵がちらほら見える。しかし、大なる戦闘は不可能の様子である。また南昌は堅固な守備も整っている状態には見えない。1時間でも早く南昌に突入して無血占領を図りたい。戦車よ急げ、作業よ頑張れ、お互いに励まし合って進む。

贛江は、川幅1キロ以上あり、当日は荒波が立っていた。小舟の運行は危険であった。困難に困難を重ねた我々小隊は、午前8時過ぎ、南昌入口の中正橋左岸に達した。今一息だ、続く軽装甲車の3台は南昌を占領せんとして中正橋を強行驀進する。中正橋は幅6メートル、長さ1200～1300メートルの鉄筋コンクリート造りの立派な近代的永久橋である。装甲車は橋の中央を突破し、さらに驀進を続ける。今、まさに、右岸に達するやと見えたその瞬間、俄然大音響とともに4橋節の永久橋は、約200メートルに亘って一斉に爆破された。我が装甲車は、我々の目前で高く跳び上がる。幸いにして5メートルの間隔で停止し、転倒を避ける事ができたが、時間にして1分間の差で我が部隊は南昌突入を阻止されたのであった。

無念の涙、残念で残念で胸が一杯になった。今日まで約1週間、休む事なく文字通り不眠不休の努力も、最後の1分間で十二分の目的を達成する事ができなくなったのである。残念だ。我が戦車隊が今より30分早く進出してくれたなら、このようなことはなかっただろう。が、しかし、敵は予め爆破装置をこの橋に設置して機の熟するのを待っていたに違いない。戦術上の判断からいってそれに相違ない。幸いにも軽装甲車に損害はなく、橋上より引き揚げることができたのである。私は、直ちに次の手を打たなければならなかった。直ぐに民舟を集め確保する事が第一である。

直ちに附近を捜索した。幸いにも約7トン積みの舟を1隻発見した。対岸には川舟が集積してあるものと判断した。それで、私は部下に対岸に渡り、川舟や渡河材料の確保を命じた。発見した川舟はあまりにも大きく、不慣れな兵隊では扱うことができないので、舟の持ち主と6～7人の住民で櫓の操作を担任させた。櫓は15センチもあるような幹で長い。それを6～7人で操作するのである。舵は別に船尾についており、これは2人掛りで操る。私は、このような大きな舟は手掛けた事もないが、この舟ならどんな荒波にも充分耐えるだろうと思った。対岸には敵の部隊が守備しているかも知れない。しかし双眼鏡によれば敵が存在している形勢はない。とはいえ、油断は禁物である。先発者のほか、20名近くの兵を敵に応対できるよう適当な場所に着かせた。

万事準備が整った後、いよいよ渡河のため出発する。舟は波と闘いながら進む。50センチ、70センチ、私は気が気でなかった。無事対岸に到着してくれ、敵はいないように、と居ても立っても居られない気分である。10分、15分、そして約20分後、舟は対岸に到着した。対岸からは旗が元気良く振られる。「ああ、やっと到着したか」と胸がすうーっとした。この20分間は実に長かった。そして、再度敵兵の守備がない事を確認した。万一、敵の出撃にでも遭えば甚だ危険である。用済み後直ちに引き揚げるように信号を発した。彼らはまた船に乗り、帰路に着いた。

　私はやっと安心する事ができた。侍つよりも早く彼ら決死隊は無事に戻ったが、人夫の1人は敵の流弾を受け負傷した。早速、看護兵が手当を施した。この舟は、後日も非常に有効に使用されたのである。

　その後、私たちは戦車を渡河させせんがため、木材の収集に努めた。対岸に派遣した兵の報告によれば、対岸でも適当な舟を見ることができなかったが、大船は3隻あるという。しかも軍隊を輸送した形跡があるとの報告で私も喜んだのである。危険を冒して派遣した価値があったのだ。その夜は炊事も充分にして、附近の家屋を利用し、休憩に入った。その頃には戦車隊も全部到着し、充分な警戒の下で休む事にしたのである。

　しかし、私は中正橋を占領すると同時に左岸橋礎を指揮班や、その他5~6名の兵力で警戒、占領後、間もなく、敵の大部隊が南昌市街に向かって行進してくるのを発見した。咄嗟に私は、「これは、大変だ……」と唸った。およそ1個大隊の兵力であろう。その後方にいかなる部隊があるかも詳《つまび》らかではない。この敵の大部隊と戦闘を交えては全滅するのは明らかだ。軽機1丁と小銃だけの30名足らずの兵では勝算がない。しかし敵は目前にきている。約５００メートル先には、部隊の先頭が顔を出している。

それが300メートルに近づいた時、私は軽機や小銃の射撃を全員に命令した。ドドドロン、パチパチ、急に撃ち出した弾に敵は驚き、その先頭が急に散乱したのも手に取るようによく見える。「よしっ」と続いて猛烈に、銃口が赤くなるほど撃ちまくった。大部隊の敵もうろたえて川下の方に散って行った。そして我々は川淵の道路沿いに行進方向を変えたのである。敵は退却して行ったが、中正橋を日本軍が占領しているとは夢にも考えなかったのだろう。敵の大部隊はとうとう遠くに去って行ったのである。

夕方には万一にと、戦車隊は厳重な警戒配備につき休憩する事ができた。しかし、私たちは南昌市街を目前に、遂に入城する事ができず、2〜3日の待機を余儀なくされたのは重ね重ね残念でならなかった。

この南昌作戦で戦車隊として、我が独立工兵第3聯隊第1中隊（2小隊欠）に対し、第1軍司令官岡村寧次中将より感状を授与せしめられ、その功績を、天皇陛下に奏上されるの光栄に浴したのである。[24]

《注：南昌攻略戦の大要：第11軍が、漢口作戦の一環として占領予定だったが、九江南方方面で手間取ったため、漢水北方方面で止め、武漢攻略に専念し、106師団の士気高揚を図ったが裏目に出た。しかし作戦上も南昌攻略が必要になり、贛江の渡河作戦を行なって占領、意気高揚にも意義があった[22][23]》

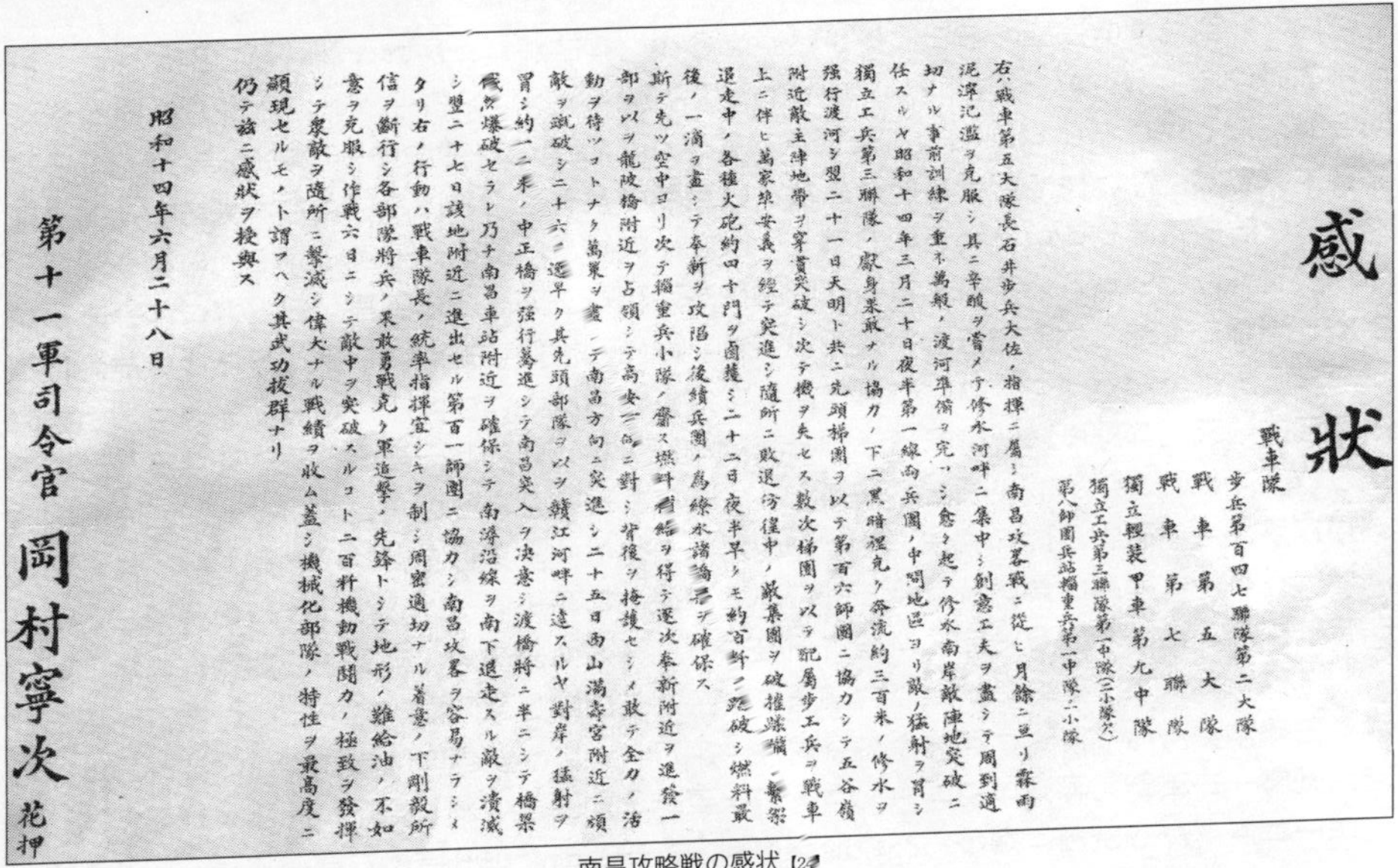

感状

戦車隊
歩兵第百四七聯隊第二大隊
戦車第五大隊
戦車第七聯隊
獨立輕裝甲車第九中隊
獨立工兵第三聯隊第一中隊(三小隊欠)
第八師團兵站輜重兵第一中隊ノ一小隊

右ハ戦車第五大隊長石井歩兵大佐ノ指揮ニ属シ南昌攻略戦ニ従ヒ月餘ニ亘リ霖雨泥濘氾濫ヲ克服シ具ニ辛酸ヲ嘗メテ修水河畔ニ集中シ創意工夫ヲ盡シテ周到適切ナル事前訓練ヲ重ネ萬般ノ渡河準備ヲ完ウシ愈々起テ修水南岸敵陣地突破ニ任スルヤ昭和十四年三月二十日夜半第一線両兵團ノ中間地區ヨリ敵ノ猛射ヲ冒シ獨立工兵第三聯隊ノ獻身果敢ナル協力ノ下ニ黒暗裡克ク奔流約三百米ノ修水ヲ強行渡河シ翌二十一日天明ト共ニ先頭梯團ヲ以テ第百六師團ニ協力シテ五谷嶺附近敵主陣地帯ヲ穿貫突破シ次テ機ヲ失セス數次梯團ヲ以テ配屬歩工兵ヲ戦車上ニ伴ヒ萬家埠安義ヲ經テ突進シ随所ニ敗退彷徨中ノ敵集團ヲ破摧蹂躙シ橋梁退走中ノ各種火砲約四十門ヲ鹵獲シ二十二日夜半早クモ約百粁ヲ突破シ燃料最後ノ一滴ヲ盡シテ奉新ヲ攻陥シ後續兵團ノ為潦水諸橋ヲ確保ス
斯テ先ツ空中ヨリ次テ輜重兵小隊ノ齎ス燃料補給ヲ得テ逐次奉新附近ヲ進發シ一部ヲ以テ龍陂橋附近ヲ占領シテ高安方面ニ對シ背後ヲ掩護セシメ敢テ全力ノ活動ヲ待ツコトナク萬難ヲ盡シテ南昌方向ニ突進シ二十五日西山萬壽宮附近ニ頑敵ヲ蹴破シ二十六日逸早ク其先頭部隊ヲ以テ贛江河畔ニ達スルヤ對岸ノ猛射ヲ冒シ約一二米ノ中正橋ヲ強行驀進シテ南昌突入ヲ決意シ渡橋將ニ半ニシテ橋梁俄然爆破セラレ乃チ南昌車站附近ヲ確保シテ南潯沿線ヲ南下退走スル敵ヲ潰滅シ翌二十七日該地附近ニ進出セル第百一師團ニ協力シ南昌攻略ヲ容易ナラシメタリ右ノ行動ハ戦車隊長ノ統率指揮宜シキヲ制シ周密適切ナル着意ノ下剛毅所信ヲ斷行シ各部隊將兵ノ果敢勇戦克ク軍進撃ノ先鋒トシテ地形ノ難給油ノ不如意ヲ克服シ作戦六日ニシテ敵中ヲ突破スルコト二百粁機動戦闘力ノ極致ヲ發揮シテ衆敵ヲ随所ニ撃滅シ偉大ナル戦績ヲ收ム蓋シ機械化部隊ノ特性ヲ最高度ニ顕現セルモノト謂フヘク其武功抜群ナリ
仍テ茲ニ感状ヲ授與ス

昭和十四年六月二十八日

第十一軍司令官　岡村寧次　花押

南昌攻略戦の感状【2】

襄東会戦及び淅江市附近での作業〔昭和14年4月〕

私たちは、南昌作戦に参加するも南昌市に入城の機会なく、心残りであった。4月1日、江南萬家埠より湖北に転戦、第3師団長の指揮下に入り、4月18日以降、淅河市—徐家店間の岩石山岳地帯で駄馬道、自動車道14キロに亘り改修作業を実施し、次いで支隊長澄田少将の指揮下に転じ、引き続き該区間の道路増強作業を実施した。

5月8日より我が小隊は、戦車第5大隊長の指揮下に入り、僅少の工兵力で再度戦車に搭乗し、出撃することとなった。戦車隊は、棗陽《そうよう》附近に主力を有する敵を発見したので、急遽攻撃を加える。敵もまた執拗に抵抗する襄東《じょうとう》会戦となった。小隊は敵の弾雨下、勇敢に戦車の通過を阻害する各種障害物の排除作業に従事して、戦車の進撃を容易ならしめた。この戦闘において我が小隊の菊地上等兵は、体内に貫銃傷を負って応急手当を受け、医療機関に後送し、残りの小隊全員が一丸となって任務を強行、戦車隊をしてようやく敵を撃退、棗陽方面に敗走させたのである。襄東作戦終了をもって、小隊は原隊に復帰し、淅河市附近の交通作業を命ぜられ、第3師団警備地区内で既設道を増強並びに補修作業に着手した。

我が小隊は、中隊区間中最も遠くの地区を担当し、警備隊の有する市街地に宿泊した。私は早速、警備隊長に挨拶のため、同本部を訪問して警備などのお願いをした。警備隊長は雑談中、「この地区は野菜も魚類も皆無だ。それは、作戦中に全部消費してしまった。君の部隊がいくら頑張っても、手に入れる方法はないぞ」と言っていたが、私は、「止むを得ません。しかし閉口です」と答えた。実情は、その通りである。市場も閉鎖され、商人もこないのであった。私は、各作業区間を定め、橋梁は小隊中の木工手を全員加工班にし、その他は材料の蒐集《しゅうしゅう》に充てた。

私の小隊員は人夫を使用する事に慣れているので作業能率は上々である。附近に現地人を見つけた場合は、直ちに人夫として使用し、帰りには賃金を払い土産品をやる。そうすると、翌日は大勢連れてくるようになる。3日目には10人以上の人夫が集まった。その上、野菜も持ってくるようになった。私はこれを買い受け、代金を払ってやる。このようにして彼らと意思が通じ、彼らも恐怖心が薄れていった。1週間後には市場も開始した。警備隊も感心して種々世話をしてくれる。それも生きた宣撫である。但し、便衣《べんい》（中国の普段着）兵や、敵の侵入には充分注意して、機に乗ぜられないよう、充分な警戒を要したのはいうまでもなかった。

《註：襄東会戦の大要：14年5月、11軍が1か月準備して漢水左岸、襄陽東方地域において打撃を与え襄東地区一帯を放棄せしめた。その後、各兵団は原駐地に帰還した[25]》

瑞昌附近の交通作業及び贛湘会戦〔昭和14年6月〕

九江―陽新道は、南昌作戦や、その後の警備の薄れに伴い、敵の手によって徹底的に破壊され、敵が出没する状態となるなど、急激に変化していた。山田茂部隊長は、第2、第3の野戦道路構築隊、第12師団架橋材料中隊を併せ指揮して、該道の補修に任じた。7月末日には、晴天時では概ね重車両の通過にも支障のない程度に補修を完了した。

8月1～19日の間は、瑞昌—箬渓《じゃくけい》道の補修にも着手し、自動車の連続通過に支障のない程度に完成させたのである。次いで我が聯隊は、8月20日の軍命令により9月11日、武昌に兵力を集結し、直ちに咸寧《いねい》に到り、第33師団長の指揮下に入る。18日、通城北方石城湾集結地に到着するや一部をもって通常崇陽道を、戦車通過のため橋梁の補強並びに作業上必要な資材の有無などの偵察を行ない、作戦準備を完了した。

戦車を通過させるには、自動車と異なり、河川の橋梁補強に重点を置き、殊に重戦車の場合は、相当の負荷重に耐えるように橋梁の張間に橋脚を設け、または橋桁の増強などが必要で、もっぱら木工手の作業が多く、補修材料、鉄線、釘、鎹などの材料も補給しておかなければならなかった。一般に、これらの材料は近隣で集め、工事現場に運搬するものだが、中国の山地、その他には樹木が甚だ少ない。これを集積するには、想像以上の困難が伴い、橋梁補強もまた、特別の工法の考案が必要である。

我が中隊は、9月20日、暗夜に乗じて諸隊に先んじ、しかも敵弾下で、鯉港に至る間の自動車道の構築作業に任ぜられ、22日、これを完了させたので作戦部隊の進撃を容易にした。麦市の高地には、優勢な敵が陣地を占領して頑強に抵抗し、我が中隊の作業を阻害しており、いたずらに兵力の損害を防止するため、暗い夜を利用し作業を続行したのである。

25～26日に亘り、敵の攻撃は猛烈を極めるも、我が作業隊はよくその猛射の中にあって任務を続行し、南楼岺の険峻を道幅、軽重車両道に改修して戦闘諸隊の進撃を容易にした。また聯隊は、第1線部隊に跟随《こんずい》（人の後について行く事）して長寿店に至る間、実に約90キロの駄馬道を補強し、30日、払暁《ふつぎょう》（明け方）完了して、贛湘《かんしょう》会戦への部隊の進出を迅速にした。この未知の地、殊に山地にありては、不完全ながらも5万分の1の地図と磁石を頼りに、現地と照合し、よく観察して方向、現地点を常に図上に記し、絶対誤りのないように注意した。工兵隊第一線将校は、このように地図の判別にも長けていなければならない。万一、方向を誤れば無益の作業を実施したり、戦闘部隊を逆の方向に誘導する事にもなりかねず、戦闘の遂行そのものに支障を来し、大損害を生む事にもなるのである。

《註：贛湘会戦の大要：我が軍は9月中旬、岳州東西を出発、粵漢線に沿い長沙に、一部は長寿街に、以後反転10月26日帰還。しかし、蒋介石国民党軍は我が占領地に対し、後方攪乱の遊撃戦強化。これは中共軍が猛烈な勢いで浸透拡大作戦をとったためで、事変以来の激戦も。結局わが軍精鋭が撃破したが、占領地を放棄して原隊復帰したため、敵は自らの戦勝と宣伝、敵の士気を削ぐ効果は薄かった[26]》

第2次瑞昌附近の交通作業〔昭和14年10月〕

聯隊は昭和14年10月20日、再び瑞昌に兵力を集結して瑞昌―碼頭鎮道、瑞昌―箬渓道を自動車道に改修し、瑞昌―大屋田村の補修全長46キロ、瑞昌碼頭鎮道20キロ、大屋田村―箬渓道間19キロを、現地民延べ53、000人の協力を得て、橋梁の架設60箇所以上、その他戦車壕の埋填450箇所以上の大作業を実施して、自動車の連続通過に支障ない程度に翌15年2月20日頃完成させた。

これらの区間は、武漢三鎮攻略当時、一時的に造られた自動車道であったため、その後は管理も補修もされず、敵が道路破壊を意のままに、また完全に放置された状態で、全線に亘り新工事と同様の作業力を要したのであった。戦地では、道路網も相当の警戒と補修を必要とするが、私たち工兵隊は、作戦が実施されればその作戦に参加して戦闘をするので、他の地方は放置の状態となってしまうのも致し方がなかった。北に作戦があれば南の地方の道路は破壊されたり、水田や畑地の部分は復元されてしまうのである。農民としてみれば止むを得ない行為であった。

私たち工兵隊は、このような状態で西に東にと駈け廻り、正月もゆっくりする時間はなかったのである。このような状況下で、日本の石油事情はいよいよ切迫してきている。このままの状態では、今後戦争を続けることはまったく不可能になってきていたのである。米国をはじめとして、その他の諸国も日本に対しては石油の封鎖を益々強化してきている。我々の判断では日支事変もいつ解決するのか、蔣介石政権も成都や重慶に入り、持久戦の覚悟を固めている。また、日本軍の毎日のような重慶爆撃も効果があるのかないのか我々には判断外の事であった。

孝感飛行場の補修工事〔昭和15年2月〕

我が中隊は、武昌北方にある孝感の飛行場の補修を命じられた。なお、本部との連絡のため、無線通信部隊の1個分隊を配属されたのである。この飛行場は、敵が武漢三鎮の直接防衛のため、事件勃発と同時に、蒋介石の直接命令で工事に着手したのであったが、日本軍の攻撃があまりにも急速であったので、まだ充分に完成していなかった。殊に日本軍の冨水渡河の疾風的な急進撃に逢って敵が自ら破壊したのであった。地雷を使用して大きな穴を掘り、建築物も破壊されていた。我々中隊の任務は、この未完成の滑走路や必要建築物の整理工事である。私は、兵力のほか、現地住民を土工夫として、幾百人も利用した。日々の日当は食塩、または現金を支払った。彼らは、非常に食塩が不足しており、日々の生活に少量の食塩を大事に使用していた。

我々が、配給された魚の腹に入っている塩でも与えれば、彼らは非常に感謝するのである。また日本の缶詰を珍しがり、空缶を拾って持ち帰る子供たち、そして湯を注ぎ食する者もいる。兵食の残飯も彼らは大切にして持って帰り食用にするのであった。兵隊たちの中には、彼らに品物と交換で洗濯をしてもらう者もいる。

作業は、大穴を埋め平坦にする。さらに、堅固にするためローラーで踏み固める。それも人力で引く状態であり、モーターも機械もない原始的な作業であった。しかし近く開始される予定の宜昌作戦に備えての飛行場である。急を要する工事であった。また、この附近は治安も不安定であった。

我々はこの時、自衛用の兵器をろくに備えていない。敵のスパイが人夫に混じって入ってくる。しかし、証拠がなければ捕虜にする事はできない。私が、模型の機関銃を数多く作ってカバーを掛け、並べて置いた時に、注目して見る住民もいる。彼はスパイではないかと思うこともたびたびあった。

私たちは非戦闘部隊のようである。武器はといえば、小銃に軽機関銃2丁と手榴弾であり、誠に心細い限りの部隊である。この飛行場と漢口との距離は、離着陸の時間を入れても30分ほどである。部隊本部との連絡は無線分隊が担当してくれた。私たちは、約1か月、この作業に従事したが、戦闘機や偵察機の離着陸には支障のない程度に出来上がり、その後は平坦工兵隊に引き継ぎ、次期作戦準備のため、飛行場を出発した。

第四章──中支宜昌作戦

宜昌作戦始まる［昭和15年4月］

昭和15年4月、宜昌作戦の実行が具体的に決まったため、[27]先ず物資補給上、欠くことのできない自動車道の構築を担任し、当陽を占領して[28]作戦の準備を開始した。ここで、漢口─当陽間は未舗装道ではあったが、形ばかりの自動車道は存在していた。当陽は、揚子江の上流にあり、相当大きな市街である。

私は、ある日、危険を覚悟しながらも、4名の兵隊とともに軽機関銃を装備して約10キロ離れた昔より日本にもよく知られている『三国志』で有名な玉泉寺の見学を兼ね、附近の敵状偵察に出掛けた。他に道案内人として現地住民1名と通訳を伴った計7名であった。通じる道路は自然にできたような歩道で、約2時間歩き続けた。途中、敵兵とも遭遇せず、間違いなくその寺に到着した。寺の後方は山地であり、緑の林が並んでいる。寺の両側も山である。文字通り山中に建てられた古寺であった。寺の面積は日本でいう一町歩もあろうかと思われた。私は、寺の入口で一般の状態を観察し、約20メートルの高さのある13、4の塔を見た。「この塔は、唐金を使用して造った、1800年もの歴史がある古い塔である」と連れの住民は説明する。私は通訳に「この寺の管理人を探して寺の説明をするように」と依頼した。管理人は直ぐにやってきた。

私は用意してきた若干の土産品を差し出す。彼は喜んで受けた。そして、「私たちは日本軍人であるが」と断わって、このお寺の案内を頼めば、彼は日本軍である事は判っていた。そして彼は、次のように説明してくれた。概要は次の通りであった。

「今より約800年前、日本から1人で揚子江を遡り、この寺に修行にきた僧侶がいた。この寺の記録に今でも残っている……」と教えてくれた。この寺の規模の大きさには実に驚いた。僧侶や、寺兵その他を合計すれば、当時600人以上もいたとの事である。日本では想像もできない寺であった。寺は一国の築城を思わせる感じである。多分、そのようになっていたのかも知れない。その生活の食料や経費は檀家で受け持っていたと思われる。寺の入口附近には大きな老樹があって、寺の威厳を保っている。寺の周囲は、相当の土塀が築かれており、普通には侵入できない。

建物は入口より10個に近い室があって各室に頑丈な扉がある。中央が通路になっており、両側に居間兼寝室が続いていた。しかし、我々が見た範囲では1人の人間もいない。私は「寺兵や僧侶はどこに」と尋ねたところ、「全部、今回の戦争で連れて行かれたのだ」と聞かされた。私たちは、不安を募らせながらも次、また次と奥へ進んで行った。後で扉を閉められたら出られないが、と思いながらもどんどん進む。

　最後に、仏を祀ってある大きな部屋に入った。案内人は、「ここが大奥である」と合掌した。高さ4メートル以上もある仏像は金箔でぴかぴか光り、物凄い形相で構えている。身震いをさせられるような仏である。そして管理人は、「寺兵で戦争を拒否した者は、この仏像の前で厳重なる仕置きをされた」と話してくれたのである。室の敷物は、一般的なアンペラ（むしろ）が敷いてある。しかし、綺麗に掃除はなされていた。私は、この寺に現在何人いるかと尋ねたら、「現在、老僕2名と私の3人である」と答えた。「どこでも戦争で住民は苦労しているのだな」と、良い心地はしなかった。

近年の宜昌市街（2002.6）

　私はまもなく帰る準備をして、先ほど通った各室を通り抜け、見学を終わり、参観料として何がしかの金を渡した。彼は大いに喜んでくれたので私も「宜しく頼む」と礼を述べ帰路に着いた。私は以前、吉川英治先生の書かれた『三国志』を読んでいたので、それを思い出し、今日の参観となったのであるが、非常に良い勉強になったと嬉しかった。連れの兵隊たちも非常に喜んでくれたので、私も安心したのである。

宜昌作戦準備といえどもたいした事もなく、私たちはただ宿舎を作ったり、道路の舗装をしたりしているのが日課であった。揚子江対岸の山腹には大きな文字で、「蒋介石万歳」のような宣伝文がよく見える。

いよいよ宜昌攻略戦が始まった。しかし、この瑞昌より上流の揚子江を挟んでいる両岸は、平坦地が少ない。殊に対岸は、山、また山の連続で峻嶺が次から次へと繋がっており、攻撃側としては極めて困難な地形であった。私たちは、左岸を進撃する。敵は、要所要所に小部隊で守備しているに過ぎない。我が歩兵部隊は、敵の占領している要所に迂回作戦を続けて攻撃を実施するが、敵は、我が部隊の攻撃態勢が整ったと見るや、戦わずして退散する。この状態を続けながら約1週間の掃討作戦の末、宜昌に進入した。我々は、既設道を改修し、あるいは補修して宜昌に突入した。この宜昌も相当の大都会である。

これより先は有名な三峡の険と呼ばれる山地である。揚子江も、この宜昌に出れば川幅は急に広くなるが、三峡の険は急流で、両岸は高さ200〜300メートルの岩石でなり、昼なお暗いといわれるほど凄い屏風岩の間を流れている、との事である。川幅も200〜250メートルとのことであった。それが、宜昌に出ると、700〜800メートルの川幅になり、流れは非常に緩やかになる。一般の商船でも宜昌より上流は相当の馬力を持っている汽船だけが通っているとの事だった。揚子江の水位は、三峡の険と、出口の宜昌では4メートルもの差があると聞かされた。宜昌と対岸との間に中洲がある。

その中洲には畑があって野菜などが耕作されていた。兵隊の中で水泳の達者な者が中洲ま

三峡ダムの上流部から(2002.6)

で泳ぎ着き、野菜を求めてきたことがある。対岸には、例の如く蒋介石の宣伝文字が山の中腹に大きく見える。午後6時頃になると決まって、迫撃砲弾が飛んできて宜昌市内で炸裂する。毎度の事ながら友軍に被害はないものの気分は悪い。また大きな建築物目掛けて重機関銃弾が飛んできて壁に当たる。ピーピーと飛んでくる弾は実に不気味だ。まるで揚子江を渡って攻めてこいと誘っているようである。

宜昌に入城して5日目ぐらいに私もとうとうマラリアに侵されてしまった。午後の3時頃になると、急に発熱して39度にも体温が上がる。身廻りの兵隊が心配して軍医に注射を頼んでくれる。食事もできなくなった。中隊の衛生兵も心配してくれる。皆よく看病してくれた。私は非常に嬉しかった。約1週間は床に臥せっていたが、看護のお陰で病状は回復した。しかし2～3日は休業する事にした。宜昌の町は日本軍の占領した町のほかに、現地民が多数居住している一角があり、相当の賑やかさであった。

しかし、一般の日本兵は、その区域内への出入りを禁じられた。それは、便衣兵が潜んでいるなど危険だからである。

4月27日、聯隊は軍命令によって、江北徳安（孝感の西北）の加藤兵站部長の指揮下に入り、直ちに随県《ずいけん》に兵力を移動。5月2日、集結を完了したので同3日より中隊は、随県附近の自動車道補修に任じた。道路は、間断なく補修を続けない限り、良好な状態は困難である。殊に中支は、河川が多いのに、到るところが土質の河川で、道路補装に必要な砂利や山地の岩石が皆無の状態なのである。この工事用の資材が皆無で半永久道は到底望めないし、また構築も不可能であった。

このような地方の我々工兵作業隊は、作戦のつど、東奔西走しなければならず、自動車の交通量も甚だ多く、戦争の条件の半分は、交通戦争に有利な方が勝者といえるのかも知れないと痛感した。聯隊は、厲山附近曾家河渡河設備実施のため、5月4日、第一線諸隊に先んじて柏樹湾附近曾家左岸に進出して厲山北方及び四方高地の敵と対峙し、銃砲弾下に該河川の偵察、材料の集積を行ない、5月5日12時、第一線歩兵が厲山北方高地を占領したのに乗じ、厲山河川の渡河設備作製に着手し、翌6日、該作業を完了した。

我々中隊は、5月10日、棗陽東側河原に幅約100メートル、長さ南北約350メートルの飛行場構築を担当して人夫を集め、常に行なっている方法で偵察機の発着が可能な程度の飛行場を構築した。その後、5月13日、棗陽で第39師団長の指揮下に入り、棗陽―璩家湾―峪山道を自動車道に改築し、14日、峪山に集結した。この間、黄龍擋《こうりゅうとう》北方1キロ附近において一部残敵の襲撃を受けるもこれを撃破し、該道の構築を完成させた。
続いて15日より峪山附近の交通作業のため、聯隊は峪山に主力を集中する。さらに第39師団命令に基づき峪山―陳家集道を野砲道に、次いで16日、峪山―孟家集道も野砲道に、峪山―張家集道を自動車道に改修し、師団の北方に向かう反転機動に支障ないように改修した。また、この間、絶え間なく将校斥候を上王家集南営里附近に出し、漢水渡河点の偵察をするとともに、近衛師団渡河材料中隊、第7師団架橋材料中隊の前進を掩護するなど、師団渡河の諸準備に着手したのである。

白河敵前渡河作業〔昭和15年5月〕
我が聯隊は5月17日、1小隊を黄龍擋附近に送り、右・攻撃縦隊長の指揮下に、1中隊は峪山で中央・攻撃縦隊前衛司令官の指揮下に入り、野砲兵の前進を援助し、孟家集附近の滾河を渡河（徒渉）して同日17時30分、梁家咀到着と同時に中・攻撃縦隊の白河渡河を命ぜられ、第7師団架橋材料中隊を、我が聯隊長の指揮下に入れ、白河偵察のため、所要の斥候を出した。その結果、白河支流に応用舟多数存在するのを知った。第一線歩兵を漕渡で渡河させるため、我が中隊は、支流に地方舟の蒐集、漕渡の準備、すなわち地方舟には、日本式とは異なり、櫓の取付け、櫓の操縦を簡単にする方式、また砲車搭載のため、耐重設備を完全にして計8通りの整備を完了して歩兵部隊の到着を待った。
午前4時、第1回渡河部隊の歩兵第231聯隊第1大隊の主力を乗船させ、支流を下航し、月明の没する頃、支流河口統制線より一斉に発航、白河を渡河したのである。白河対岸の敵は堅固なる陣地にあって、我が作業隊必死の努力にも拘わらず漕行、意の如く進行できなかったが、午前5時頃、歩兵をして敵岸を占領する事ができたので、引き続き工兵第39聯隊の一部と協力して該隊の折畳舟を臂力《ひりょく》（腕の力）によって白河本流に運搬し同時に、2舟を組み合わせ砲車、自動車、戦車を搭載して渡河させる地方舟門橋を結構し漕渡を続行、聯隊の主力、左・攻撃隊の一部を渡河せしめ、15時頃、全渡河を完了させることができた。本戦闘で我が聯隊は、戦死者兵1名、戦傷者下士官3名、兵9名の損害を受けたのは実に残念であった。

その後、聯隊は白河渡河点附近の交通作業に任じ、5月20日、梁家咀附近において師団主力の白河右岸進出を担当して、歩兵第232聯隊の1中隊、機関銃1小隊、野砲兵第39聯隊の1中隊、第7師団架橋材料中隊を梁家咀において指揮下に入り、山田支隊となり、主力を梁家咀に位置して、一部は孟家集に分駐。梁家咀渡河点及び師団の後方交通を確保し、師団の作戦を容易にした。

白河は、刻々減水し、翌21日10時には軍橋が右岸第1舟まで陸上となる状態で、前日に比して130センチの減水となった。聯隊は次いで行なわれると予想される漢水渡河準備のため、応用舟を蒐集。5月22日、歩砲工の一部で白河唐合流点附近の師団鹵獲《ろかく》（敵の軍用品、兵器などを奪い取ること）弾薬の梁家咀への集積に努めた。そして、山田支隊の編組は解かれたのである。

漢水渡河作戦［昭和15年5月］

聯隊は5月23日、歩兵第233聯隊第2大隊、独立山砲兵第2聯隊第2中隊、工兵第39聯隊（1小隊欠）及び砲兵、斥候、瓦斯、気象観測要員各一部を指揮下に入り、渡河準備隊となり24日、梁家咀附近を出発して師団に先行し、孟家集―峪山―黄龍擋―方家集―南瓜店―南営里道、及び南瓜―玉家集道を25日19時頃、先頭は鶏鳴山北側地区に進出し、宜城（注：棗陽の南）上下流漢水両岸地区の敵状、地形の偵察を実施し、黄龍擋―方家集―南瓜店―南営里道及び玉家集道を自動車道に構築、後方交通の確保に任じた。

この間、峪山北方地区に北上中なる敵有力部隊を発見して、これを撃退、敵状を捜索し、方家集西南方高地に陣地占領中の敵を撃破、夜陰を利用してその背後に進出し、歩兵第231聯隊の陳家集南方高地攻撃に策応（注：互いに策略を通じ合って助け合うこと）して敵の退路を遮断、あるいは白龍見を確保して師団の進出を容易にするため、師団の渡河作戦準備を迅速ならしめたのである。

29日、渡河準備隊は、渡河作業隊となり、工兵第39聯隊と、我が独立工兵第3聯隊、第7師団架材中隊、第12師団架材中隊、近衛師団架材中隊で玉家集道附近に、一部をもって李家新街附近に、29日、30日の夜間を利用し、機航漕渡及び架橋材料を河岸近くに掩蔽《えんぺい》、師団の渡河準備を完全にし、時の来るのを待てり、の状態にした。

我が渡河作業隊、我が聯隊は、先陣渡河隊となって、敵の配置、敵砲火の種類、その主なる射撃の範囲、方向など、でき得る限り細大漏らさずこれを偵察し、その危険な区域を外し、最も安全な区域を選定しようとする。が、敵もさる者、この死角を極力なくすように火器を配置して、渡河を断念させるような守備を整えている事が明瞭となってきた。

我が中隊、我が小隊は、特に幹部にこの敵の状態を熟知徹底させておく事が最も大切な事である。私は、この点特に注意して任務を与える。渡河は夜間行なわれるので、川の状態、崖、水流、水深、川底は砂か砂利かに至るまで細心の注意で観察させ、記憶を徹底させておく事が必要であった。

さて、19時50分、師団砲兵隊は、一斉に右岸敵陣要点、特に渡河作業に危険を及ぼす対岸近くにある敵機関銃陣地に直撃弾を浴びせ、これを壊滅させる事が作戦上最も効果的だったが、中隊正面に協力する砲兵隊は、これを見事に最初の一発で射止めてくれた。その砲音は敵も味方も、耳を塞ぐばかりである。あまりの事に敵も沈黙する。この機を利して21時頃、渡河部隊を河岸に前進、直ちに進水を開始し、各渡河点一斉に発航を命令する。ボートは直ちにモーターを始動、続けて前進して行く。

敵は再び、我が渡河場及び舟艇に向け小銃、機関銃をもって総力で乱射してくる。その弾雨下を我が舟艇は物ともせず、一直線に対岸に向かって進んで行く。舟が途中で故障するなどとは別に思わず、とにかく予定通り進行しているものと思うが、気が気でない。早く、1秒でも早く敵岸に達する事を願う。21時35分、我がボートは対岸に着いて上陸に成功した。歩兵部隊を突進させる。上陸した歩兵は直ちに戦果を拡大し、対岸の敵を撃退したのである。

続いて、我が中隊は計画通り循環航路に移り、逐次、第一線歩兵部隊を上陸させ、渡河を完了した。続いて門橋を結構し、山砲兵の渡河を開始、他部隊は軍橋架設の準備作業と相俟って、工兵第39聯隊は主力をもって縦隊橋の架設に着手、作業を力行し、6月1日16時頃、275メートルの縦隊橋、約15メートルの応用架橋を完成させて、師団諸部隊を漢水右岸に進出させたのである。

近年の漢水(2002.6)

しかし、我が部隊は、この渡河戦で戦死3名、戦傷者3名を出したのは非常に残念であった。渡河作業隊は6月2日零時、その編成を解かれる。引き続き聯隊は、同日荊門に向かい殲滅戦に参加、1個中隊を軍橋の確保保全に任じ、主力は零時、軍橋を出発、師団第一線の進出に伴い砲兵隊の前進を援助しながら、南部欧家廟附近に向かい前進、次いで、朱家咀―雷家河道を進み6日2時30分頃、荊門に兵力を集結したのである。この間、我が中隊は、新集で中央縦隊前衛司令官の指揮の下に、汪家畈で聯隊に復帰した。

《註：宜昌攻撃は敵中央軍への打撃と重慶への揚子江からの補給を断ち、奥地爆撃の基地化が目的。5月1日、信陽西方地区の敵左翼に対し、2日、安陸北方の敵右翼を攻撃、5月4日に39聯隊の一部、戦車団で隋県方面、敵の中央を突破して襄東の敵全般に動揺を与えた。5月上旬、棗陽西北方、唐河および白河の下流域にて打撃。また棗陽周辺に南下してきた張自忠（戦死）以下の敵を大破。さらに棗陽西北唐河河畔の敵を撃破、当時の気候は既に暑熱、降雨、複雑地形、補給不十分であったが、5月中旬末頃、漢水左岸地域の作戦達成、第1段階終了。以後各兵団を南方に反転させ、棗陽西南方地域に。安陸から隋州を経て襄陽に通ずる兵站線確保は困難を極めたが、第2次作戦についても決行を決定。襄陽東南地区で漢水を渡河して敵北翼を崩し、左旋回して南方に進攻。6月5日、旧口鎮南方地区で漢水渡河し、当陽付近で敵捕足、打撃を与えた。以後第13師団主体で宜昌を占領した。本作戦地域は大きくはないが敵撃破徹底のため突破、包囲、追撃、反転、再反転、再々反転など、1か月以上、累計1000キロなどの苦労があった》[27]

荊門安陸自動車道の構築［昭和15年6月］[29]

聯隊は、今後の作戦を考慮し、準備するに伴い、中隊は応用器材、鉄線、釘、鎹など、橋梁構築の材料を収集中のところ、第39師団命により18時頃、荊門出発。荊門—黄家集—周家集—汪家集道、集家集—呂林廟道を自動車道に改修し、9日該道を完成。荊門間の軍事補給力の推進を容易にした。

6月11日、荊宜公路補修並びに全力で荊門—当陽—宜昌に到着するや、直ちに飛行場設備の建設に着手したのであるが、宜昌飛行場は大小の交通壕が縦横に構築してあり、さらに無数の弾痕、障害工事も施してあり、降雨によって壕内は留水のため、作業はすこぶる困難を来し、加えて揚子江南岸の敵は北岸高地の敵と呼応して迫撃砲、山砲、小銃、機関銃で我が行動を執拗に妨害し、作業は極めて難渋するも、自動車小隊の協力の下に煉瓦、架橋材料を収集、あるいは埋填、架橋して昼夜兼行飛行場の構築に任じ、6月21日、飛行場滑走路を幅30メートル、長さ450メートルにする事ができたのである。その後、聯隊は主力をもって当陽—宜昌道を、降雨に際しても自動車の連続通過に支障のない程度への補修作業に着手することとなった。

《注：当時中国重慶軍勢力は減退し、逆に中共軍は拡大し、地盤を蚕食していた。我が占領地域内部では中共軍が抗日遊撃戦の主体。敵中央軍約38万、中共軍13万、不正規軍中の共産系約16万、国民党系7・5万、計73万。共産軍への認識は8月20日夜起きた「百団大戦」以後。この時、中共軍は100個聯隊兵力で日本軍に対し奇襲大攻勢実施。この3・5か月の交戦回数1、824、我が軍の死傷22、000名[29]》

第1中隊伊藤小隊の行動［昭和15年6月］

ここで伊藤小隊長以下44名の宜昌地区警備隊は、宜昌対岸要地占領のため、長江（注：揚子江の中国語名）渡河を敢行するにあたり、6月29日夜、歩兵第35聯隊主力基幹とする部隊をもって、工兵第13聯隊長の指揮下で敵前作業を実施し、その健闘が称えられて、後日第13

師団長より表彰状が授与された。引き続き日本軍は、対岸の敵に対し、掃討作戦を実施する事になった。我が部隊は、1個中隊を宜昌に残し、我が中隊と第2中隊が参加する事になった。我が部隊は揚子江の敵前渡河を実施した。今度の作戦は、山岳地帯で諸物資の運搬はすべて駄馬によって行なわれた。まず人馬を門橋で渡河させた。数隻の門橋は人馬を定員一杯の積載、5隻の門橋で一斉離岸し、対岸に進む。第1回の渡河に成功、続いて次々と物資や人馬を送る。我々も渡河して対岸に渡った。この宜昌対岸要地には小さな部落があったが、平地は狭く直ぐに山である。我々は約50センチ幅の凹凸山道を登って行く。道路は各山々の中腹にある。山岳部には、樹木と称するようなものはない。ただ青色の雑草が生えているのみだ。

谷底を見渡せばいずれも100〜200メートルもあり、下を見れば目が回るほどの急斜面である。万一、道を誤って馬匹などを谷に落としたら最後、2度と中腹まで戻ってくる事は不可能である。山腹は45度以上の急勾配で、私たちも乗馬を止めて歩行する。馬も危険を感じてか非常におとなしい。私たちも敵を警戒するよりは足元に注意するのが先であった。いよいよ山頂に出て四方山を眺めると、見渡す限り山、また山の連続である。日本のアルプスの10倍も20倍も、と表現したい。どこまで続いているのか、同じような山頂が算盤珠を並べたようである。

ここでも中国は広いなあ、とびっくりした。敵は、地形を知ってか要所要所に小人数で陣地を占有して私たちの行軍を襲う。我々は、夏の炎天下を汗みどろになって山々を登り降りする。稀に1本の大きな松の木がある。休憩所にと思って、日本軍が休憩でもすれば、直ぐに頭上より迫撃砲弾に見舞われる。油断をすれば思わぬ犠牲者を出す。私は注意深く、決して敵の目標になるような場所では休憩しない。敵は常に山の頂上で待ち構えているのだ。我が歩兵部隊は、迂回しながら敵の背後を突く戦法で掃討しながら前進する。歩兵部隊も敵の弾より地形に悩まされていた。このような行動を毎日繰り返しながら、前後約10日間の作戦も終了したのである。

しかし、今後日本軍は、どこまで進撃するのか。蒋介石政権は成都、重慶に逃避したという。この三崖地帯の戦闘は、いかに日本軍強しといえども約40キロの山岳地帯であり、この先の行動は困難で必ず成功するとは断言できないであろう。進撃は可能でも、これに補給する物資輸送の能力を考えると永続的には、敵のゲリラ作戦に翻弄されて大半は失敗に陥る事も大いに考えられる。中支那方面よりの作戦は、大航空作戦以外は危険であり、また、それも現在の状況では不可能であろうと考えられたが、日本軍は重慶、成都まで爆撃の手を緩める事はない。

我々は、宜昌に引き揚げた後、またも瑞昌に位置して、この附近の自動車道の舗装工事や作業と併せて瑞昌の警備につく事になった。我が中隊の兵隊も戦争には慣れてきて、いかなる任務を遂行するにも支障を来すような事はない。

7月3日、午前8時頃、王家店附近において架橋材料中隊が伐木作業中、南下中の敵を発見し、松井支隊と協力してこれを撃退し、本道通過車両の交通を安全にした。当陽北方山地は、雷雨激しくして7月6日、沮水《しょすい》は急激に増水、流速3メートルの急流となり、当陽橋梁は10時頃、水中に没してしまい、河容鎮橋梁は作業隊必死の努力も甲斐なく12時10分、遂に流失する事態となった。聯隊は、総力を挙げて地方舟の収集に任ずるとともに、在宜昌第13師団と連携し、折畳舟を2門橋分、借用して加藤交通部隊長に現況を報告し、渡河材料の収集に努めた。

7月7日、門橋渡河設備を完備し、軍需品の沮水河点における輸送に遺憾なからしめた。7月20日、長さ約235メートルの耐重橋を架設して、軍幹線路の開通を見たのである。中国の、その土地は実に広大で、我々日本人には想像も及ばぬ雄大さである。殊に、成都は有名な岩石地帯で、日本の攻撃にも隧道《ずいどう》を利用して守備し、いかなる爆撃にも耐えられるとの事である。

このような状態で、その後は石油戦争という事態に進展していくのであった。日本は、石油の資源が皆無に等しい。このままでは石油戦争で追い詰められてしまう。これに反して世界各国は中国に対して益々援助を強化し、日本に対しては、敵対行為も甚だしくなってきたのである。

さて、私は、昭和13年8月、中支に派遣されてから早くも2年6か月に亘り、武漢攻略戦を始めとして宜昌作戦、南昌作戦その他数度の討伐戦や掃討作戦を繰り返し、文字通り、東奔西走して、力一杯、全力を尽くして戦闘を遂行したと自負している。

さて、日支事変もいつまで続き、いつ終了するか誰も判らない。中国軍は広大な地理的要素を巧みに利用して、徹底的に長期戦の構えである。日本軍はこれについて行ける状態では

左から2番目が著者の妻、5番目が母(1938)

ない。殊に今度の場合は、英国にも米国にも同情されず、かえって日本に対して敵対行為が著しくなってきたのである。友邦盟友といわれるイタリア、ドイツも、戦争に突入する状況であって、物資の援助は期待できない。内地では男子の数は日に日に少なくなってくる。青年や生徒も直接、銃後の守りに主体を置き換えられるようになってきたという。従って、これら青年、生徒にも軍事訓練が盛んに行なわれるようになってきたのも当然であろう。

私の家庭も、今頃はどうなっているだろうか、子供と妻を残している。私も時々は、妻子を案ずるようになってきた。しかし、時々送られてくる慰問袋や妻子たちの手紙を見て安心したり、また心配したりもする。私も努めて妻子たちに銘々に手紙を書いた。それは文面にならなくても「達者だな」と信ずるに足るものであった。銃後からの便りは、実情と文面とが違う事が多い。それは、戦地の兵隊が安心して働けるように、との勇気づけからで、それが普通であった。その情は私も承知していたが……。そして、常に妻子の幸福と健全な成長とを祈った。

私は人生中、最も充実する年齢の時代を戦争に奉仕している。子供の成長のため、最も大事な時期に、親子別れて暮らす事を残念に思った。これをいくらかでも緩和しようと心を砕くのであった。幸いにも、妻については、子供の養育について無条件で信頼できる人であり、私はこの点、気楽であったが、しかし何かしら心残りの数々があった。万一、戦死でもすれば万事休すと思うこともあったが、もしそのような事になれば、子供たちのためにも恥のない働きをと、毎日努力し続ける事を忘れなかった。

しかし、日本が南方にでも進出して、戦争の資源を確保するのも一つの見方であるような気がした。でも、中国との関係をこのままにして戦場をさらに拡大する事には大きな不安もあった。当時、日本における石油事情はいよいよ切迫し、このままの状態で今後も戦争を続けることはまったく不可能の状態となっていたのではないだろうか。米国を始め、その他の諸国も日本に対して石油の封鎖を益々強化している。我々の判断では日支事変もいつどうなるのか。蒋介石政権も成都や重慶に入り、持久戦の覚悟を固めている。日本軍の毎日のような重慶爆撃も効果が有るのか、無いのか我々には判断できない事だった。

宜昌—当陽—沙洋鎮道の増強作業〔昭和15年7月〕

聯隊は、加藤部隊長命により、織田作業隊、渡河材料中隊、材料監視隊並びに兵站自動車

中隊長代理当時の著者（最前列中央）

補修隊を併せ指揮し、宜昌―当陽―沙洋鎮道を、降雨に際しても自動車の交通に支障のないようにする道路の補修作業に任じた。路面は、煉瓦あるいは砂利を敷き増強する。その材料運搬は、前記の諸部隊が担当した。湿地及び橋梁は、木材で補強工事を施した。これらの材料は、遠くより運搬したので能率は向上しなかったが、他部隊の食料運搬中の空車を利用するなど、全力を尽くして作業能率の向上を図り、補強を実施したのである。

私は、昭和15年11月、中隊長代理を仰せつけられ、中隊を指揮することになった。今までのように部下60名を指揮するのとは違い、任務も責任も益々重くなった。中隊は、人員260名程度だが、一つの部隊として独立行動し、命令を着実に実行し、次々と変化する戦争の状態に合致させ、しかも忠実に実行する事は実に大変な事である。また人事権、その他も有するので中隊全員を円満に掌握し、作戦の遂行に完璧を期さなければならなかった。

豫南作戦及び第2次当陽付近の交通作業〔昭和16年1月〕[30]

聯隊は、豫南作戦のため、昭和16年1月13日、行動を起こし、1月22日、北京―広州鉄道線で信陽に到着、豫南兵站地区司令官、物部少将の指揮下に入る。1月26日未明より行動を開始するも、この地方で敵はゲリラ戦も交え、その進出烈しく、これらの敵を排除しながら昼夜兼行、北京―広州鉄道に沿って自動車道の改修作業を進めながら翌27日、兵站地区隊の最大任務である明港―確山幹線路を完成して、なお機を失する事なく、1月29日、確山―駐馬店―汝南道を完成。兵站幹線を速やかに前方に推進させて、遂平方面に向かう重車両の行動を容易にしたのである。

1月30日以降は駐馬店の直接警備に任ずるとともに、駐馬店飛行場構築作業を実施して、幅100メートル、長さ700メートルの飛行場を完成させた。

我々は2月3日、駐馬店を出発、独力で敵中深く分け入って、昼夜に亘る不眠不休の工事によって、2月5日、駐馬店―沙河店―泌陽間の自動車道の構築を完了し、自動車隊を速やかに泌陽に進出させ、豫南兵站地区隊の兵団に対する補給を確実、且つ容易にした。2月7日、確山に集結、確山警備隊の任務を継承し、確山地区の直接の警備に任じて、八里劉―順山居自動車道の警戒、増強補修並びに沿線の敵が破壊散乱した軌条の収集作業を実施した。

2月10日、歩兵第1中隊を、聯隊の指揮下に入れ、物部兵団の明港に向かう前進の後衛となり、2月12日未明、確山を出発し、後方を警戒しながら本隊の後尾を前進した。当日は、折からの暴風雨によって、自動車諸隊の行進意の如くならず、我が聯隊は、独断配属歩兵中隊をもって後衛に任じ、聯隊は全力で道路の改修、除雪作業あるいは臂力《ひりょく》（腕の力）牽引などで、自動車前進の掩助《えんじょ》に協力するも、数十台、数百台も通過するので、舗装のない急造道路は直ちに泥寧《ぬかるみ》と化し、車輪は没し、車腹は地に接するという具合で人も馬も砲車も汚れ、前進するのは実に難行苦行であった。しかし、我が一体の努力は絶える事なく、1メートル、2メートルと前進を続ける。

2月15日午後5時頃には明港に主力を集結した。そして19日、我が中隊は、信陽で金沢自動車隊長の指揮下に入り、他の聯隊主力は信陽を出発するも、2月末をもって豫南作戦を終了し、中隊は当陽方面に向けて移動したのである。また、聯隊は、豫南作戦終了とともに、指揮諸隊を原駐地復旧し、当陽を中心とする附近に位置し、鴉莊嶺―当陽―十里鋪、沈家集―荊門―団林鋪道の修理に任じ、新団林―沙市―万城道補強の任を織田作業隊より継承して、次期作戦を準備するとともに、教育訓練に重点を指向し、主力で春季雨季に対処すべく、該幹線路の補強作業に従事したのである。また中隊兵より製材の経験者を集め、製材班を編成し、橋梁用諸材の製作に任じ、地域内の橋梁保全を図って積極的に行動した。

山田部隊長は、ある晩私を呼んで一杯やりながら、「今度の戦場は南方のように思われる。確かな命令は下っていないが、南方に転戦するかも知れない。これを予想して準備を進めている。君も中支にきて随分長い期間奮闘努力してもらったが、順序からすると君も内地帰還を希望しているだろうな。もし聯隊が転戦でもするようになれば、君はいずれを希望するか遠慮なく意見を聞かせてくれ。これは軍司令部の参謀も気に掛けているようだから」と相談を持ち掛けられた。

私は突然の話ではあったが、実際としては一度内地に帰って妻子に会い、また妻子の将来の事も心配であった。種々考えさせられる点も多かった。それは日本内地の事情や目下の戦局大勢から判断しても、この日中戦争は全般的に膠着状態であり、さらに蒋介石政権に対しては、世界各国とも大いに協力し最大限の援助を繰り返している。日本はドイツ、イタリアと世界各国を相手に長期に戦っている。内地国内の現状は、人的消耗はもちろんの事、物資の欠乏、特に経済的にも急迫し、戦争遂行に最も必要な燃料は余すところ僅少で充分な補給の途もなく、このままでは戦争遂行は不可能な状態に追い込まれてしまう。日本人男子は一人残らず戦争で戦わねばならないだろう。たとえ私が一時内地に帰還しても、次の召集が必ずやある。短ければ3か月くらいで再召集された人もいる。留守家族と面会しても僅かの期間で、就職してもうまくいかない。殊に私は元職業軍人である。そして召集されれば他の新しい部隊に行き新たな苦労もある。またこの独工3聯隊も、私が欠ければ新人幹部ばかり、工兵技術面でも欠陥が出るだろう。

私如き一中尉の身分が軍の参謀までも意にあることは幸せである。そして新任部隊長を全力で補佐し、優秀な我が部隊の栄誉を傷つけたくはない。このままの状態で現在の将兵とともに転戦すれば必ずや良い結果を得られるとも考える。殊に南方への転戦は日本にとって燃料、その他物資確保は極めて重要であり、日本軍の最後の決戦になると考えたのである。この戦いに勝利するためには我々は喜んで参加しなければならない。私心は捨てなくてはならないと強く固く決心した。そして、私は従来通り軍人として従事することを申しあげたのである。

部隊長は早速、私の揺るぎない決意を軍の作戦参謀に伝えた。軍参謀も大喜びで、いかにも安心したように「宜しく」との事であった。

長沙作戦［昭和16年7月］[31]

聯隊は、7月16日行動を起こし、武昌に到り、同19日、岳州に兵力を集結して、第6師団長神田中将の指揮下に入った。7月30日、聯隊は、岳州に位置して長安駅―路口舗、雲渓に分駐、岳州城内道路の新設、補修をしつつあった。

ここで8月1日、第6師団工兵団長川藤少将の指揮を受け、山田茂聯隊長は転出し、新たに半田伊之助中佐が着任し、半田作業隊となった。

我が部隊長山田茂大佐は、功成り名を遂げて内地に帰還した。その後任として半田中佐が我が部隊長に就任されたのである。この新任部隊長半田中佐は鉄道隊出身とかの人で、野戦工兵の活動については他の部隊長に比べて専門的な人とはいわれないし、経験も豊かとは思われなかったが、前任の山田部隊長とは違い温厚の人であると感じられた。

この半田中佐のもと、作戦は再開始された。この岳州城内本道は、昭和14年、贛湘《かんしょう》会戦以来ほとんど使用せず、従って道路の補修も補強もなく、放置の状態であったので、ほとんど破壊され、あるいは田畑に復元されていて、その跡も見る事ができない状態となっていた。

炎暑の土地柄で、連日猛暑の中、自動車道の改修に従事し、湖南地区は降雨が多く、大小無数の湖沼の出現で河川は氾濫し、一夜にして道路橋梁は水中に没する。そのつど迂回路を構築するも、路面は極度に軟弱となり、泥濘化し、作業進捗上予想外の障害を受けるに至ったのである。当然この地も樹木が少なく、かつ若木ばかりで架橋材料として使用可能のものは極めて少ない。住民は農繁期を控え、人夫の傭役少なく、また敵遊撃匪と相通じ、敵の出撃があって、我が作業隊を妨害する事屢々《しばしば》であった。時には便衣隊となり、人夫に早変りするなど、油断のできない状態で、時には完成した橋梁が一夜にして破壊されるなどの不祥事もあったのである。しかし、8月15日、概要の予定工事完了を見ることができた。

その後、長安馹—岳州道改修作業を終了し、秣塘地区に兵力を集結して新墻河予定架橋点変更に備え、主力をもって青崗興—九龍沖附近に兵力を集め、諸準備を完了した。

9月18日未明、九龍沖附近を出発、架橋点上流に渡河体制を完成し、機が熟するのを待つ。払暁、第4師団の攻略開始と相俟《あいま》って我が渡河作業隊は一斉に強行渡河を開始し、直ちに左岸を占領。諸部隊の渡河作業を誘発し、新墻方面陣地を占領した。我が渡河並びに架橋を妨害中の敵をなおも攻撃しつつ渡河作業を続行し、遂にこれを占領して直ちに架橋点—長湖—營盤橋道の改修に着手、20日午前6時、これを完成した。

しかし、20日朝来天候が悪化し、降雨激しく、また車両の通過多量のため、道路は急激に悪化してきた。我が作業隊は、艮胡―洪橋間を織田作業隊に継承した後、豪雨の中、不眠不休、洪橋―營盤橋―長楽街道の補修を継承するや速やかに全力を注ぎ、22日、片道自動車道を車両部隊の連続通過に支障を来さない程度に完成させたのである。次いで、全兵力を長楽街に集結し急遽、栗山港―検市廠《しょう》及び長嶺附近に前進し、26日早朝より、栗山港―麻峯嘴道の改修作業に着手、同日19時、路幅4メートル片道自動車道を完成した。片道自動車道は、30〜50メートルごとに車両交叉のための迂回路、または、広場を構築して往復交通に支障のないように設備するのである。

我が聯隊は、引き続き一部を残置して補修工事を実施し、主力は27日、千葉作業隊に協力のため金井に向かい急進、16時頃、金井に到着、該作業隊の麻峯嘴―金井道の概成を知り、作業隊は金井―羅家假道の改修作業に着手した。

9月30日、作業隊は反転北上、長楽街に向かい前進、中朱隣市及び沙陂源附近を占有している有力な敵と遭遇する。直ちに他諸部隊と協力、これを攻撃強行突破、夜行軍で一挙に長楽街に向かい急進、10月1日午前8時頃、長楽街に到着したのである。午後、長楽街―營盤町―新墻道の増強補修に任じながら新墻に兵力を集結し、次いで10月6日、岳州に到り引き続き武昌に集結し長沙作業を完了したのである。

《注：長沙作戦の大要：第11軍は作戦諸兵団を岳州付近に集め、16年9月18日攻勢開始。南昌方面からも策応。汨水南岸地区で敵主力を撃破し、9月27日長沙、29日株州、（長沙南方40キロ）を占領し作戦達成。軍は10月1日、反転開始、11月6日、ほぼ旧態勢に戻った。しかし、敵の戦意は国際情勢変化により著しく高揚し、抵抗も頑強で、また予定通り撤去したので、敵は撃退したかのごとく宣伝、重慶軍に与えた物心両面戦果に比し敗戦感は少なかった。敵はその勢いで宜昌占領を呼称し大攻勢。飛行団他の援軍でかろうじて確保を維持[31]》

南方戦の準備［昭和16年10月］

私の独立工兵第3聯隊は長沙作戦を終了、南昌市内への突入を中止し、全体の作戦終結が見えないまま、急に漢口集結を命ぜられた。我々は何が何だか不明であったが、軍司令部命令で、我が中隊（2小隊欠）は本隊に復帰するため自動車輸送で急いで帰った。本戦闘を省みて中支ともお別れになるのではないかと思いながら漢口に到着し、次期作戦のいろいろの整備やら準備に多忙を極めた。

そして、10月末に武昌を出発して輸送船に便乗し、その後、第13軍司令官の指揮下に入り、さらに11月15日以降は第14軍司令官の指揮下に入って揚子江を下り、一路上海に急行したのである。しかし、その後の行動は一切明らかにされなかった。我々は内地に帰って船団を組織して南方に向かうのではないかなど、船内ではいろいろの憶測が飛ぶ。呑気な事を言うなと打ち消す者もいた。

中国の地図を広げてみれば揚子江、黄河など、世界でも最大級の河がある。奥には「ヒマラヤ山脈」という広大な山々がある。ここに降った雪や雨は、河川の少ない中国では自然派生的に、洞庭湖、鄱陽湖始め、幾百幾千の大小無数の湖沼によって、ヒマラヤ山脈の雪や雨水を貯水する有効な務めをなしているのである。川幅1キロの河川も、やがて10キロ、20キロの川幅となり、徐々に揚子江に流れ、夏季の平常に達するには2～3か月も要して上海より海に注ぐのである。その揚子江は、流れが比較的緩流である。砂の混入度は26パーセントといわれており、それから察しても、黄河と称されるのも頷《うなず》ける。揚子江周辺幾多の支流の河川も川幅は広く、夏季には中州の多い事でも日本とは甚だ異なっている。河底の5～6メートルの砂山は、絶えず移動しているとも言われている。その規模の大きさは世界最大といえよう。

第五章——大東亜戦でフィリピンへ

極秘の船団移動［昭和16年10月］

我々の行動は一切不明で船長も知らない。多分近日中に無線で連絡があるのだろう。黄色い揚子江、26％の砂を含んでいる川、揚子江。富水、修水、贛江で戦った中支との別れだ。懐かしさが一杯だ。種々の思い出が残る岳陽城で食べた魚、金牛鎮で敵捕虜と一緒に行動した思いが次々と浮かんでくる。二度と中支の土地を踏むこともあるまいと思えば尚更である。苦労した土地は特に忘れる事はできない。各地の戦闘で尊い犠牲となった部下、戦友の霊に対してはるか船中より別れを告げる。

あの人、この兵隊と、今冷静になって考え、思いをおこせば自然と涙が出る。何で何のために何故に血を流して同種民族同士が戦わなければならないのだろうか。個人的には何の憎しみも恨みもないのに、国を挙げて命を懸けての撃ち合いをする。よく話し合ってみれば皆良い友達だが、何故戦わなければならないのだろう。話し合えば理解もするし親しさも増す。

実に良い友達なのである。我々東洋人は皆仲良くお互いに助けあって面白く楽しく暮らせる日が一日でも早く実現する事を祈った。日本と中国は絶対に仲良くしなければならない。これは声を大にして叫びたい。何事も平和的に解決するように個人個人の生活にも生かしていきたいと思う。しかし現実はなかなか希望通りや、自分の考え通りに事は進まない。そこでお互いに争っているのである。

輸送船ではこの町が九江だ、ここが安慶だ、これが撫古だと過ぎし日の思いを浮かべ、ここで○○上等兵が戦死したと、その戦死者の冥福を祈り涙を残して中国を去る。再び新戦場を求めてどこかに向かって船は走るのである。船団はぐるぐる廻っているのかもしれない。3泊4日の航海の後、上海に到着した。そして休養とともに諸準備、整備を行なった。11月20日上海港を出発し、東支那海に出た。いよいよ中支ともお別れの時がきた。

東支那海に出れば海は広い。いつの間にか2、3の友船らしいものが見える。そのうちにニュースが入る。多分南方に行く事になるかもしれない。南方はどこだろう。西も東も不明のまま3、4日過ぎた時、前方に見覚えのある島が見える。あぁー、これは台湾の基隆《キールン》港だ。確実にそうだ。輸送船は刻一刻と島に近づいていく。そして基隆港に入港し午後、第14軍より次期作戦に必要な不足資材を受領、完備するとともに上陸戦闘の訓練を実施したのである。12月5日基隆港を出港。台湾の澎湖《ペンフー》島、馬公《マーコン》要港に入港、第2輸送船団に編入されたのである。

この澎湖島は日本にとって戦術的にみれば実に重要な要塞である。昔、日露戦争時に露軍のバルチック艦隊が日本海に侵入せんとして大艦隊が、ロシアより遠く喜望峰を廻って長月日を費やし航海してきた。船は長途を航海すれば船底に貝が付着して汚れ、航行に支障を来し、海戦で迅速な行動ができなくなる。これと同様に台湾の西側を通行すれば早く日本海に入る事ができるのだが、馬公要塞があるため台湾の東側を通過し、本来より長い日数を費やして日本海入りをする事になる。そして急いでウラジオストック入りし、艦底の汚濁を取り除き日本海で大暴れする計画であった。当時日本軍は旅順で戦っていたのでその後方を攪乱し、物資輸送を遮断する任務を持っていたのである。

話が横道に外れてしまったが、そこで日本艦隊は敵艦隊がまごまごしているうちに作戦計画を立て、5月27日、我が艦隊は数倍の露軍艦隊を撃破し日本大勝のもとを作ったのである。この日本海海戦は歴史上あまりにも有名であるが、今我々が目前にしている、この要塞の場合にも戦わずしてその効果を十分に挙げたのである。つまりここに待機していただけで戦いに勝つ事ができたのであった。ここで待機しているのは実に快適であった。

大東亜戦に突入、フィリピンへ［昭和16年12月］

遂にきた。昭和16年12月8日早朝、第1報が報じられた。[32] 日本は米英に対して宣戦を布告し、戦争状態に入り日本海軍、空軍はハワイ島の真珠湾に停泊中の米艦に対し奇襲攻撃で多大の損害を与え、南方地区では12月10日、英国のプリンス・オブ・ウエールズ号やレパルス号を撃沈して大戦果を挙げたのである。一同は歓喜していた。しかし一抹の不安もあったが、我々はただ国策に従い軍人として立派に戦う、これだけが私たちの立場であると覚悟していたのだった。

私たちの部隊には未だに出動命令は下らないので依然として待機中であった。12月18日、いよいよ我が部隊にも出動命令が下り、我が輸送船団もどこからか逐次出てきてその姿を現わした。大船団の仲間入りをし、フィリピンのルソン島目指して航行を始めたのである。そして海軍の護衛艦に守られながら進んだ。船内ではいよいよ手始めにフィリピン攻略の命令が下される。船団は敵の潜水艦などを警戒しながら蛇行によってこれを避けつつ威風堂々と進んだ。幸いにも敵の飛行機は姿を見せないので呑気に航海を続ける。

やがて船団は12月22日未明リンガエン湾に潜入、投錨に成功したが、その日は台風を迎えていたので海は荒れ模様であった。湾内も相当の荒波であった。波浪は益々高くなってくる。我が中隊は上陸地点に諸車の陸揚げを容易にするために桟橋の構築を命ぜられた。私は部下1個小隊をもって、第一線先頭に上陸を開始する事になった。

台風下、決死のルソン島上陸［昭和16年12月］

私はいよいよフィリピン本島に上陸、陸軍の大東亜戦争一番乗りをするため勇気を百倍にして部下小隊と看護兵1名を指揮し、大型ゴムボートに1人ひとり縄梯子を伝って降り、乗り移った。舟長の号礼で機関は鳴り出した。ボート2隻は一目散に陸地に向かって進む。5

分、10分、20分、ボートは右に左に揺れ、舟首は浪をかぶりプロペラは空転する。今にもボートは破損しそうな危険を冒して運行を続ける。本船は濃霧で見えない。

陸地まではまだ程遠く、今にもボートは沈没しそうになったが、それでも勇敢なる我が作業隊は全力を挙げて驀進する。ボート内は相当の海水だ。極力海水を汲み出しながら一生懸命に努力するが、波浪は益々高くなってきた。

遂に陸地まで400~500メートルまでに近づいたが、岸辺に近づくに従って波浪はいよいよ高く、2メートル以上の高波と化する。ボートの中は海水で一杯になる。しかし、ボートはゴム製で浮力は強かった。また陸地よりは一発の銃弾も飛んでこない。陸地に敵兵はいないものと思われた。この点は安心したものの、波浪は少しも衰えず益々高く白浪化している。

さすがの舟長も錨を投じたが、錨は効力を発せず流される。作業員の1人は、錨綱で手に重傷を負ってしまったが手当をする暇もない。全員死力を尽くして波浪と闘う。波浪と闘って海中に没するかになってきた。他の1隻は幸いにもちょっと先行していたので、すでに上陸を始め、半数の兵士は上陸した模様であるが、半数の兵士は未だ海中に浮いている様子であった。そして、彼らは一生懸命努力して何とか上陸したのである。

私たちのボートも幸いにも150メートル附近まで接近した。海辺は陸地より50~200メートルの部分が最も波は高く危険地帯である。私は機を見て波の谷間の瞬間に全員を揚陸のため、海中に飛び込ませた。私は決断したのである。この状態では全員海中に没する事になる。勇敢な兵は、我も我もと先を競って海中に飛び込み泳ぎ始めたが、皆浪で翻弄されている。我々は浮胴衣を着用しているので簡単には水没しない。私も最後に飛び込む。武装のためもあってか、身体の自由が束縛されている。他の兵の行動は浪に妨げられて発見する事はできない。私は、もがきながら陸に近づこうと努力する。

我々を乗せたボートはその後どうなったか、様子は不明だ。遭難したか、九死に一生を得たか、無事本船に帰ってくれれば良いがと祈ったが、その時は自分の身さえどうなるか不明であった。他の兵も浪に呑まれているかも知れない。頭の中はそれだけであった。陸地までだいぶ遠い距離のように思われた。いくらもがいても陸地に近づくとは思われない。海の深さもだいぶあると思った。身体はだんだん疲労してくる。時々身体が没する波に呑まれる。あー、死というものはこのようなものか。いつまでも海中にいれば、いずれは沖合に持って行かれるだろう、気が気ではない。

部下の兵隊はどうなっているだろうか。4～5メートル近くの兵隊も私同様苦しんでいる。しかし近づく事もできない。裸になろうかと思ったが、それはできない。我々は兵隊であり、裸では戦争できない。遂には総てをあきらめて海の藻屑となる事も考えた。万事休すだ。心の中で天皇陛下万歳、日本国万歳を唱えた。死を覚悟した。後続船も救助船もこない。連絡もできない。50名の兵員とともにしかし残念、敵と交戦して敵弾のため倒れるのは軍人の本望だ。だが今は天災のために死を選ぶことになってしまうのかと思うと、実に残念無念、だが助かる術はない。

私は独り苦悩するのを止めた。運命に任すのみだ。日本軍人として恥じない死をと思い、気持ちは楽になった。そして5分、7分と経過したのだろう。ボートを降りて約1時間余り過ぎただろう。頭の中の整理もできて気楽になった。その時、頭の中で一つの名案が浮かんだのである。やってみよう。最後の最後まで頑張るんだ。私の死は問題でないが部下50名の生命をどうするんだ。彼らを死なしてたまるか。何とかして助かり、彼らを助けて初めて軍隊の指揮官といえるのだと。そうだ、自分勝手の考えを出してはいかん。今日まで鍛え学んだ、その努力をこのような時に発揮して初めて皇軍の指揮官だ。今まで、中国で幾年も一緒に戦ってきた可愛い戦友だ、部下だ。助けるぞ、今に見よ。私は最後の勇気を振るった。

幸いに海水は暖かかった。落着け、気を落着けと数秒。しかし人間簡単には死なず。気を取り直して考えた。我々は、各人浮胴着をつけている。彼らもまだ戦死した者はいないだろう。私の頭の中は案外明瞭になってきた。

そうだ判った。1人で問い、1人で返事をした。浪に乗る事だ、そして精神力で1歩でも2歩でも陸に近づく事だ、やってみよう。それは沖合よりくる浪に体を浮かせ、浪の力で陸地に引き入れるように身体で操作する事だ。幾回となく根気よく大胆に繰り返した。約20分が経過したと思う。気がついてみれば若干陸地が近くなったように感じた。もう一息だ、もう1回もう1回と繰り返した。不思議に浪も小さくなったように感じた。そこで、深さは、と身を直立してみた。

足の先が海底についたような気がする。最後の力を振り絞って、1回、2回、また1回、遂に背丈となった。助かった。ようやく陸に上がった。夢のようである。とたんに倒れ、気が遠くなった。後で判明したが、先に上陸した看護兵が気付けの注射をしてくれたらしい。まもなく正気に返った。ああこれは助かった。しかし海中には多くの兵隊が浮かんでいた。最初に上陸した者を指揮して裸で救助する。遠くの者には綱を投げて救助する。全員が意識を失っているかのようだ。皆が協力して全員引き上げることができた。良かった。看護兵は

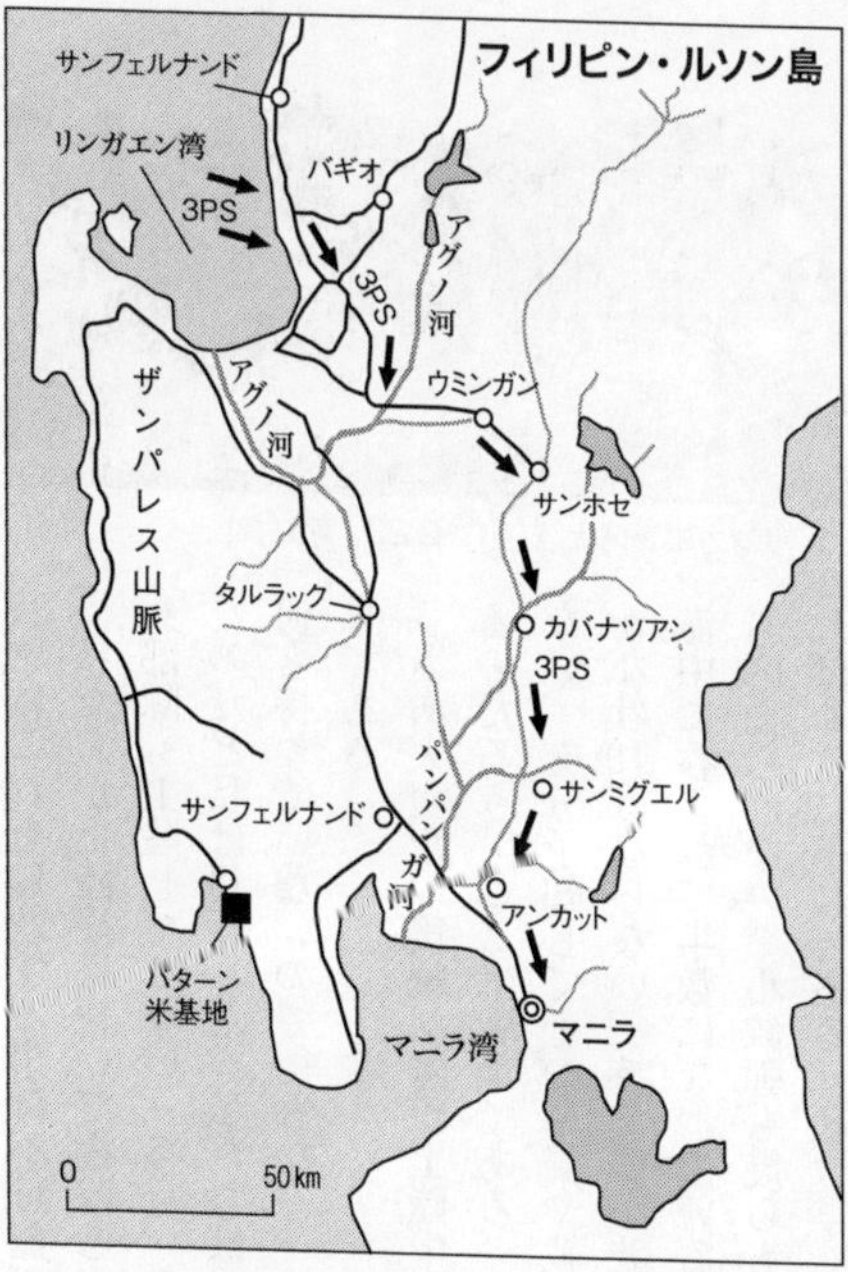

1人ひとりに注射する。皆空腹だ、飯盒の中味は海水のため食せない。第1回上陸の戦友と弁当を分け合って昼食をする。

気がついてみれば揚陸の作業隊のボートは見えない。海中に呑まれたか、工夫を凝らして本船まで無事に引き揚げることができたか心配でならないが、案ずるに本船に引き揚げる事は至難であろう、心配である。

フィリピン リンガエン湾上陸(41.12.23、朝)【33】

我々はこれを確認する事は不可能だった。

私たちが上陸後は続いて揚陸してくるはずの我が部隊も、歩兵部隊も上陸してこない。多分、上陸は波浪のために中止されたのだと私は判断した。私たちは、本船や本隊との連絡手段は何も持っていないので術もなく、遠く沖合の船団を眺めての溜息である。

さあ大変だ、後続部隊が上陸中止となれば我々は一体どうなるのだろう。ここは戦地である。いつ敵の奇襲に遭うかも知れない。充分予知してその準備や戦闘、その他の手段も考えておかなければならない。持てる小銃も海中やボートに置き去り、海中に呑まれて半数になっている。正面から戦っては長時間持ち応えられない。小銃弾も幾らもない。これで実際の戦闘になれば非常に不利である。私は早く夕食を済ませて、敵との戦闘を避けるため、地形を利用して野営する事にした。部落には入らず炊事の後片付けも完全にして夕暮れを利用して崖下に露営した。

上陸時の危険は去ったが、第2の不安を覚悟しなければならなくなった。露営には厳重な警戒が必要で、小銃を各兵身辺に置き、直ちに対応できる準備をし、私は闇の中を大切な兵を守る気持ちでほとんど一睡もせず一夜を明かした。永い永い夜であった。各兵は私語をする者もなく、静かな永い夜も遂に夜明け（注：12月23日）を迎えた。

ああ！　助かった。空の暴風も納まり、昨日の暴風は嘘のように静まっている。昨日のあの波浪も今は静かになった。早速急いで食事の用意をした。警戒兵と炊事当番兵を除いた残余の兵隊で桟橋構築用材料の収集を命じて作業の準備に着手すれば、船団よりは続々と各部隊が上陸してくる。[33] 我が中隊も上陸してきたので、概要を報告した。そして我が小隊は桟橋の構築作業を他部隊に引き継ぎ中隊に復帰した。

ルソン島での進撃に次ぐ進撃［昭和16年12月］

我が部隊は、第1線部隊と同様マニラ方面に向かい進撃に移った。フィリピンは、中支と違い南国の風景は実に写真を見るようであった。青い空、高い耶子の木、竹林の中の南国家屋、米国支配の国だけあって町も村もきれいである。住民の服装もきれいでさっぱりしている。道路網もすっきりしたアスファルト舗装である。自動車は面白い。ドライブ気分で走る。無敵の境地を進めや進めの進撃であった。ここでの戦争形態は、中支と全然違った。ここでは交通戦争である。よく交通手段を利用して迅速に行動した方に有利な状況が与えられるのだ。

敵は交通網を破壊する暇もなかったのだろう。私たちも逐次自動車を整備する事に重点をおき、出来得る限りの装備を行ない、敵の遺棄自動車を急いで整備しながら驀進して、破竹の勢いである。初めて見る耶子の木林、バナナ、パインの畑を左右に眺めながら首都マニラを目指して、夜となく昼となく進撃する。

現地人の家屋はいかにも南国風で床下２メートル、竹製の床に梯《はしご》で登り降りする風景も見られる。家屋の壁も竹張り、屋根は小さな煉瓦や耶子の葉で造られている。南方には台風の来襲がないとか。誠に呑気で気軽な民家である。生活の簡単さが窺われる。そして常夏のため、家屋も着物も日本のような冬物はまったく不必要である。

我々の進路には橋梁も完全に残っている。敵弾小銃の音も飛行機の音もない。誠に静かな戦争状態である。しかし、問題が予想されたのは河川である。我々の部隊は常に河川の有無に注意し、充分な図上研究、空中偵察の結果の情報を集めて全軍の戦闘行動に支障のないように事前に判断して、対処するのが任務である。私もこのために常に遭遇するところの作戦の種類、工事作業に注目していかなければならない。

主力は、ルソン島でも比較的大きなアンカット川（注：アグノ河）にであった。川幅は約４００メートル、流水部は２００メートル近くある。我が中隊は、この流水部１７０メートルの架橋を命ぜられた。私は直ちに細部の偵察をした。その結果、幸いにも対岸に永久木橋架設の木材が積み重ねられてあったので助かった。河川は深さ２メートル以下で河底は砂利である。流速も１・５メートル以下であった。作業は比較的容易に見えたが、問題は夕刻までに完成する事である。川幅１７０メートルもある川に自動車の通過が容易な木橋を架設するのは難作業であったが、我が中隊は中支の戦場で幾年もこの作業で充分経験した有能な兵士がいる。これには将校も兵隊も充分の自信を有している。特に困難な作業でも決しで後退しない東北の優秀な部隊である。

私は中隊を3区域に分けて各小隊に作業を分割し、数名の木工手で築頭の製作、橋杭の加工を分担させ一斉に作業に着手。指揮班も自ら湯茶の補充と中隊一丸となって工事に着手した。下士官以下全員裸で水中作業だ。作業手も自ら指揮官の能力をもっている。作業員は次々と打杭材料の切込み、冠材、桁の取付け作業はどんどん進んでゆく。昼食も交代で摂り、その時間も非常に短い。桁は角材であり橋杭は15センチ以上の太さもあったが、急造の築頭で皆汗を流しながら約90本の橋杭の打込みに一生懸命、まったく戦争のようだ。杭の頭を加工して桁の配置だ。これが終われば橋板の取付け、簡単な手摺を設ける。

アグノ河架橋作業【34】

作業は午後4時過ぎ完成したのである。若干の補修工事をして実働時間は実に6時間である。私は直ちに自隊のトラックで試運転をし、安全を確認した。この作業の速さには他部隊も目を見張って我が中隊の作業振りを見学していた。他工兵将校もたくさんいたのであるが、人々はさすがに名高い半田部隊だと賞賛していたのである。その河原には砂地が約300メートルあったが、これは他中隊が担当して樹枝、他の方法で通過を容易にした。私は実に熟練とは偉大な能力を発揮するものだと感心した。中隊はこの工事が完成するや休憩する事もなく直ぐに武装を整え、私は最初の自動車に分乗して再び進撃に移ったのである。夕食は車の上でとり、またまた快進撃を続け、そしてパンパン川の右岸に到着した。

パンパン川の渡河戦と松尾少尉らの戦死［昭和16年12月］

パンパン川はルソン島でも1、2の大河であった。対岸に数砲門を有する敵軍は、パンパン川沿岸に堅固なる陣地を持っており、それにより頑強に我が軍に集中砲弾を打ち込み、我々の渡河を阻止していた。私たちはここで初めて敵軍と遭遇したのである。敵は迫撃砲で目茶苦茶に打ってくる。夕方には迫撃砲弾が火を吹き、異様な音とともに爆発する。我ら部隊の周辺にも飛来し強音とともに炸裂する。しかし部隊内はバナナの木や椰子の木で覆われていたため、直撃弾がこない限り充分注意していれば難を逃れられる。私は気が気でない。小隊分隊を安全と思われる地点に収容し、敵の砲撃の状況を判断して適時移動する。このような時は、部隊を確実に掌握しておく事が大切である。友軍歩兵部隊は、夕方を期して敵前渡河を敢行して対岸の敵を攻撃する事を決し、我が中隊はこの渡河作業を命ぜられたのである。

　私は、第1小隊長松尾少尉にこの仕務を命じた。松尾少尉は陸軍士官学校を優秀な成績で卒業して、この戦争に初参加の新鋭の将校である。彼は戦術的に判断して、あらかじめ河川の状況、友軍の攻撃の状態を偵察していた。そして彼はこの作業は自分にやらせてくれと申し出たのであった。

「カバナツアン」対岸である。夕方になり敵砲弾は益々盛んに撃ち出してくる。河川は、水深1・5メートル、川幅150メートルであった。水深の浅い個所は敵も予想して守備も厳重であった。友軍歩兵部隊は夜間を利して敵を強行突破せんとしたのである。その強行渡河に任じた松尾少尉は、勇敢にも敵が猛烈に打ち出す敵弾の中で部下を指揮し、第1回の渡河を手力による漕艇で成功し、続いて渡河を敢行中、敵の機関銃乱射の中を河中に飛び込み指揮中、敵の一弾は昭和16年12月30日、松尾少尉の眉間を貫いたのである。ああー、勇敢なる松尾少尉は無言のまま、あの大きな体躯を水中に横転したのである。まったく取り返しのつかない瞬時の出来事であった。

　しかし分隊長以下は小隊長の戦死にも屈せず、歩兵部隊の渡河の決行を続行したのである。私は、松尾少尉の戦死を見るや直ちに吉田准尉に小隊の指揮を命じ、吉田准尉は続いて小隊の指揮を執り30日未明、渡河を終了するまで任務を続行し、あの頑強なる敵を敗退せしめたのである。

　渡河戦終了後人員点検の結果、松尾少尉のほか、兵3名が行方不明であった。彼らは渡河作戦中第1回を成功させ、その後歩兵部隊の渡河作業続行中敵弾で名誉の戦死を遂げたのである。これは指揮中の分隊長及び他の戦友の目撃でわかったのだが、なにぶん暗夜と歩工兵混合で確認不可能な敵の弾雨の中での任務遂行中であったため、行方不明者を出してしまったが、私は実に残念だった。

作戦終了後直ちに担任分隊長や兵の見聞でその地点附近や河中を捜索したが、遂に当日は彼らを発見する事ができなかった。そして翌日から吉田准尉の指揮する1個分隊を残置して、行方不明者の捜索を命じたのである。吉田准尉は4日間に亘り、河川の下流方面を遠くまで附近の住民に遺体の情報などについて徹底的に調査した。4日目にして彼らの靴や衣類のみが発見されたので、渡河戦を実施中、敵弾に倒れ戦死したものと判断して捜索を打ち切り本隊に引き揚げた。私も当時の状況、捜索の結果を総合して戦死したと判断したのである。私はこの渡河戦は状況上、無理な点があったように思われる。それは何の準備の時間もなく、計画を立案する時間的余裕もなく、ただ急ぎ実施し、貴い犠牲者を出したので私としては返す返すも残念であり、今もってこの戦闘の悪夢は私の脳裏より消えないのである。

しかし、いかなる場合も渡河戦は、我が部隊の任務であり本領であるが、戦闘で部下を亡くした気持ちは幹部として終生忘れる事はできないのである。今でも、彼らの姿は目に浮かぶ。

中隊はこの渡河戦を完了すると再び前進を続け、前進につぐ前進であった。敵は小規模の抵抗を試みながら恐らくはバキラ高地に退散したのであろう。いよいよ首都マニラまで50キロ以内の地点まで進出した。

意表を突いたマニラ無血占領

その頃ミンダナオ島に上陸した第6師団の精鋭は、翌日マニラ市に突入できる距離にあるとの情報を軍は入手した。もし第6師団（注：熊本）が先駆けてマニラ市に入れば当軍（注：第2師団、仙台）として面目丸潰れとなる。そのため、軍としては万難を排して明日中に第6師団に先駆けて進出すべきであると幹部は強気であった。マニラまでの距離は約40キロ余りであったが、いかにして先行するか、軍の作戦参謀は事前に我が工兵隊長の意見を求めてきたのである。この交通戦争の指導力は大いに工兵隊の活動によるところが大きいので命令起案の意見を求めたのである。

我が聯隊長半田中佐は私を呼び、意見を求めた。私は早速、軍参謀と聯隊長に会い、状況を聞き、あらかじめ予想された状態を研究してきた地形判断を基礎に、地図上よりの判断を述べた。現在地よりマニラまでは、約40キロにして河川は6本存在し、いずれも河口近く川幅は100～150メートル内外、水深は5～6メートルあるものと判断する。そしてこの河川は最小限に見て4か所は破壊されているものと推定される。この川に自動車の通行可能な橋を架設するには工兵2個聯隊の兵力を要するので、明日中にマニラに入域する事は極めて困難である旨を申し上げたのである。

参謀はいかにすれば目的を達成できるか、何か良い考えはないかとの事であったので、自分の考えを率直に次のように述べた。

それは、軍の現態勢は海岸方面が主力で、山地辺、すなわち左翼には一部の体勢であるが、それを変更して山地方面に主力を配置して海岸方面には一部を配置するようにすれば明日中にマニラ郊外に進出する事が可能である。理由は、ルソン島全般の地形を判断すれば、中央は山岳地帯であるため、河川の上流はほとんど浅瀬の状態で、自動車の通過も可能と判断できる。工兵の作業力も不必要と思われる。ただマニラ市北方10キロの河川は渓谷なので、空中偵察などで敵の破壊を妨害する必要がある旨意見、具申をしたところ、聯隊長も参謀も直ちに同意してくれたのである。参謀は私の案を持って早速参謀長に申し上げ、軍の作戦指導は私の案の通り主力を山地方面に、一部隊を海岸方面に入れ換えたのである。

各部隊は夜半を利用して大軍を右翼より左翼方面に移動開始、翌日午前8時頃には、各部隊それぞれ命令の配備につく事ができたのである。各部隊は自動車で移動したので急速に移動する事ができ、軍司令官も安心したとの事である。

私は当時、工兵中尉の身分で重大な意見を求められ、また私の案を基に大軍の配置転換がなされた。私は冷汗を流さんばかりの意見であり、もし私の判断に誤りでも生じた場合は全軍の勝敗に関する問題であった。もし山地方面で敵の大軍に遭遇する事があればと考えると、生きた心地はなかったのである。戦争は待ったなし、やり直しはない。真剣そのものである。責任上確固たる自信がなければできない事である。また時間の制約もあるので、我々は平常よりこの種の訓練をしておかなければならなかったのである。

マニラの無血占領【35】

我が部隊も翌早朝行動を起こし、近道伝いに左翼方面に移動し各部隊の先頭に出て進軍、また進軍を続けた。山地帯は私の判断通り河川は小川であり、いずれも私たち工兵の作業を施すところもなく、山地の小敵部隊は大きな抵抗もなく順調に進撃できた。案じられたマニラ北方10キロ付近の橋は100メートル近い土橋であって、敵の破壊もなく通過できた。よし！　私はここで初めて昨夜来の心配事が晴れたので、やっと我に帰ったような気がしたのであった。

午後3時過ぎ、無事マニラを眺める台地に進出した。そしてマニラ市に対して無条件降伏を勧告したのである。その反響や受入れに時間を要したので、私たちは休憩状態のままで数時間を費やした。情報では海岸方面の攻撃隊は敵部隊と遭遇し、目下交戦中との事であった。この作戦で私の案は敵の裏をかき、無敵の進軍ができたのは全軍のために幸運であった。戦史に残るだろうと思った。

天気晴朗、日本軍万歳であった。また第6師団方面は頑強なる敵に遭遇し予定以上の時間を経過し、今なお戦闘中との事であった。我が軍は第6師団と歩調を合わせる予定であったが、約3時間以上の休憩の後、マニラを無血占領する事になったのである。

私は聯隊を代表して2個小隊を率いて10名ずつ自動車に分乗した部下と乗車、整然と隊伍をなし各部隊揃って入城した。市内では在比日本人の出迎えに会い、その案内で海岸の倉庫、桟橋などを警戒、爆破の装置、火災発生の危険を感ずる場所の点検調査をし、異常がない事を確認してマニラ市の占領を事実上終了したのである。

その後は夜を徹して桟橋や倉庫を「テロ」行為に対して警戒に任じたが、2、3の船火事のほかは何事もなく、2、3日休憩し、次期作戦の準備に着手したのである。比島作戦は終了したが、我が中隊は優秀な将校松尾少尉ほか3名の戦死者を出したのは何とも忘れられない記憶であった。それで我が中隊は松尾少尉の代りに伊藤少尉を迎えたのである。

中隊は今後の作戦を考慮し自動車運転手の養成にかかった。田中中尉を教官に当たらせ、希望者15名を迅速に約1週間の予定で教育を実施した。軍隊教育、殊に戦地における教育は時間に充分な余裕がないため、即席教育であったが、将兵ともども非常に熱心に勉強した。個人の乗車時間は延べ3日間位であったが、1週間後には時速75キロで不良道路を走る能力を持つようになったので、運転手として不充分ながらも戦地では充分であった。我々はマニラ市内に約1か月間滞在したが、引続き展開される新戦場を求めての準備に余念がなかったのである。

第六章――石油を求めてジャワ島に

ジャワ島に進攻〔昭和17年2月〕

我が部隊は、比島作戦にも成功し、さらに次の作戦に当たることになった。当時国内はもちろん、戦地においても石油事情は深刻な状態に陥っていた。このままでは戦争の遂行はもとより、一般の輸送機関も止まり、中支の軍隊も北支、南支の軍隊も物資輸送が止まり、武器弾薬、食料品などの補給も止まり、一大問題に陥るのである。従って南方の石油入手は一刻を争う大事な作戦となってきた。石油があれば最後の決戦をするだけの余力は充分残っていた。しかし日本が石油補充の道を開けば世界中ほとんどの国は、これに干渉して石油輸入を妨害し、いよいよ石油の閉鎖を強化して日本の石油戦争の遂行に終止符を打とうとするだろう。

内地では自動車も工場も石油の代わりに薪や木炭を使用して自動車を走らせ、民間人は松の木の根を絞り、いくらかの油を採取していた。こうして国民は一致協力し、実によく国民生産の実を挙げていたのである。世界には無尽蔵にある石油を、何故日本に分配しないのか、敵国にばかり与えているのが甚だ不公平である、との思いがあった。石油は人間が生存するために自然から与えられ、そして世界の人類は平等に使用して幸福な生活を営む権利がある。この大事な必需品は日本の地域に乏しい。それで文化生活を営む日本人は他国よりの輸入で賄っているのである。そして生活物資を生産して、世界各国に輸出している。何故各国の為政者はこれに反対して日本を締め出すのか。我々日本人も生きる権利はある。この為政者の行為は改めなければならない。我々は目的達成のため、早く石油を確保しなければならない。自ら石油資源国に出向いて平和的に話し合う事が必要になってきた。

マレー半島、ボルネオ島、ジャワ島のインドネシア領地に進攻して石油の確保を企図したのである。我が半田部隊も主力を以てジャワ島スラバヤ市内の油田、製油所を占領、我が中隊はさらに同島チェップ、ウオノサリー油田、その他の油田を占領し、既に破壊されていたこれらの設備の復興作業を命ぜられる事になった。

それで油田専門家岩松技師以下33名を私の指揮下に附されたのである。その他ジャワ島占領のために戦車隊1個聯隊の協力を得て強力部隊が編成された。

昭和17年2月、戦車隊長が輸送船団長となり、その指揮下に我が中隊主力は第2船に、第1小隊、自動車班は第1小隊長に属せられ小隊長以下第1船にそれぞれ乗船し、フィリピン「マビラオ」島を出港した。

船団は15隻、いずれも2000トン級で敵の潜水艦の攻撃、または空中攻撃を警戒しなが

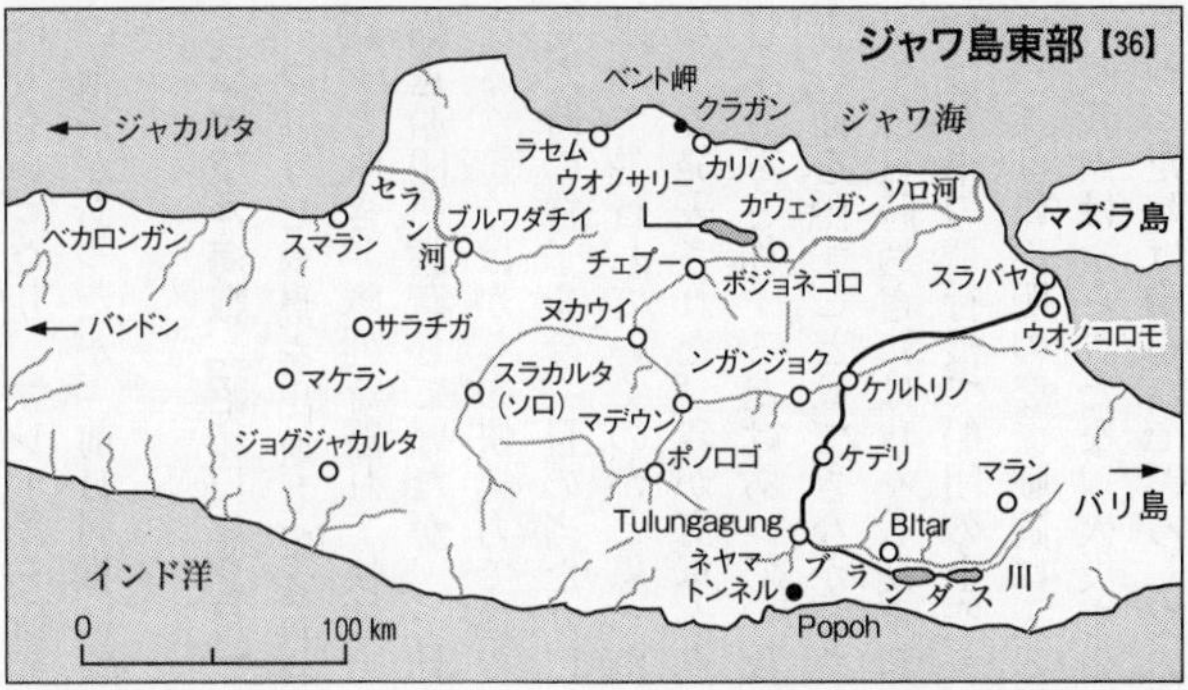

ジャワ島東部【36】

ら船団の西側及び前方には海軍駆逐艦14、5隻及び巡洋艦で厳重に護衛されて、蛇行型行進、不規則の運行を続け、広い海を時には大量の魚群と出会ったり、飛魚の訪問を受けたりしてジャワ島を目指して進んだ。特にボルネオ島とセレベス島との間の水道は世界でも名高いサンゴ礁地帯中の航行であった。その光景は絵に書いたような第1日であった。実に威風堂々たるものである。

第2日も無風状態で、空はあくまでも青く澄みわたり南海の航海を続ける。午後3時頃、南方に雲の柱のようなものが黒ずんで見えた。戦友や船員の説明であれが「スコール」だと聞かされる。初めて見るスコール雲、戦争でなければ愉快な船旅であった。

第3日目午前11時頃、敵の偵察用飛行機が我が上空に飛来して、我が船団の状態を旋回して偵察した後にどこかに姿を消す。私は、日直勤務に服していたが何もする事ができなかった。友軍の護衛艦も傍観している。いよいよ敵の空中威力圏内に突入したと思った。私は航海中、岩松技師に、中隊幹部に油田に対する予備講習を続けてもらったり、マレー語を研究して今後に備えていた。第4日目の朝にはまた、敵偵察機の飛来があったが、前日同様に偵察して帰っただけであった。

ジャワ沖海戦〔昭和17年2月〕

フィリピン島を出航して4日目午前10時頃、我が護衛艦や駆逐艦、巡洋艦が急に黒煙を猛々と吹き、隊列を離れて快速力で先方に走っていくのが見えた。今までおとなしく我々の輸送船団を護衛していたが、一旦戦闘行動に移れば、白浪の陰に覆われて艦の姿が見えなくなる。驚くばかりの快速力で進む。日露戦争で日本海軍が露軍の「バルチック」艦隊を攻撃した時の様子を今、目の当たりにしている気持ちだ。何事が発生したのか、おそらく敵艦を求めて進行していくのかと思った。そのうちに無線で輸送指揮官に通報があり、ニュースとなって発表された。我が海軍が真に行動を開始すれば驚くばかりの威力を発揮する。無敵の日本海軍と称するだけあって、我々は多少心の動揺はあっても恐ろしい中にも見物するという一面を隠すことはできなかった。

午前11時過ぎには我々も友軍艦隊を目前にする事ができた。その頃には、我が艦隊の上空には友軍の飛行機で船団の上空一面に猛々たる煙幕が張られ、私たちの目からは何が何だかいっこうに不明の姿で戦闘に入る様子である。その事を考えている時に大きな火光を見る。一瞬我々はやられたな、火災を生じたのかなとびっくりすれば、やがて轟音で我が艦砲射撃と判った時は胸をなでおろしたのである。そして、敵艦は30キロも彼方にあるとの事で我々には全然敵艦の姿は見えない。まったく何を見物しているのか判らない。目に見えない敵に対して戦争で見物とは実につまらないものだ、と呑気なことをいっている者もいる。海軍の戦争は昔と変わり、今では煙幕下で艦砲射撃をしているだけである。

あの日本海海戦の絵巻物とは違っていた。敵は30キロも遠く離れている。射撃も飛行機上よりの間接観測で発射するとの事であった。時々大きな轟音と火光を発して発射される砲弾は、30キロも離れた敵艦オランダ艦船に命中する。敵艦は積載の爆弾や火薬の爆発で沈没するものもある。中には直撃弾で轟沈するもの、種々の想像をして我々の船団は後方でぐるぐる廻りながら待機していた。敵砲弾は1発も飛んで来なかったので皆安心していた。多分敵艦からは相当に離れていた事で、敵も我が船団攻撃はできなかったのであろう。そして我が海軍の戦闘が約1時間も続いた頃にはジャワ沖海戦も終了したのである。我々船団は再び正規の体制で進行した。

我が海軍は戦いを終わり、大勝利のもとに新たな任務に向かって直行したのである。我らの船団が約3時間も航行した頃には、先に敵戦艦と戦った地点の跡とも思われる地点に到着した。海面にはあちらにもこちらにも敵の海軍兵がボートに、4、5名乗りのいかだに乗って海面一杯になっているではないか。無数のボートが浮いている。しかし、敵艦は1隻も見えない。不思議な光景だ。多分敵艦艇は撃沈されたのであろうが、元気な兵隊はボートに、いかだに乗って浮上し、救援隊のくるのを待っているのであろう。

我が船団も、ある船は敵兵の救助に当たった船もあった。あの広い海面に浮かんでいる敵兵は実にあわれである。多分、食料もなく竿に白旗を捧げて振っている。私たちのごく近く、至近距離に浮かんでいるボートもあった。何か不明な事を言っているが、多分救助を求めているのであろう。私は気の毒に思った。

この光景を眺めているうちに前方より白塗りの赤十字船が見えた。そのうちにかの白船は次々と海中の敵兵の救助に当たった。彼らは逐次ボートより救助されてゆく。私たちは彼らの救われてゆく姿を見て安心したのである。後刻、ジャワ島でのニュースでは救助された敵兵は5000人に達したとの事である。いかにジャワ沖海戦が大規模であったかが判るような気がした。南海は海上が静かで青空が高かった事が、幸いしたのは確かである。

ジャワ島上陸［昭和17年3月］[37]

昭和17年3月1日未明、ジャワ島に接近した我が船団は、パイロット飛行機の案内で入港し、予定通り第1船、第2船と続々投錨した。湾内は波静かで、湖水に船を浮かべた感じであった。やがて上陸の準備が整い、今にも上陸の命令があるかと待っていた。

その時、敵の爆撃機数機が飛来して、烈しく爆弾の投下を開始したのである。そのうちの1機が超低空で飛来した、と思うや1弾、続いて2弾が我が第1船の甲板上に命中したのである。まったく予期しない瞬間の出来事であった。甲板上には240~250名の下士官、兵が乗っている。不幸にも我が中隊の1個小隊60名も乗船していた。

私は咄嗟に不安になった。何事もなければ良いがと願って様子を見ているうちに、兵員約

250名の戦死傷者を出したとの連絡である。細部の事は不明であったが、直ちに船長に連絡して軍医と看護兵、連絡員を派遣して、応急処置に当たらせた。我が小隊は、自動車分隊と他の3個分隊が船中の中甲板に乗船していたのである。不幸にも敵の爆撃弾は中甲板に命中したので、下士官以下19名の戦死者と53名の重傷者を出したのである。ああ、瞬時にして多数の犠牲者を出してしまったのである。

その他歩兵部隊も200名内外の犠牲者を出したとの事である。地獄の沙汰であった。私もこの情報に接し、ただ呆然となった。その船に移り詳細に状況を知りたかった。いずれも不可能で何が何だか気が遠くなったようである。このような悲惨な状態は未だもって経験した事もなく、今でも当時の様子を思い起こすと、あの時ほど残念に思ったことはない。当時の状況を私は正確には書き残せない。我々もいつ敵の爆弾に遭うかもしれない。それに敵の爆撃はさらに烈しく月明とともになお盛んになり、我が船団目がけて爆弾を投下する。そのつど数本の水柱が高く上がる。我が船団は敵に対する大きな装備もなく、ほとんど無抵抗で敵の自由な行動を見守るしかない状態だった。

クランガン上陸記念碑【38】

その後、さらに1隻の輸送船の後尾に命中して損害を受けたが、自力で浅瀬にたどり着き、乗り上げて沈没は避けられたとの事である。夜明けとともに、敵の行動もはっきり観察できたが、爆弾投下で水柱が高く上がり、水煙が30メートル以上にも達した。

我が中隊も上陸の順番が廻り、敵の爆撃を避けながら上陸用のボートに乗船。敵の猛射中を陸に向かって走る。自分の命の事は誰も考えていない。ただ早く上陸を達成して任務を遂行することと、戦友を思う心で一杯である。陸上には敵の守備もなかったが、波浪の中を海に飛び込み次々と上陸して行く。全員びしょぬれであった。戦死者や戦傷者をどうする。私は気が遠くなった。

戦死者の中には自動車分隊の大部分がいた。運転手がいなければ作戦行動はできないが、次々と自隊の車が上陸してくる。止む無く自隊の乗用車運転手も下士官、将校を問わず、経験者全員車の処置に任じて上陸させ、戦死者の収容は吉田准尉の指揮の下で1個分隊の兵とこれに当たらせる。負傷者は野戦病院隊と自動車部隊の応援を得て収容。この処置で約半日以上も費やしたが、貴重な運転手は聯隊本部より5名の応援を得て不満足だが、ようやく進撃の体勢を整えたのである。吉田准尉は戦死者を収容し茶毘《だび》の準備をする。

負傷者は残念らしく無念の心境である。折角ここまできて何の働きもせず負傷し、後方輸送となるとはと、いかにも残念らしく皆男泣き。死ぬまで率いて行ってくれと哀願する兵ばかり。私も涙であったが、負傷兵には戦争はまだまだ続く、1日も早く全快し、復帰して一緒に国のため戦おうと皆を納得させた。彼らも1日も早く全快しますと涙する者、自ら元気づけようとする者、いずれも日本車であればこそと思う。国を思う兵士たち、日本軍の強さはこれだと思った。私は負傷兵全員を見舞って別れを惜しんだ。いっときに70名近くの犠牲者を出した、その時の心情は当事者でなければ分からない。

チェップに向けて進む独立工兵第３聯隊【39】

自動車の運転手も折角マニラで張り切って教育を受け、このジャワ攻略で最も重要な任務につく事を願っていたのに、大半の者が戦死、戦傷してしまった。

また、爆撃で輸送船の艦上機が故障して、船底に搭載のまま使用不可能だった事などのために、私の作戦計画にも多大の支障を来たしてしまった。幸いにも応援者を得て辛うじて必要最小限の装備で早速、戦車隊護衛の下に進撃に移ったのである。上陸地点には、今まで中支で一生懸命に戦った部下19名が眠っていたのである。

終戦後4分の1世紀を経過した今日、

戦友の霊よ、安かれと祈るばかりである。現地民の心ある人は時々生花を供えてくれる人もいるであろうと、私は蔭ながら願っている。遺骨の大部分は急造の竹筒に納め、内地の肉親の手元で今は安らかに葬られている事であろうが、その英霊の住所も記憶喪失で失礼している。甚だ申し訳ないと思っている。

ジャワ島の道路はオランダ政府の手と現地人の努力で90パーセントはアスファルトの完全舗装であった。石油国の面目を遺憾なく発揮していた。

この道路を我々進撃隊3Ps（注：独立工兵第3聯隊）は前進するところ敵もなく、現地民と中国人華橋の歓迎を受けて進む。彼らは戦争の事はあまり知る由もない。レボール万歳を叫んでくれる。これら大勢の住民を宣撫（注：占領地で、占領政策の目的・方法などを知らせて、人心を安心させる事）しながら進む。彼らは近寄って話し掛ける。「どこからきたのだ」「我々は日本よりきた」「いつ着いた」「今朝早くこのジャワ島に着いたのだ」「大勢きたか」「大勢きたのだ。戦車も自動車もたくさん持ってきた」「宣伝用ポスターを見て、このようにたくさんの飛行機が飛んできたのかスゴイ、素敵だ」と驚いている。

現地民は実に温厚なる人種と見て取った。人間も素朴で空気も良い。実に澄み渡った青い空、高い高い椰子の木、涼しそうな南国の竹籔、実に奇麗である。この平和な土地を犯す我々は残忍な行為であると誰も思わないものはない。同じ島国の我々日本とジャワ島では雲泥の相違がある。

そして人民の豊かな表情を見る時、いっときも早く白人支配より脱却させ、幸福な豊かな国にしてやるべきだと考えながら進む。情報ではこの一帯には敵もなく、目的地のウオノサリー油田にも敵はいないらしい。中隊は進撃に進撃を重ね前進する。その中に護衛の戦車隊は新しい任務を帯びて私らの護衛を中止して他方面に転出して行った。我が中隊は自衛力もないので多少の不安もあったが、幸い途中何の支障もなく、チェップ市に突入。続いて24キロ離れたウオノサリー油田を占領することができ、万歳を三唱したのである。

油田の占領と復旧作業［昭和17年3月］[40]

油田は特設の櫓《やぐら》があちこちに見えるので、これが油田かといつか本で見たのを思い出し、また岩松技師の説明で一通りの知識があったが、本当に油田の現地に入った気分に浸れたのである。聯隊本部は直接スラバヤ市に突入したので、我が部隊から佐々木中尉指揮の下に2個分隊を附し自動車で状況報告を兼ね、食糧補給にスラバヤに派遣した。そして即日帰隊するように命じた。スラバヤ市までは190キロ内外であるが、道路は完全で、敵を心配する事もなく、スラバヤ―チェップ間の交通開拓の先駆のためにもこの道路は必要であった。

部下中隊一同元気旺盛、チェップ及びウオノサリー油田の無血占領を報告する事ができたのは、油田占領隊長として実に満足であった。この上もない気分で、部下将兵ともに祝福したのである。

そして大半の人員で仮の宿舎を準備し、警戒を厳重にしてその夜は休憩に入った。私は中隊の幹部及び岩松技師とともに宿舎附近の油田を一通り車で廻り敵兵、現地民の有無、油田の状態を視察した。油田はチークの植林地帯で全長約６キロ以上、幅１５０メートルに及んでいる。林の中には、野生の猿群がいて私たちを見てキイキイと挨拶をしているように感じられた。しかし、油田の地上設備や重要な機械は全部破壊されていた。直ちに復旧可能か否かは、綿密な調査の結果に待たなければならない。

岩松技師の説明では、油田（地中）は破壊されていない事が判明した。１日目も夕暮れとなったが、スラバヤに派遣した佐々木中尉一行は未だに帰ってこない。夕食も済み夜中となっても帰らない。私はだんだん不安を感じてきた。心配しながら寝たり起きたりし、風の音で、きたかと思えば起きてみる。しかし帰らない。他にスラバヤと連絡する手段もなく、ただ心配するばかり。チェップの製油所の附属タンクが燃焼し、黒煙は１００メートル以上にも昇っているのがよく見える。チェップには５０００トン、３０００トンタンクが立ち並んでいる。とても人力では消火できそうもない。油田の事務所、住宅は完全に残っていたが備品類は何一つ残っていない。

住民からの情報によると、２、３日前に油田の諸設備の破壊が始められ、重要設備は爆破によって破壊したとの事である。この破壊は技術的に見て相当研究して行なわれている。例えばポンプ類は全部徹底的に同一箇所を破壊し、また関連原動機、諸機械類なども最も重要な箇所を破壊してあった。この破壊は、技術者によって計画されたことは明らかである。それでこの種の破壊は復旧に非常な困難を来すものである。

普通破壊された機械をいくつか分解して使用可能な部分を組み立てる方法は可能だが、この場合は細かく壊されているので不可能である。また、本格的に修理する場合に一種を製作すれば良いので能率的に復旧可能になる。しかし我々は鋳物工場どころでない。現在の状況では内地に注文して製作するしか手段はないが、そんな呑気な状況ではなかった。当日は、このような状況で得た結果を報告、資料として作成した。そしてとにかく翌日より復旧作業に移ることになったのである。

第2日目、兵員はそれぞれ宿舎の準備にかかった。私は幹部と細部の偵察を実施して大要、次のような計画を立案し、なお油田の警備と油田附近の住民に対しての宣撫工作を行なう事にした。我々は、工兵といえども油田の経験者は皆無で、主として岩松技師の指導の下に設備、その他機械類は鈴木技師の指導によって調査を担当させたのである。

防諜のためかな書きの部隊名の前で

ウオノサリー油田はチェップ市より約26キロ離れた高台となっている、一見独立した高地にあった。牛の背形の山地で油田一帯はチークの植林帯であり、油田に適合して見晴らしも良く、南北約16キロ、幅1～2キロの地である。情報によれば第1号井は年産360万トンも生産した能力があり、日本国内油田の全生産量にも等しいものと聞いて、この油田は予想よりも遙かに有望である事を知った。1日も早く復旧して日本の国策にそうよう決意を新たにした。

採油方法は油田の構造上、汲取り式と自噴式に分類され、汲取り式は井戸管を利用して地中より原油をポンプで汲み取る方法で、1か所の動力を中心として6、7か所の井に連結して行なうものである。自噴式は地中のガスの圧力で自然に油管を伝わって噴射するように設備され、最も理想的で簡単な方法であるが、油田が古くなりガスの威力が減少されて自噴能力が欠乏し、または油田の性質上自噴する能力のない油田はポンプ式に設備されるのである。自噴井はバルブの閉鎖によって噴出、中止する事もできる。井戸の数は約50本で、発掘可能の区域も相当あるとの事だった。

油田地帯には山猿のほか、山家鴨（注：山鶏とくじゃくの中間のようなもの）がいた。山家鶏は羽根を広げると非常に美しく、人に見せる時は気分の良い時で、後ろ向きになって羽根を広げる。私はこれらを見るのは初めてであった。前述したように、チェップ市内製油所の重要な部分は破壊され、原油の貯蔵タンクは目下燃焼中であり、我々の手段では到底消火不可能の状態であった。また修理工場もほとんど破壊されて、殊に動力源のモーター類は全部破壊されていた。

チェップには器材の格納庫も大きなものがあったが、これも破壊された上に復旧に必要なる資材はいずれかに運ばれたか見るべきものはなく復旧作業は、極めて困難である事が判明

上：ウオノサリー油田の遠望(2009.9)
下：油田の櫓・採油ポンプ

した。この状態のもと、いかにして1日も早く油田を復旧して国策に沿うべきかを熱心に考え大要、次のような方針を立案した。

第1に油田の警戒と附近住民の協力を得なければならないので、通訳と一将校とが必要な警戒兵をもって附近部落の村長及び区長を全員油田の事務所に集合を命じた。まず油田地内に住所を有する者は4キロ以上離れること、油田地内への立入りを禁じ、もし不逞の者が立ち入った場合は直ちに報告し、特に油田の破壊や火災を発生させた者は厳罰に処する。また油田で使用する器具、資材、機械などを所持しているものは直ちに提出すること。器具、機械を提出した者には代価を支払い、無断で所持している者には厳罰を与える。油田関係の従業員は直ちに申し出る事、申し出のあった者には生活を保障する。また従業者名簿の所持者は申し出るよう指示した。そして油田の警備と従業員の確保に心がけ、将来の復興作業に充てるように計画した。

村長、区長も協力するとの事で、その日の昼食には彼らを招待した。そして我が日本軍の進駐などについて詳しく説明、大いに宣伝に努めたので、後日の復旧作業に大いに効果があった。

第2には、修理工場などを細部に亘り調査し、少しでも利用できる工具がないか探したが、ハンマー1個もない状態であった。占領第3日目には工具の製作を始めた。最初はモーターのベルトを手動で廻して打金の製作を始めた。私たちは技術兵だ。未経験作業でも最初からすべてを始めるのだと、日本軍の威信に掛けても無より有に通ずるの精神をもって、「ここは戦場だ、ないのが普通で贅沢は禁物だ」との信念の基に工具、打金、金鎚、スパナなどの製作に着手したのである。

遅々たる進行でも我が部隊には鍛工手あり、木工手あり、また多少機械の経験者などもいて、できない事は皆無である。そして多少の工具が出来上がった。蒸気ハンマーとボイラーは破壊を免れていた事が判明したので、早速利用し、この蒸気ハンマーで鉄板をスパナ型に打ち抜き、若干手を加え代用品として使用し、続いて旋盤機械を1台運転する事に成功。動力モーター、電力設備など不充分ながら着々工具の製作に自信を得たのである。

原油汲みとり（2009.9）

電灯の照明設備も整い復旧作業に自信を持てるようになってきた。下士官も将校も皆作業員である。時には服も油で汚れ、全員一丸となって復旧に全力を尽くしたのである。一方で工具を造る。その工具を利用して破壊された機械を分解する。油田の設備はポンプとパイプとタンクが重要な役割をするものであるから、まずはポンプの修理とタンクの構築とであった。ポンプは鋳物で製作されているので火災には強く、爆破された部分を修理すればいい事が判った。そのため種々研究した。破壊された部分に鉄板を張り、これをガス溶接で張り付ける方法であった。しかし鉄板は溶接でできたものの、2気圧を加えるとすぐ水が漏れ、肉眼では見えない亀裂から油が泡状となって噴出する事が判明し、第1回目の修理は不成功で終わった。

オランダ系技師たちの協力

次に考えたのはセメントで補修する方法だが、これも不成功であった。いかなる困難事でも「解決してやる」の精神力で今度は、電気溶接でなくては不可能と思い、溶接機の発見に努めたのである。この大きな油田に電気溶接機の1台や2台は確かにあるはずだとチェップ市内や附近を探したのである。その中に油田従業員のオランダ系技師を捜し当てた。早速彼に出頭を命じた結果、彼は直ちに出頭してきた。私は彼に大要、次の事を要求したのである。

その一例を挙げれば、あなたは油田関係の優れた技師である事は私の調査で知った。このような不幸な戦争が発生して我々軍人も苦労しているが、一般人民も甚だ迷惑である。1日も早く戦争を終結させなければならないが、不幸にも今直ぐにはその見通しもつかない。あなたも私たちの考えに協力してくれないか、またあなたたちの人生は油田があって生き甲斐を感じているのではないか、油田の技師として油田のために働いて初めて技師といわれるものではないか、と協力を求めた。彼は私の申し出を快く引き受け、彼は戦争は自分の任務ではない、私の職業は油田に奉仕して初めて生き甲斐を感じ妻子ともに安心して生活ができる。それが望みだと、彼は日本軍への協力第1号となったのである。

余談であるが外人は比較的貯蓄の習慣が薄く、今回のような局面に会えば直ぐに生活に関係してくるのである。私は彼を捕虜扱いにせず、温しく協力を申し出たのであるし、このほかにもオランダ系技師は相当いると見込んで私は彼の取扱いに注意を払ったのである。充分彼の人権を認めたつもりであった。私は彼らの権力も相当あり、また現地民の部下も相当居るものと判断した。大いに協力を期待したのである。とりあえず電気溶接機の所在を尋ねたところ、彼は明日まで待ってくれと申し出たので、これは有るなと思い非常に期待し、一安心したのであった。

本格的な復旧作業

幸いにして日本人にも溶接の優秀者がいる事が判明した。早速、彼にこの研究や溶接棒の発見を依頼し、良質な溶接棒を発見する事ができたのである。また、オランダ系技師は溶接機を発見したので、これを求めて使用することができたので心強かった。そして機械を手入れし、運転を始め、今度は充分慎重に作業した。亀裂と思われる部分は削り取り、また溶接の不成功は鋳鉄と普通鉄との溶接時の相方の熱膨張係数の差のためで、温度の等しい範囲では接着しても温度が下がれば割れ目が生じて不成功になると判断した。この方法の解決を学術的、技術的に判断し、溶接中は同温度で作業するよう、多少の水、粘土を利用するなどの方法を研究したのである。

普通鋳物と普通鉄との接着は不可能とされていたのであるが、解決する方法はないかと努力した。また岩松技師の班は油井の検査、ポンプの修理など専門的な作業を担当して逐次復旧も軌道に乗ってきた。田中中尉の指揮する小隊はとりあえず機械、工具の設備に全力を注ぎ、鍛工手、木工手、機械工を指揮し、永久的な設営の設備、他の小隊の予備的存在を担当した。その他外部との折衝、現地民の宣撫工作と従業員の獲得などに当たり、佐々木中尉は部下小隊を指揮して破壊貯蔵タンクの分解作業、焼跡の整理作業に当たらせ、それぞれ分担作業を決定したのである。将校以下慣れない作業ではあるが、大いに張り切って朝早くより夕方遅くまで働いた。

ここで油田の原理を説明すれば、石油は鉱物であり地中に埋没されていて、天然自然のもので地中の層と岩盤との間に砂利、砂の間隙の中にあり、良質の油田は石油の上にガス帯がある（左図参照）。櫓は、油井の掘削中パイプ（長さ約30メートル）を入れたり、分解したり、発掘中の土質（コーア）の取出しなどに使うもので、採油時には不必要である。従って油井によっては油井完成後取り除かれているところもある。またポンプ式の場合は、地表面より油地帯まで数百のダルマの連続で、逐次表面まで汲み上げてくる方式が採用されている。

この油田はジャワ島では最も生産量が多く、地形、輸送などにも便利でスラバヤ港までは160キロ、6寸管で昼夜兼行輸送され、スラバヤ港より諸外国に輸送されていた。最近はチェップにも製油所（原油を揮発油、灯油、重油、アスファルトに区分する工場）の設備が完成して最大限のガソリン精製ができるようになっていたのである。チェップには5000

トンタンク（直径36メートル、高さ30メートル）、3000トン級タンクがあったが7日間燃焼し、自然に鎮火したものの鉄板（厚さ1センチ）は全部、小田原提灯のように目茶苦茶に変形していたのである。しかし分解後の検査では、1基は使用に耐える状態であったので、大いに構築作業の能率を早めた事は事実であった。現地技師の話では1個の基礎を造るのに1か月は充分費やすとの事であったが、セメントを多量に要するのでセメントの確保ができるか否か問題であった。作業は日増しに多忙を極めた。

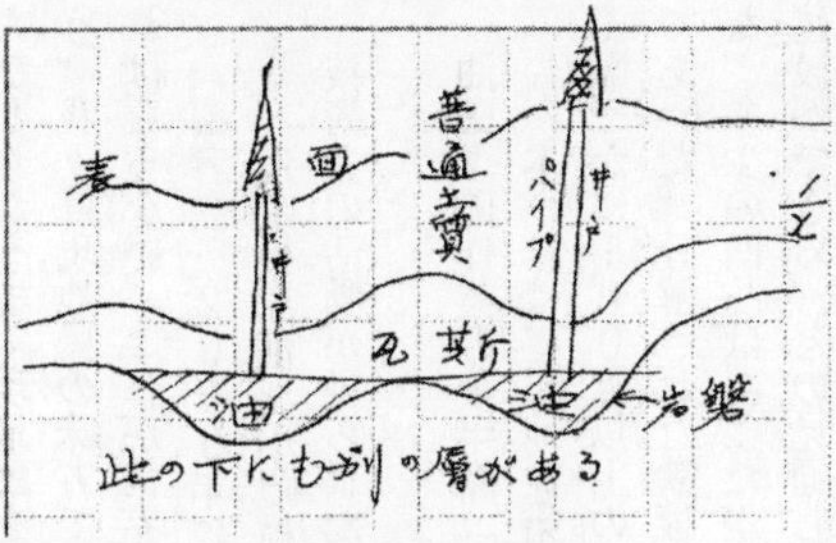

油層部構造（著者の手書き）

私は油田の復旧を1日でも早く、その一部たりとも実施すべく勢い込み、まず油田関係従業員を確保する事、殊に技師や技手、職長などの技術者を獲得する事にして、これら人員が分散してしまうのを食い止めるため、チェップ市内外を通訳とともに奔走した。その効果があって日増しに希望者が集まってきた。現地人の職長がくれば、これらに募集を命じた。その中に昨日は何人、今日は何人と日増しに希望者が集まってくる。

私たちは言語不明で、細部の指示や命令する事は不可能であったので、職長やら区長に命じて一般従業員を指揮して作業に当たらせる。我々は中支でよく現地民を使用した経験を生かして、支障なく仕事を与える事には慣れている。兵隊1

人ひとりがうまく現地民を使いこなしていく。しかし中支の現地民とジャワの現地民とは違う。我々は現地民の味方であらねばならない。現地民を指導し大東亜圏の建設に努力しなければならない。これが世界平和の第1歩であると考えたのである。

《編者注：2009年に編者がウオノサリーを訪問した際はこの油田地帯全体が古くなり、残余の原油を小規模に産出してるように見られたが、チェップ市ではヨーロッパ人技術者の活動が見られた》

油田復旧作業の後半戦［昭和17年4月］

佐々木小隊は、現地従業員を指揮し、チェップの焼却タンクの分解作業に任じた。鎚音高く賑やかに100人以上の従業員で、造船工事でもやっているような活気に充ちた作業振りであった。分解された鉄板は工場に送られ、1枚1枚丁寧にローラー機にかけて凹凸を直した。多少の凹凸はあったが、使用可能な鉄板が次々と出来上がり、この調子ではタンクの再建設ができる、との見通しがついたので、私たちは楽観して作業を進めた。新品の鉄板は1枚もない。内地に注文してなんて考える事は無論できない。すべて現地で工夫調達する方法のみである。内地との輸送も敵の攻撃を受ける心配もある。期間も1、2か月は必要だろう。岩松技師も最後はこのタンク問題で相当頭を痛めていた様子であったが、我々の作業を見てまったく工兵という部隊は何事もやれる立派な部隊だと驚いていた。私たちはすべて自給自足で戦い、建設をしなければならない。我々もスマトラ油田やボルネオ、その他の油田地帯よりも1日も早く復興して見せるの覚悟で一丸となって働いた。スマトラ島パレンバン油田では我が日本軍の落下傘部隊が占領したが、相当の貯蔵ガソリンもあり、これらを占領した効果は大であったと思う。

連日早朝より日没までの強行作業である。日を追うに従い油田関係の技術者も集まり、現地従業員も当方の希望通りの人数を毎日確保できたのは、占領直後逸早く手段を講じたのが、今になってその効果が現われたのである。そしてそれぞれ旧体制の機構に乗せる事が可能になってきた。

オランダ系技術者10名、その中には他油田の技術者も入っている。永年勤務した技術者もおり、将来益々希望を持てるようになった。私はでき得る限り旧職場に彼らを配置した。彼らは何から何までよく知り尽くしていたので、いちいち細部の指示をしなくても、言葉が完全に通じなくても立派に作業を遂行する。そしてその結果を報告させる事にしたのである。

宿泊所は、彼ら全員1戸の家屋に住まわせ、食事は彼らで調理をさせでき得る限りの待遇と自由を与えた生活を許す事に注意した。彼らは不満もなく、協力者として一生懸命復旧に努力してくれた。外人は上役といえども技術者は真っ黒になって自ら手で、普通工員と同様に作業するので、我々日本人はこの点よく参考にしてやらなければならないと考えた。時には食事をともにして、彼らと意思の疎通を図り、意見の交換を行なった。

彼らも積極的にこれを喜んでくれた。私は彼らを敵国人視せず人間皆共存の原則で物事に当たり、彼らをいかにして有利に協力させるかに重点をおいた。なお彼らを岩松技師が監督し、指導連絡を担任したのである。私も時折座談した。私は英語の方は不得意であったが、だんだんとマレー語や英語、あるいは通訳を通して話をした。彼らは、我々は軍人ではないので戦争は嫌いだ、戦争は軍人が担当する、我々は油田のために働き妻子を養い平穏に暮らすのが人生だから、我々技術者は油田の復旧に努力することを誓うという。

地質の技師は「私の頭の中にはジャワ島の油田に関する地質、地層は何でも入っている。私は偉いのだ」という。そこで私は、「君は地質の先生で学者でもあり技術者でもある。偉大なる人物だが、私はその偉大なる人物を協力者としている。あなたとは実に良い友達だ、私も偉いではないかと言った。彼は「その通りだ、これは参った」といって大笑いをした事を覚えている。隊長も偉い、と生まれて初めて外人に誉められた。

オランダの技術者たちは、オランダ軍の隊長に指示されて油田を破壊したが、我々日本軍はこれを復興して人類に幸福を与えようとしている。どちらに味方するといえば、彼らは即座にあなたの方が偉いと正直に認めてくれた。こうして意気投合し大いに働いてもらった。彼らから受けた協力は実に力強いものがあった。彼らの中には現に破壊作業を実行した人もいたかも知れない。しかし私はそれは問わない。彼らを利用して早く復旧し、日本軍の石油を産出して戦争を早く勝利に導いていくかが最大の目的である。全員一生懸命頑張ってほしいと願った。当時は油の1滴は血の1滴に値するとまでいわれていた。飛行機も自動車も軍艦も、皆早く石油が欲しいのだ。戦地も内地もそれを望んでいる。

ウオノサリー油田にはわずか２００トンタンク1本だけ残留してあったのが幸いであった。

これは私たちが復旧作業で使用、またジャワ駐留の軍隊のためには貴重な量であった。ウオノサリー油田は原油のみ産出し製油作業はチェップ市、スラバヤ市で行なわれていた。特別班の機械関係の5名はスラバヤ地区復旧でスラバヤに転属になった。インドネシア人は日本人と違い貯蓄心が薄いので、今日のように非常事態になれば一般人は急に生活に困難を来してくる。

しかし日常生活に多少の余裕のある時は装身具を買い、身に付けて貯蓄を兼ねたオシャレを楽しんでいる。お金が必要な時はこれを売却して現金を得る方法が一般生活の中で行なわれている。スラバヤに突入して油田を占領した本隊は、未だ本格的な復興計画もできていない様子である。市内の一角にある油田は駅の附近にあり油田地帯を列車も通っている。スラバヤ油田の某地点には油井3本が１坪内にあった。それが占領前より放火され、数日間２００メートルもの黒煙を挙げて盛んに燃焼していた。消火作業はすべての方法を尽くして実施されたが未だ鎮火していなかった。

スラバヤ油田における鎮火作業【昭和17年5月】[40]

突然スラバヤの聯隊本部より私と岩松技師にスラバヤ市本部に至急出頭するよう命ぜられた。そこで兵3名を連れ、直ちに自動車で駆け付けた。私は上陸後初めて遠距離旅行をした。スラバヤまで約１７０キロ、本道は全部アスファルトで舗装され路面は光っている。平均時速80キロは容易であった。当時の自動車は60キロが普通であった。

スラバヤ到着と同時に本部に出頭した我々は、油田の火災を発見し、直感的にこれだなと思った。この油田火災を、今までの経験から爆破による爆風で鎮火する方法、これと並行して火の弱まった瞬間を利用して土嚢で覆う方法など試みたが鎮火できなかったので、我々に良い智恵はないかとの事であった。私は岩松技師と相談、名案や、世界の歴史上で行なわれてきた鎮火方法などを含めて何か良い方法はないかと調査、検討してもらった。油田の火災は普通の火災と異なる点が甚だ多いのである。

例えば燃料は揮発性の原油であること、そしてその原料は無限のものである。1年でも2年でも油田に油がある限り燃え続けるのである。世界には3年間も燃え続けた記録があるとのことである。そして油井孔には鉄製の附属品、バルブや鉄管があり、赤く焼けているのでいつまでも発火点に達しているのである。たとえ噴出原油の焔は一旦消せても、鉄材の熱で再発火して燃え続ける。また原油は50～70ポンドの圧力で噴き出すので、ちょっとの人為的消火法では鎮火しないなと私は考えたのである。

それでこの作業は相当の大きな爆破で上部の装置を破壊する、そして発火点となる鉄材の排除、さらに第2回目に爆風の利用鎮火などと考えたが、我々は鎮火のみが目的ではない。1日も早く復旧して採油するのが目的である。そこで、消すだけの方法は最後の手段である。設備を破壊する事を考えてはならない。そのような事は絶対行なってはいけない。また火元まではとても近づけない。せいぜい20メートルくらいである。殊に時間的にも早く消火しなくてはならない。今は戦争中である。いつまでもこのままにしておけば日本人の威信を示せない。日本軍の真価が疑われる事になる。そこで消火作業は非常に重要性を帯びていたのである。

私は岩松技師と種々打合わせの結果、物理的作業で消火しなければならない。その準備として火元の周囲に堤防を造って池を構築、その中に蒸気ポンプで水を溜め、深さ1メートルくらいにした。しかしガスの圧力で最初は相当の水が吹き上げられる事になるが、吹き上げる水に負けずポンプで水を注ぎ、且つ水にドロを混入して水の比重を高くし、時間の経過とともに水が油井管の中に自然に進入するようにすればガス圧が弱まり徐々に鎮火するだろう。そして最後に消火作業を行ない一気に消火させようとする案である。ガスの噴出や油は一定の圧力でなく、時として強く、時として弱くなるとの岩松技師の説明であったが、私はこの方法を実施する事にして聯隊長に報告した。

隊長は危険のないように作業は実施せよ、とこの方法での実施を命ぜられたのである。そして直ちに火元の周囲に堤防を構築した。この作業は得意とするので簡単に約3時間で完成し、直ちにポンプで注水し人工の水溜まりが出来上がった。火は非常な威力で水を噴き上げている。その中にもポンプで泥を混入して火力との闘争が始まったのである。1時間、2時間はまったく互角の勢いであったが、5時間も過ぎた頃には幾らか火力が衰え始めた。私は成功するかもしれないと希望を持てるようになった。そして約12時間を経過した頃、火力はだんだん衰えてゆくのが明瞭になってきた。ああー、遂に、最後の一押しだと大いに希望を持てるようになり、翌日の零時過ぎには、最早時間の問題だと最後の消火作業をするため、約30名の兵員を伏せて待たせた。

午前3時頃になっていよいよ最後の時がきた。兵員は全速力で火元に近づいた。土嚢は1個1個積み重ねられ、遂にあの非常な威力で燃えた油井も我々の力に屈し鎮火したのである。一同は思わず万歳を叫んだ、よくやった。現地民も大勢の見学者も思わず「レボール、万歳」を叫んだ。不安な幾日かの恐怖は終わった。誰も皆安堵の胸を撫で下ろしたであろう。夜明けに走る列車の中の人たちも万歳を叫んでいた。世界的な大事件であり、良い教訓を残したものといえよう。聯隊長にも殊のほか喜んでもらえたのである。鎮火作業の成功を喜ぶとともに、報道機関も日本軍隊の威力を感じ、活躍を礼賛したのである。実に良かったと私は岩松技師に礼を述べた。私たちは、この作業終了でチェップに帰った。

ウオノサリー油田の復興 [41]

我々は、油田の作業については素人であったが、オランダの技師、各従業員が能力以上に働き、責任を持って復旧作業に従事してくれた。しかし、彼らは、縦の連絡は良かったが、横の連絡は充分とはいえなかった。私たちはこの点をよく見守り協調してやった。多分国民性であろう、個人個人は黙々とよく働いた。岩松技師、判任官以下は、油井の調査を終わり、復興にかかった。中にはちょっと手を加えただけで、原油の噴出が見られる油井もあった。

また、山元のタンクの修理は簡単なものより始めた。山元のタンクは油を一時貯蔵し、時間をかけて水と油を分離させるのに供されていた。時間とともに、水分は自然に下部に溜まる。これを、バルブを開いて放水すればいいのである。前にも記したように、ポンプの修理は難事であったが、電気溶接機が入手でき、これを試運転した結果も良好だったので、その修理にかかった。修理では、あの手この方法と種々試み、やや未完成ながら臨時的には使用できるようなものになった。

そして溶接部には、厚いセメントを塗って仕上げ、試験の結果、2気圧以上にも耐えられるまでに出来上がったのである。「成せば成るが成功の基」を成したのである。内地での、他の戦地における状態を考えると我々は1日も早く、の気持ちで一杯である。この急務を打開するため一生懸命である。石油を早く供給する事は我々の最大の使命である。我々技術工兵は、これに忠実でなければならない。常に部下中隊、従業員を督励して約1か月の月日が過ぎた。

今村軍司令官の我が中隊視察

聯隊本部より今村軍司令官の視察がある、と連絡が入った。作業は、チェップの5000トンタンクの組立て作業をする段階にまで進んでいた。直径36メートルのタンクの基礎はそのまま使用可能であったし、中間のステー用アングルの組立ても完成し、鉄板の組立て作業には現地従業員を合わせ、200人以上の人員で作業に任じた。鉄板の継ぎ目は、締付けボルトで取り付けた。普通はリベットで接続するがリベットが入手困難のため、要所のみにしたのである。これは鉄板にローラーをかけたため、既設孔の穴同士に寸法の伸び縮みが生じ、到底組合せができない。やむなく取付けボルトを使用したのである。その他の継ぎ目にはコーキングで、または溶接で油の漏洩を防止する方法を採用したのも止むを得ないことであった。これら従業員が使用する工具はすべて急造ものである。何から何まで正式のものは一つもなかったのである。残念であったが、どうしようもない状況であった。それでも誰一人不平もいわず、一生懸命であった。そして、油田の試験用井戸は採油できるようになった。

その日は、軍司令官の視察日であった。視察の後に原油の噴出状況を実地見学する事になった。チェップでの視察後、ウオノサリー油田に来所し、頭に立って誘導した。司令官は、当日も200人以上の工員を使って、タンクの組立て作業を実施していた。私は、部下副官を供に、参謀その他を従えて視察された。高さ30メートルもある組立て足場の上には200人以上の工員が槌音高く、耳も裂けるような金属音で、賑やかといおうか、騒音で耳も遠くなりそうだ。さすがの司令官も驚くばかりの建設作業振りである。司令官も聯隊長に、「よくやっている」と誉められたと私は後刻伝えられた。そして、今後も一生懸命にやってくれるようにとの事。

私は技手にバルブを開けさせる、60キロの圧力で放油する。黄金色の原油は30メートル先までに及び、その音はガアーンと誰もが耳を塞ぐ物凄さに、視察団も初めて見るこの情景に言葉もなく、ただ見守るばかりである。噴出した原油は側溝に小川の如く流れ出す。やがて気づき中隊長は、「もういい、勿体ない」と言うので閉鎖する。やっと視察は終わり、司令官は宿舎休憩し、副官に命じて我々に、大切なウイスキー1箱のプレゼントをしてくれた。

私は、軍司令官よりこのようなプレゼントを頂いた事は、感状を授与されたよりも名誉の事と思い何よりも嬉しかった。

その夜は皆で頂き、益々一生懸命努力する事を誓い合ったのである。その後もまた、一同気を新たにして一生懸命建設に努力をした。私もこの献身振りを見て感激し、涙の流れる思いであった。

今村司令官の視察が終わって2週間後、今度は、元最高裁判事であった南方軍最高軍政長官田中耕太郎閣下の視察があった。このたびも前の軍司令官閣下の視察と同様に、タンクの改修作業及び油井の復興状況を視察して頂いた。さらに田中閣下の希望で、油田の原理について約10分間、簡単な説明も求められた。

閣下以下随員の諸官も興味深げに熱心に私の説明を聞かれ、納得された様子だった。そして、原油の自噴には前回同様、ビックリされ、非常に喜ばれたものと思った。油田の原理は、一般に地形を観察して牛背の形といわれ、地質

油田を視察中の今村司令官【42】

学上有望と思われる箇所をボーリングして、油層の有無を調査する。また地上面は、平地あるいは凹凸の山でも、地層に波の如きをなしていて、その中間部の小砂利、砂の間隙に原油が存在する。そして、中間部は必ず、岩盤によって他への流出がない構造となっているもので、上部は普通ガス帯となっている。そのガスの圧力は、50～60キロ程度である。自噴井は、ガスの圧力で噴出するのである。もし、このガスを不用意に排出すれば、圧力を減らして自噴は停止してしまう。

その場合には、さらにその古い油井に他の地区のガスを取り入れる。この操作を実施すれば、噴出させる事ができる。自噴しない井戸は、ポンプによって汲み上げる。しかしこれらの方法は多額の経費を要し、汲み上げる量は少なく効率が悪い。自噴を上手に技術的にしかも、長期間に亘って続けさせるには、油の地帯を害さないよう、ポンプの吸込み孔の詰まりを予防するため、徐々に自噴するように5ミリくらいの穴より噴出させる。油田の各所にある櫓は、井戸掘削中、パイプや掘削パイプ棒の挿入や抜き取る場合に、利用して上げ下げさせるためのものである。

以上、簡単に説明して、最後に実物で原油の噴出状態を実験して見せる。バルブが開くと同時に放出する原油は60キロの圧力で、30メートル以上も飛散する。その暴音に見学者は皆一様に驚き、大いに喜んでおられるように思われた。そして、油田やその他諸設備の復旧作業が急ピッチで進行している状態を見て廻られた。私たちが担当しているこの油田の復興作業が、いかに重要な仕事であり、その進行が他の部隊より先行しているかは、先の軍司令官と、今度の南方軍最高軍政長官の視察で確実な事だった。私にとっても、この軍両最高司令官の視察を受けた事は大いに意義があり、我が部隊の最高の名誉でもあった。

　この作業に協力している外人技師、現地従業員も皆大喜びであった。戦争中とはいえ、たとえ外人に対してでも愛情と親切をもって指導する事が最も大事、と再認識したのであった。ウオノサリー油田と、チェップ市の精油所間は、数本のパイプで送油する。これらの油送管を復旧し、一時チェップに貯蔵し、逐次スラバヤ港への約１６０キロ区間を送油する。この油送管も、河川の中央部で破壊されていた。困難な修理作業に続いて、以前チェップ市に送油していた２５０馬力のポンプも機能不良の状態であった。これも修理をした。送油された原油は、スラバヤ精油所で精製され、スラバヤ港より諸外国に輸送されていたのである。

原油自噴状況（ボルネオ島油田の例）【43】

　オランダ技師たちは、私たちの未調査の部分も詳細に知っていて、進んで修理に尽力してくれた。多分、彼ら自らが破壊作業に関与していたかも知れないが、私はそれを責めなかった。もし、彼らに対して責めた場合、彼らは逃亡するであろう。私は、彼らを十二分に協力させるのが目的で、彼らも意識してか、よく働いてくれたのである。毎日、毎日油と汗にまみれて……。

私たちの中隊は、占領より直ちに油田の復旧作業に着手して、約2か月で油井数本と、その附属設備、山元タンクの油送管、油送ポンプなどを修理して採油する事ができたのである。これもみんな現地従業員、技師技手の協力と、将校以下一丸となっての奮闘努力と、さらに、岩松技師以下の指導宜しきを得て、この立派な成果を短期間に挙げることができたのであった。

ウオノサリー油田採油式挙行［昭和17年9月］

その日は、朝より天気が良かった。初めて本格的に原油を採取する日を迎えたのである。将校、下士官など、幹部を集めて採油式を挙行する。岩松技師が井戸のバルブを徐々に開く。油が自然に噴出してくる。そして、パイプを通じて山元タンクに歴史的な黄金の液体が流れ込む。私はタンクの上でそれを見守り、全員に、「油が出たぞ！　油が出た」と歓声を上げれば、誰彼となく一斉に万歳を叫んだ。待望の油がゴトゴトとタンクに溜まる。感激の場面を迎えたのである。

私は、全員に祝辞を述べた。

「この油田も先日までは、人類の幸福に種々尽くしたのであったが、戦争に巻き込まれて不本意ながら2か月前、敵に破壊され、油田としての機能を断たれ操業中止の状態でありましたが、幸いにも私たちが急いで乗り込み、直ちに復旧に着手して、諸君の人間業を乗り越えた奮闘努力によって、短期間でこれを復旧し、本日、この見事な黄金の液体油を採油する事ができました。実にめでたい事であります。これ偏《ひとえ》に将校、中隊一同及び岩松技師以下各位と現地従業員皆々様のまったくの不眠不休、涙ぐましい奮闘努力の結果であります。私は、皆様に対して厚く御礼を申し上げます。

しかし、我々の目的は今後にあるのです。今日はその第1歩でありますので、引き続いて今まで以上の努力をして全面復旧をなし、さらに新油井を開発して生産を高め、1日も早く世界に平和を求め、我ら人類の幸福か回復するように祈ります。残念に思うのは、上陸作戦で戦禍に散った戦友や、傷ついて後送された戦友たちと今日の面目を分かち合い喜ぶことができなかった事です。私たちは、この不幸な人たちの分まで働いて、彼らに対し、若干なりとも幸いとなるよう心がけましょう。また、現地従業員の方々も、やがて我々の引揚げを予想して、油田のため、努力してもらいたい」

現地民たちも拍手で喜んだ。油田の復旧作業という今まで全然考えた事も、経験をした事も、学科で勉強した事もない、この作業を迅速に、着実に実行する事ができたのは、旺盛なる実行力だけであった。不言実行と創意工夫、研究の積み重ねに他ならない。計画と実行の正しさ、そして軍隊ならではの精神、一致協力、不休の活動と、現地住民をして日本人の指導性と種々の条件が相俟って初めて、これほどの成果を築き上げられたものと思う。現地民は皆、「日本人は、未経験な事でも何でもやれる素晴らしい人たちだ。そして一生懸命働く。本当に世界一だ」と、有識者たちも感心していた。

我々は、日本軍人として尊敬されていたのである。その後の復興作業も計画通り順調に進んでいった。そして、油田の復興とチェップの精油所の復旧に全力を注ぎ、遂にチェップ―スラバヤ間の送油設備も完全に復旧した。

精油所の復旧は、機能その他に詳しい岩松技師、オランダ系技師らが担任した。岩松技師は、彼ら技師と意思の疎通を図り、お互いに手を取り合って仕事をする。時には貴重な洋酒を手に入れ呑みながら談議する。中隊の将校以下は、貯蔵タンクを組み立てる。方法は、焼き鉄板のため、古いボルトの穴は食い違っていて合わせる事が出来ないので止むを得ず、ボルトを製作して点々と継ぎ目を合わす。その他は溶接で油の漏れを防ぐ。あるいは溶接によって継ぎ目を補修するなどの処置をしたのである。いずれも永久的な補修ではなかったかも知れない。3000トン、5000トン用のタンクとは、高さ30メートル、直径36メートルの大きさで、内部には相当の鉄筋アングルで補強しなければタンクは破壊する。これ以下の規模のタンクも数基補修を施した。

一方、スマトラのパレンバン油田では、ジャワ油田のように、現地住民の協力を得られなかった、と聞いている。私は、これらの事を予想して占領と同時に、現地従業員の確保に努めたのであった。新油井の掘削も開始されている。その時、私は見学者のように眺めているだけであった。

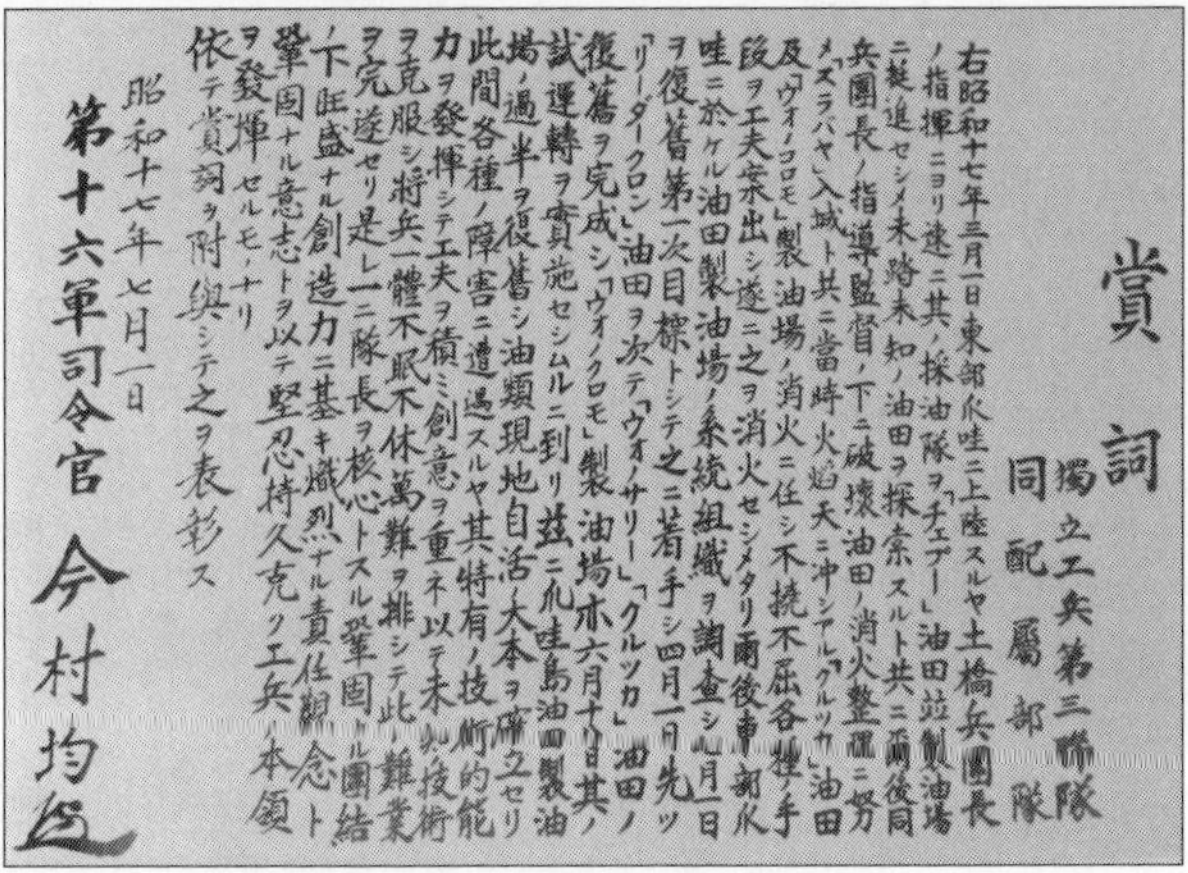

賞詞
獨立工兵第三聯隊
同配屬部隊
右昭和十七年三月一日東部爪哇ニ上陸スルヤ土橋兵團長
ノ指揮ニヨリ速ニ其ノ採油隊ヲ「チェプー」油田竝製油場
ニ挺進セシメ未踏未知ノ油田ヲ探索スルト共ニ爾後同
兵團長ノ指導監督ノ下ニ破壊油田ノ消火整理ニ努
メ「スラバヤ」入城ト共ニ當時火焔天ニ冲シアル「クルツカ」油田
及「ウオノコロモ」製油場ノ消火ニ任シ不撓不屈各種ノ手
段ヲ工夫案出シ遂ニ之ヲ消火セシメタリ爾後東部爪
哇ニ於ケル油田製油場ノ系統組織ヲ調査シ四月一日
ヲ復舊第一次目標トシテ之ニ着手シ四月一日先ツ
「リーダークロン」油田ヲ次テ「ウオノサリー」「クルツカ」油田ノ
復舊ヲ完成シ「ウオノクロモ」製油場亦六月十八日其ノ
試運轉ヲ實施セシムルニ到リ茲ニ爪哇島油田製油
場ノ過半ヲ復舊シ油類現地自活ノ大本ヲ確立セリ
此間各種ノ障害ニ遭遇スルヤ其特有ノ技術的能
力ヲ發揮シテ工夫ヲ積ミ創意ヲ重ネ以テ未知ノ技術
ヲ克服シ將兵一體不眠不休萬難ヲ排シテ此ノ難業
ヲ完遂セリ是レ一ニ隊長ヲ核心トスル鞏固ナル團結
ノ下旺盛ナル創造力ニ基キ熾烈ナル責任觀念ト
鞏固ナル意志トヲ以テ堅忍持久克ク工兵ノ本領
ヲ發揮セルモノナリ
依テ賞詞ヲ附與シテ之ヲ表彰ス
昭和十七年七月一日
第十六軍司令官　今村均

チェプー油田復旧作業への賞詞【44】

掘削が進んで400メートルになった時、オランダ系技師が、私に作業報告、目下の状況を説明した。「あと2メートル掘進すれば油が出る」と宣言したのである。夕方になって、再び私のところに、402メートル地点の土塊（コーア）を持参して、「このコーアの中には油がある、香りがするだろう」と言うから、手に取って調べてみれば、確かに油の香りがするので、「ありがとう」と述べてともに成功を祝した。私は先日、彼が私に言った通りの確実さに驚かされた。また彼は、「さらに300メートル掘進すれば、新油脈もある」と断言するのである。油井の掘削は、必ず真っ直ぐに掘らなければならない。櫓を利用して掘削用の長さ30メートルもの鉄管の先端にはダイヤを取り付けた堅い銑鉄が付いていて、いかなる硬い岩石でも悠々と掘進するのである。

万一、井戸が曲がって掘られたり、地下水の断層に遭遇した場合には、その部分をセメントで固め、そのセメントを囲いとしてセメントを打ち抜くのである。井戸の曲りは、現在は電波で検査するので、いずれも相当技術者の作業である。世界では、4キロの深度まで掘った記録があると聞いている。真っ直ぐに掘る理由は、やがて、ポンプでの汲取りの時、油井は真っ直ぐでなければならないのだ。

我々のこの作業は、これまでの努力によって、油田、精油所の復旧作業も原油の輸送開始も遠からず、現地での揮発油、石油の製造も可能に復旧されると確信した。もう一方では、ガスを圧縮して高オクタン、すなわち、貴重なガソリンを製造する事もできるようになった。これは、非常に発火、爆発性が大きいので、航空機用に使用されるとの事である。

大東亜戦争は、西インド、ビルマ方面にも伸び、東南アジア全般に亘り、戦線は広がって行く。しかし戦争全般では、マリアナ諸島の「サイパン」、北の「アッツ島」で玉砕する部隊も出るようになった。ジャワ地区にも、敵の飛行機が飛来してきた。毎日毎日、戦争の激烈さが増してくる。

さて、私は昭和17年9月21日、陸軍大尉に昇進したのであるが、私の部隊には、将校1名の補充があったので、私もいよいよ交替の時機がきたと判断して、後任の中尉に中隊を引き継ぎ、軍隊を去ることにしたのである。

第七章——ブランダス川の治水用トンネル工事

私の現地除隊と軍政監部嘱託〔昭和17年10月〕

私は昭和13年1月6日、仙台市工兵第2聯隊留守隊に召集、同年8月中支派遣軍独立工兵第3聯隊附中支那九江において進攻以来4年9か月を経過したので、私的にはこの機会に内地に帰還して家族との面会を考えた事も充分あった。だが、現在の戦争一般の情勢は日増しに敵の反攻爆撃が烈しくなり、内地との連絡線も必ずしも日本の航空圏内にあるとはいわれず、敵の圧迫が烈しく徐々に縮小されつつあった。

戦地にいる者は内地に帰れるが、その後直ぐに召集されてこの南方に送られる事も考えられるので、私としては現地に残り、愛するジャワの国民を相手に最後まで尽くす事が本望である。そして今後、軍属（注：軍人でなくて、軍に所属する者）として軍政方面より活動するのも男として、国のために働くのも立派な行動であり、殊にジャワでの土木、治水などの開発が急がれていた事情もあった。そして今後3年以内に戦争は決着がつくと判断していたのである。

その事を十分書き留めて妻子に納得してもらうため連絡したのである。私は元より生還は夢見ていなかったが、心残りは子供たちが立派に成長してくれる事を願わない日はなかった。しかし当時の私の考えとしては、自国があってはじめて我々の存在価値があり、ジャワの場合も、自国の独立なく外国支配のままでは生きたくないのでは、とも思っていた。ましてこの戦争に参加して満州、中支、殊にジャワでも、ヨーロッパの異国民による支配下で生きている国民の実情をよく知っている私としては、耐える事はできないのであった。

その実情を知れば知るほど、自国のありがたさが判るのであった。異民族の支配に従っている国民は意気も張合いもなく、虚脱した生活をしなければならない。日常の言語にも現われているように服従の言語が多くあっても命令語はなく、ただ願い事の言語が多いのも判ってきた。一例を挙げればジャワには「ドドックジャラン」という言葉がある。ドドックとは座る事、ジャランは歩く事を意味する。

つまり現地民は室内で客の前での動作は「座り歩く」という歩き方をしなければならない。何を言われても絶対反抗はできない。命ぜられる通りに行動しなければならない。毎日の生活がこのようで、大いに考えさせられた。戦争を1日も早く終結し、近隣諸国の独立を確保し平和な世界を築き上げよう。以上のような考えで、私は内地帰還を断念してジャワ軍政監部に嘱託として就職し、交通部土木課勤務になった。

昭和17年10月24日、現地で召集を解除、25日より前記の職務を遂行する事になったのである。交通部長は中山市郎氏、この方は国鉄出身者であり、土木課長は渡部巌さんであった。土木課は課長のほか高等官3名、判任官4、5名で構成されていた。その系統として、ジャワ全般に判任官級の監督所長が配置され、各地には現地人の監督所長及び部下がいて、各地の交通、特に道路建築、治水など一般の土木関係を指揮し、現地民の指導に当たっていたのである。

日本に残る著者の家族5人（昭和18年1月）

私は当時41歳であった。私の担当職種は主として道路関係であり非常時、常時を考慮して常に完全に保持しておくのが務めであった。それにはジャワ各地を巡回視察して、各所の監督所を督励し、資材などの補給にも尽力した。また軍の兵器部と種々の連絡をとり、軍の要求事項や我々の資材、その他の要求や援助の連絡事務に当たったのである。民間人の役人連中が軍部関係機関に出入りする事は好まれなかったので、課長も大いに喜んでくれた。我々の事務所の隣は産業部であった。これはジャワ内での産業の開発や農事関係の増産、その指導が任務であった。また運輸部があり、現地民幹部や現地民への直接指導に携わっていたのである。私もこの職に就いて6か月を経過した。

ブランダス川上流の治水工事担任［昭和18年、春］

昭和18年春、スラバヤ州長官木原円次閣下[45]が、私たちの土木課を訪問して交通部長と渡部課長に会い、次の事を申し出たのである。

南方では雨季ともなれば、毎日のように雨天が続き洪水となる。スラバヤ州の中央を流れるブランダス川の上流にある湖水とその周辺一帯の水田は、雨季で氾濫し洪水となり湖水周辺の水田約5000ヘクタールも被害を受け、殊に稲作の被害は甚大で、収穫皆無の水田も多く、南方地区の食料基地の確保にも支障を来す有様である。

殊にブランダス川は土砂の流出甚だしく、河底は周辺の水田より高く辛うじて土堤の保護で水流が保たれている特殊な河川であった。このため河川の増水ともなれば堤防の決壊を来し、附近一帯が洪水となる恐れもあるので、このような時は附近一帯の住民は大騒ぎをするのである。またスラバヤ市内への洪水も考えられたのである。オランダの政府当局も、これに対する対策を考え、湖水をインド洋に放水する計画を立て、治水工事に着手してきたが、失敗に終わって現在に到っているのである。

現地民は毎年不安な雨季を迎え、本年も場所によって10日以上も稲が水浸りとなったのである。これで軍政監部当局者も次々と視察を繰り返したが、対策も立てられないのが実情であった。しかし何らかの対策を打ち出し、解決しなければならない、という認識は誰もが持っていた。こんな経験のない日本人当局者は、驚きながらも日本軍政の力で被害から現地民を救い、食糧増産を図りたいと、木原円次長官は雨季に降った水量をインド洋に放流するための水路を構築する案を立て、軍政監部部長、交通部長を経て土木課長に全面的な協力を願い出たのである。

　それで我が渡部課長はこれを請け、課内の人物を物色したが、適当な人が見当たらないので、私に研究して結論を出すようにとの事であった。私もこれは至極困難な案件、事業だが、研究を約束したのである。そして参考資料と計画書を手にして検討を始めた。

軍属時代の著者

　その計画の大要は、湖水とインド洋間の距離は約3キロあり、湖水の南方1700～1800メートルは山地で頂上部では高低差120～130メートルである。山林は植林のチーク材と雑木林で上層は石灰岩であり、中央に県道が通じているので橋梁の架設も必要であった。そして平坦部は軟土であり作業は容易だが、計画では120メートルの高地を掘り起こして外壕を設ける事であった。露天掘りであの岩石地帯に放水路を構築する事は技術的に絶対不可能である。

素人工を使用して行なうのは危険極まりない作業であり、約30メートルも掘り下げるのが精一杯である。仮に上面において100メートル幅にするには大量の掘り土となり、その土量は800万立方メートルで、掘り出すには今後何年かの工事期間と膨大なる資材などを要し、経費も莫大なものと思われる。特に工事用機械、爆薬も相当量必要と感じられる。仮に完成したとしても、その後の補修工事はセメントを必要とするので現在の状態では、この計画通りの工事は時期的にも不合理で不可能であるとの結論に達した。

私は渡部課長にこの旨を報告した。そして目下の全面戦争の状況下では日本は早期決戦に持ち込まねばならない。多少の事は犠牲を払っても全力で戦争の方に備えるべきであった。敵のアメリカ軍を始め、連合世界各国は時間的余裕を求めて充分な準備を整え、最後に物質、精神的な両面の備えをするだろう。あの強大国は物量と力量を充分活用して反撃してくる事は間違いない。日本軍はこの敵の計画を破砕するため、一刻も早い時期に決戦をしなければならない。しかし決戦に持ち込む事は日本の今日の状態では容易ではない。この時期に数年も要する治水工事の如きは断念して戦勝の後に着手するのが最良の策であると、これが私の本心であった。

以前に私の率いた中隊でこの工事を実施すれば1年余りで完成してみせる。しかし現在は違う。不慣れの現地住民で工事に当たらせねばならぬ。軍隊と現地民との比は1対5くらい

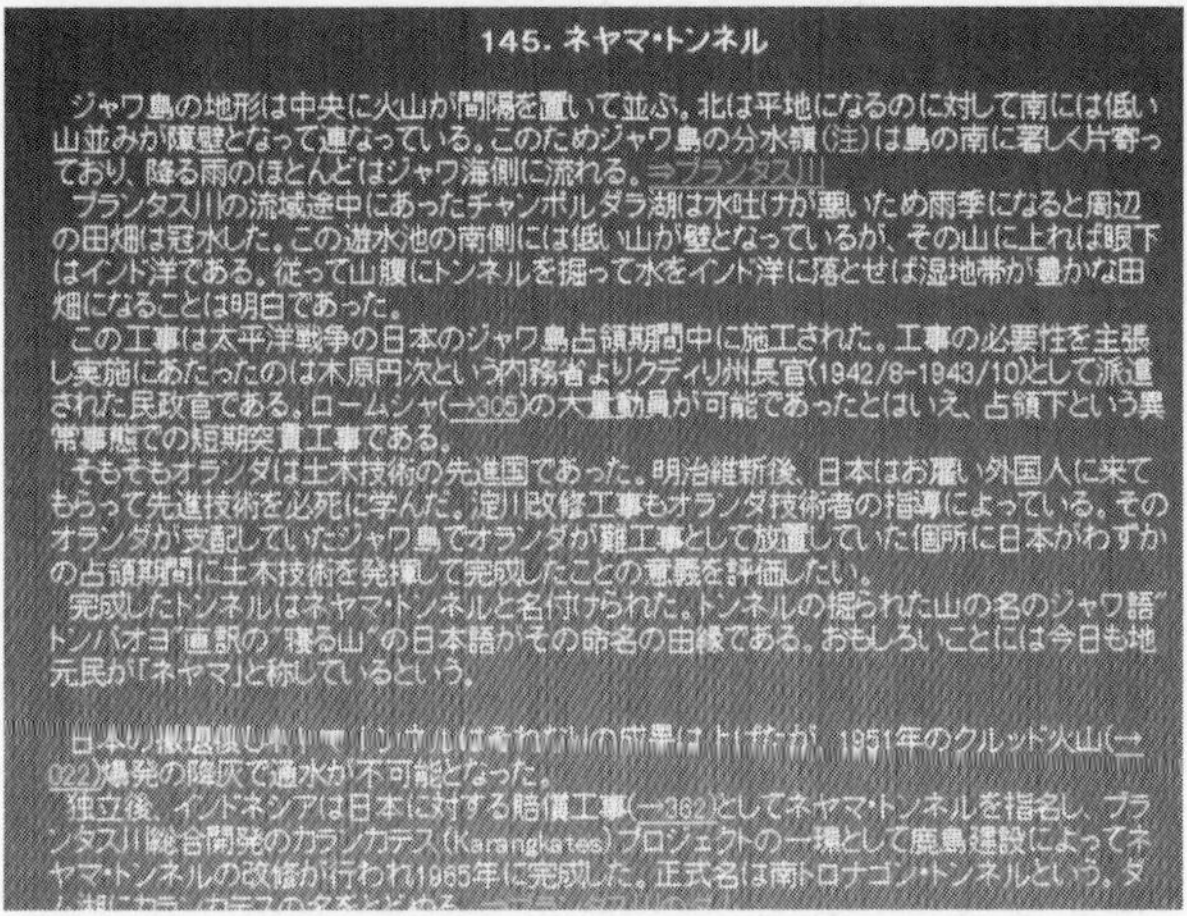
145. ネヤマ・トンネル

ジャワ島の地形は中央に火山が間隔を置いて並ぶ。北は平地になるのに対して南には低い山並みが障壁となって連なっている。このためジャワ島の分水嶺(注)は島の南に著しく片寄っており、降る雨のほとんどはジャワ海側に流れる。⇒ブランタス川

ブランタス川の流域途中にあったチャンポルダラ湖は水吐けが悪いため雨季になると周辺の田畑は冠水した。この遊水池の南側には低い山が壁となっているが、その山に上れば眼下はインド洋である。従って山腹にトンネルを掘って水をインド洋に落とせば湿地帯が豊かな田畑になることは明白であった。

この工事は太平洋戦争の日本のジャワ島占領期間中に施工された。工事の必要性を主張し実施にあたったのは木原円次という内務省よりクディリ州長官(1942/8-1943/10)として派遣された民政官である。ロームシャ(→305)の大量動員が可能であったとはいえ、占領下という異常事態での短期突貫工事である。

そもそもオランダは土木技術の先進国であった。明治維新後、日本はお雇い外国人に来てもらって先進技術を必死に学んだ。淀川改修工事もオランダ技術者の指導によっている。そのオランダが支配していたジャワ島でオランダが難工事として放置していた個所に日本がわずかの占領期間に土木技術を発揮して完成したことの意義を評価したい。

完成したトンネルはネヤマ・トンネルと名付けられた。トンネルの掘られた山の名のジャワ語"トンパオヨ"直訳の"寝る山"の日本語がその命名の由縁である。おもしろいことには今日も地元民が「ネヤマ」と称しているという。

日本の撤退後ネヤマ・トンネルはそれなりの成果は上げたが、1951年のクルッド火山(→022)爆発の降灰で通水が不可能となった。

独立後、インドネシアは日本に対する賠償工事(→362)としてネヤマ・トンネルを指名し、ブランタス川総合開発のカランカテス(Karangkates)プロジェクトの一環として鹿島建設によってネヤマ・トンネルの改修が行われ1965年に完成した。正式名は南トロナゴン・トンネルという。ダ

ネヤマ・トンネルの由来【45】

であろう。兵隊1人の働き量は、現地民では5人でも難しいのである、私は意見を附して返却した。

その後約2か月を経過した。私はあの治水工事の事を忘れ、ジャワ島の西部方面の道路開発の指導に当たっていた。ジャワ島防衛のためでもあった。この作業は主として現地人土木監督所長の手で実施されていた。これも重要な仕事であった。

治水工事の件は私の意見を取り入れて中止されたと思っていたが、ある日突然、木原長官が来庁して再び私たちの土木課にこられ、渡部課長に、実はあの治水工事は長官独断で現地民の技師や部下の佐藤君や岡本君の担当で工事に着手、目下作業実施中であり、殊に地上の伐採も相当広い地域を終わり、以前の計画通り地表より掘削を開始したとの事である。目下約2～4メート

ル掘削したが、石灰岩は硬くて作業は遅々として進まず膠着状態となっている。目下の状態では中止する事もできず、また作業は進まず、このまま放置すれば世論の批判と日本軍政が非難を受けねばならない。実はお手挙げの状態になっているとの事であった。どうか土木課の協力を得たいとの申し出である。

中山部長も渡部課長も同情して、私に再度相談を持ちかけてきたのである。私も木原長官の心情を察するに余りあるが、いかにモーレッツ長官といえども、素人であの大工事に着手するなんて常識としては考えられない事であった。その計画は既に検討、判断したように技術的には絶対不可能である。指導者、技術者が不在な工事を素人的に判断した事は大きな無理であり、最初から不可能な計画に基づいて実施されたのである。結果的には私の予想した通りになった。素人は恐ろしいと私は思った。それでも渡部課長は私に長官と話し合ってくれといわれたので、私も止むなくその夜、長官の宿泊しているホテルに訪問したのである。

私は私で、私的な都合もあったが、この工事を引き受けた場合、私個人の目的を放棄しなければならない。軍政の中心本部より離れる事は、将来に対して不利を来す事でもあり、ジャワ島全体に対する指導力を失う事にもなる。スラバヤ州に対しては将来住民に多大の貢献をするであろう事は理解できたが、しかし私は率先しての引き受けは希望しなかった。とはいえ、今となっては一切の考えを捨て、長官に工事に関して自分の意見を率直に述べ、私の考えている事に協力してくれるならば、の考えで種々技術的な判断を説明した。

私の意見として、現在行なわれている工事の方法は絶対に不可能であるが、現地を視察し判断、検討の結果に基づいて結論を出し、また条件として私の計画した工事の方法は私の同意なくして変更を許さず、従業員その他日本人助手も、今まで通り参加する事の約束で現地視察を承認したのである。それは、このモーレッツ長官は後日何事かを言い出すか不明なので警戒したためである。長官は大変なご機嫌で大喜びし、「宜しく頼む」との事であった。その日はお別れして、翌日私も出張して工事現場を調査する事にした。

早速現場に駆け付けて一般の状況を視察、工事場の南北西側よりできる限りの地層、地質を調査した結果、良好な土質とは判断できなかった。私は地質学者ではないが、素人よりは判断力があると思う。その結果、現在行なっている上部よりの掘削工事は中止されたが、掘進してきた上面部分を見るに、石灰岩があちこちに露出して、さらに掘削を進めても相当程度の石灰岩地層ががっちり形成されていると判断した。

洪水防止用トンネル工事〔昭和18年7月〕[46][47][48]

私も戦時中にジャワ島で、州民の苦しんでいるこの工事を完成させる事は有意義であると考えていたので、長官に工事は隧道をもって放水路を構築する、という条件を基に意見を述べた。長官はトンネルができるのかと若干の心配があるようだったが、今までの露天掘進は絶対にうまくいかず、それに比してトンネルは多少の困難が伴う事を覚悟しなければならないが、露天掘りよりは確度がはるかに高い。私もトンネル工事の経験や掘進は半ば専門であり多少の自信はある。殊に軍隊では坑道という名称だが、それが専門である。また発破作業も専門で、普通の爆薬の取扱いは可能です、と述べた。長官も私の考えを尊重していよいよ1200メートル余の隧道を構築することに決定したのである。私はその日、直ちにジャカルタに帰り課長に細部の報告をした。課長は気の毒に、との様子だったが、宜しく頼むとの事であった。

早速事務上の手続きを完了し、本格的にスラバヤ州トロンナゴン市に設けられている宿舎に入る。宿舎は何不自由なく設備され、同胞の高瀬さんのお世話で落ち着いた。女中も料理人も自動車の運転手もいた。工事現場はトロンナゴン市より約40キロ離れたインド洋に面したところである。現地には小さな部落が2、3か所ある。フランダス川上流の湖水は相当に広く、周辺は全て水田である。前日調査した結果をなお細部に亘り調査し、水門の位置、全距離、水準差などの測量を実施するため、トランスレベルを監督所より借用し、自ら測量を実施して陸地面の取水口及び裏側の出口の地点を決定した。

次に隧道の幅員設計図を仕上げ、概要の期間、経費を計上したのである。陸地側は幸いに軟土であったが、この部分は露天掘りのため、相当深く発掘されていたので、これをさらに補助坑として縦坑で所要の地点まで掘り下げる事にした。

そして概要の設計図、計画が出来上がった。その他今後予想される爆薬、空気圧縮機の調達に準備を進めた。普通の爆薬は私の手で取扱い可能であり、また照明設備、通風機の必要も生じてくるのでこれらも準備させ、電灯設備などは現住民でできる可能性もあり安心した。木原長官は私の計画を全面的に受け入れ、責任をもって要求に応ずると約束されたのである。

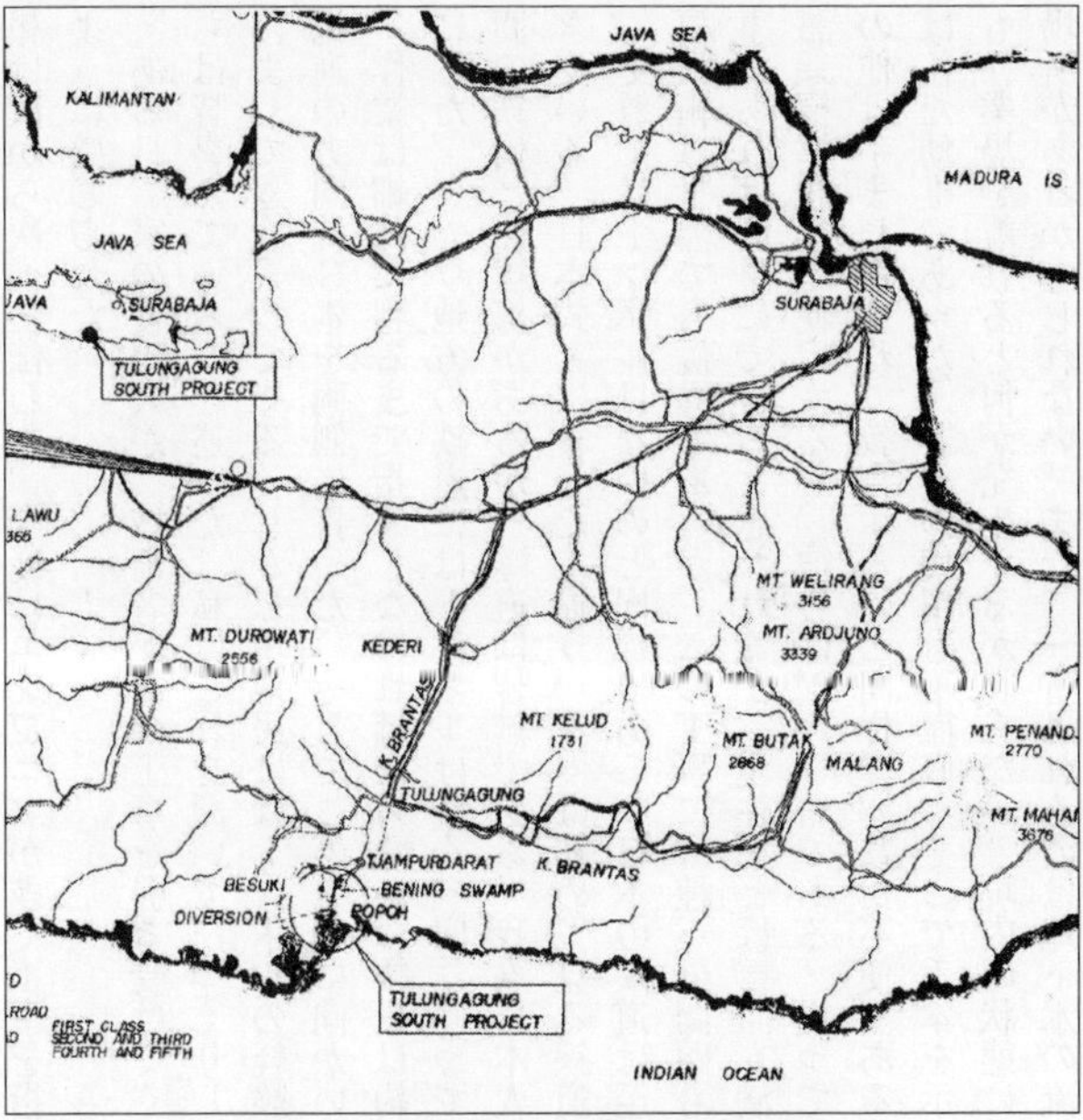

トロナゴン市の工事現場（戦後賠償工事用図面）【46】

約1年6か月の予定で実施する事にした。

工事その他一切の重要事項について、私は責任の重大さをつくづく感じさせられたが、今は誠実に実行して完成のため全力を尽くすのみと考えた。危険防止については特に注意し、万一、事故を発生すれば現住民のための工事であっても、彼らはその後の作業を拒否して作業人員は集まらなくなるだろう、このような事になれば大変である。強制的に命じてもいろいろの問題が出てくる。しかし幸いにも私が現地に乗り込めば情報は次から次へと伝わり、今度はエンジニアがきて工事を指導するとの声で彼らも安心したように感じられた。

ある日、家の使用人が、技術者があの工事を引き受けてくれたのでクリー（注：人夫）たちは皆喜んでいる、と述べた。私はこれを聞いてびっくりした。現地民の感情は私の使用人によって逐次入ってくる。しかし現地民にはトンネルの経験者はなく不安はあったが、まず掘進の方向杭3本を両側に打った。そしてこの方向に向かい平力で掘る事を命じた。

作業は細部に到るまで指導しなければならない。幅員は約1メートル50、高さ2メートルにした。ジャワ地方の鉄道にはトンネルはなく、回り回って線路を構築してある。時には谷間の鉄橋と曲線部があるが、隧道は皆無である。我々日本人が見た事のない橋脚は鉄柱でできている。日本式とはまったく違う、我々は初めて見る鉄道線路である。

それではトンネルはないのと同様である。日本の鉄道は至るところにトンネルがあり、工事技術は世界でも優秀であるが、この工事には種々の問題も生じてくるだろう。日本での工事であれば簡単にできると思われるが、現住民とは言語も満足には通じない。我々はマレー語（標準語）を使用するが、彼らはジャワ語である。従って我々は組長、班長に伝える。その他は手まね足まねで教育するのと同様で、甚だ不便である。私のマレー語も、その時点では甚だ幼稚であった。器材の使用も不徹底、そこで手本を示してやる状態であった。少しでも作業場を離れると何が発生するが判らない。坑内の状態によってはセメントを必要とする場所があるかもしれない。また、一番恐れるのは地下水の流入である。

ネヤマよりインド洋を望む(2009.9)

それで私はオランダ政府の計画した山合の線より約30メートル右寄りの山腹地点を選定した。作業は24時間を3交代で実施した。現地従業員は1週間、工事現場附近の部落に起居し、1週間後には全員交代する事にした。このような部署で作業を開始したのである。掘進は1昼夜に3～4メートルであったが、増進するに従って作業は益々困難になってきた。作業そのものは比較的順調に進んでいく。手掘りの部分は梁を使用しなければならず土木工事も必要である。框《かまち》（隧道補強用の木枠）の製作、設置も細かい指示で、大半は私たちで作業する状態である。また従業員の募集には、自らトロナゴン市長に依頼する事もある。

いよいよ隧道は山の中心部に向かい、石灰岩地帯に入ると到底人力では不可能となった。削岩機の使用が必要になる。これに基づき爆破作業が必要となってくる。爆薬の入手はどうなっているか、予定通り資材を見つけ出す事ができるだろうか。

1昼夜3交代、作業は8時間、16時間休憩する。私は作業の計画、監督、危害予防のため常に注意を払う。殊に危険なのは落盤である。落盤は永くて30分くらいの予期時間しかなく、急に頭上の石塊が落ちる事もあるので細心の注意が必要である。

佐藤君より、湖水の周辺に100キロ爆弾が相当量埋没しているとの情報を得たが、何か利用できないかと相談してきたのである。それは好都合だから有無を確認して、引き揚げてくれと申し渡した。彼は早速引揚げ作業にかかった。そこで爆薬は普通黄色薬を使用している。この爆薬を引き出して爆破作業ができれば偉大な効果を発揮する、と1人で喜んだのである。この爆薬を引き揚げる時は雷管の有無を注意しなければならない。雷管は爆弾の尖端に特に変わったものとしてついている。

その時は必ず私に知らせてくれるよう佐藤技師に注意した。木原長官もこれを聞いて、何とか使用できるように考えてくれと期待していた。

不発弾から発破用爆薬を手造り

次の日、佐藤技師は2個運んできたので安全地帯に置き、私が検査した結果、雷管はなく、間違いなく立派な飛行機爆弾である事が判明したので安心し、中央より金鋸で引き切る事にした。そして佐藤技師にこの作業は危険なので絶対に私の指示通りに作業するように、と注意した。方法は金鋸に絶対に熱を持たせぬ事、時々手を当て熱を感じた場合は必ず水で冷却する事を厳重に申し渡した。この爆薬は衝撃で爆破し、非常な破壊力をもっており、粉末にしても使用可能である。爆薬は鋼鉄製の筒に注入されるが、その時は粘着性をもたせ、筒内には少しの隙間もなく充填されているので、取り出す際には竹製のヘラを使用し、絶対に金属ヘラを使用してはならない。

特に打撃を加える事は最も危険であると、堅くこの2つの点を注意し、作業場には関係者以外は絶対に近付けてはならないと注意して、佐藤技師に厳重監督をさせ、人夫賃は1個の爆弾について金10円を支払った。これは最も危険な作業のため、補償を兼ねた賃金である。作業も何ら事故もなく粉状で取り出し、中央約3センチの紙筒に入れた。何事も最初のうちは丁寧に実施しても、慣れるに従って粗雑になるため、時々注意、監督を厳重にした。導火線は急造用と正式ものを併用した。しかし雷管だけは急造する事が不可能で、正式のものを入手して、専門的にこの加工作業をできる者を約10名、私が専門家として養成した。

この作業も危険を伴うので、誰彼に担任させる事はできない。作業も細部に亘り、丁寧に教育した。その後は、装置組立法と点火法を教育すれば爆破は実施できるのである。これらの作業を佐藤技師に全部監督させた。常に誰か日本人を1人監督に当たらせる事は絶対に必要であった。爆薬は10トン以上を確保する見込みが立ったので、安心である。雷管の取扱いは最も厳重にした。

その授受には確実に帳簿に記入して出納を明瞭にした。もし不正に使用されたなら我々の生命までも危険にさらす事にもなる。ここは戦地なのだ。人夫の中にはスパイも入り込んでいるかもしれない。油断禁物である。私はこの点充分なる注意をしなければならない。

掘進が進むに従い、照明の設備をしなければならない。ローソクや灯明などは危険予防上好ましくない。必ず電灯にするよう申し入れた。電灯は市の電気を取り入れ坑内に点灯した。最前線には網入り電球にして取扱いを自由にできるようにした。削岩機、空気圧縮機の準備もすみ、市内の器械工を雇い完全な手入れと点検、運転を実施してその機能を確認した。

各種の設備や器具、機械も揃い、鑿《のみ》も120〜150センチのもの約10本を整えた。今度は機械の使用法の教育をすべて実施しなければならない。私は機械の使用取扱いなどを教育しながら作業を実施する有様であった。削岩機の取扱いは主として日本人が実施する事が多いので、私も6時間通して削岩機の操作に当たり、心身の疲労が増してきた。時には現地民に機械の操作を実施させる事もあるが、その時は切羽に立ち通しである。鑿には先端が過熱するのを予防するのと同時に石紛を取り除くため、自動的に水を注入している。極端に硬い岩石層の場合には、隧道の幅員を高さ2メートル、幅1メートルの穴を設けるには、削岩機による火薬室は22本の穿孔《せんこう》をしなければならない。

穿孔作業も深さは同じ長さ120センチを標準にし、そして方向も種々ある。優秀な人が穿孔すればほぼ120センチの深度に隧道ができるが、素人作業では時には80センチの場合もある。一昼夜連続作業で3メートルが標準の進度であったが、隧道が石灰岩で堅硬の場合には框の取付けを省略できることがある。

また火薬の爆破装置も最初に中央を抜き下部、側面、上部の順に発火するように装置しなければならず、22本を同時に点火しておのおの数分の1秒の時間差を与え、次々と点火させせる技術が必要である。爆破させると坑内の空気が汚染するので、数分間の換気を要するのであるが、これには圧縮空気で換気する事ができたので特別の通風設備は不要であった。土砂の運搬は畚《もっこ》や一輪車で行ない、縦坑より釣籠で上げた。

隧道作業は種々の工程がある。我々の会話は通常マレー語を用い、従業員らに指示を与えるが時には意味不明のまぜこぜの言語も使用する事があった。人夫の中にはマレー語の通用しないジャワ語の人もいる。そこで班長や組長はジャワ語で一般に指示するので不便な事も多くあった。

木原州長官はほぼ毎日現場に現われる。いかにこの工事に力を注いだかが窺われる。工事も順調に進んでいるので、いつも満足して帰られた。現地民も直接に彼らの幸福を得られる工事なので作業も一生懸命であり、何らのトラブルも発生しなかった。私たちを信頼し、尊敬して作業に従事するので私も非常に助かった。私も朝早くより夜は時として10時頃に帰宅する事もあった。トロナゴン市内に入ると市民は私の自動車を見たり、車の警笛を聞いて、「トアンエンドウが今帰った」という情報が流れるようになった。監督所長もこの治水工事にはよく協力して、種々の面で力になってくれた。

爆薬を使用して実施する隧道工事は、専門的技師や技手が工事を担当するものであるが、現地人技師は経験が少ない。しかし州内の各所にある土木機械や工作機械の所在を知っていたので、これらの借上げや入手に何かと便宜を図ってくれた。工事人夫や従業員の確保にも積極的に協力してくれたのである。私は現地人県長を訪問して人夫の手配をしてもらう事もあった。県長はいつも私の訪問を車の標識で知り自ら出迎えてくれる。事務室で話し合うのが通例だが、県長は私を友人扱いで自室に案内する。そして飲み物などを接待し、夫人とともに歓待してくれるので、打ち解けた気分で雑談したり、工事に対する説明をしたりする。彼も人夫やその他の情報で工事の進捗をよく知っている。私の要求も全面的に聞き、翌日は必ずその成果があった。彼はある日、私に戦争が終わったなら、私の治水工事の業績を書いて残したいといっておられたが、私はいつも光栄に思い感謝していた。

平坦部の放水路は工事の至難を避けるため、その深度は平均120センチにして川幅約20メートル、長さ約1キロの河川の構築に着手したのである。作業は比較的簡単で、土質も普通の粘土質である。掘り土は人夫を配置しておけば自然に作業は進んでいく。班長は作業の実施中、急造の畚や籠を準備するのに一生懸命である。現地の稲藁《いなわら》は雑草と同じで縄にして使用する事が不可能である。現地人は野生の竹を採取して足で押しつぶして縄にしたり、竹を細く割って紐や縄の代用にする。

この放水路には県道が通じていて、長さ約30メートル、幅4メートルの橋梁の架設が必要なので、橋脚は石垣で永久橋にした。木材はチーク材を使用する事にした。チーク材は現地人の話では50年近くの耐久性があるという。この設計、工事はオランダ系技師が担当した。橋脚の目地用セメントは代用品、すなわち石灰と煉瓦砂を混入して製造、この代用セメントは日本人の砂糖工場の工場長の協力で製造したのである。工場長は会津出身者であり、有形無形の協力を多く頂いた。この橋梁は現在も残存しているだろう。

こうして工事も着々と進んでいったのであるが、戦争全般の状況は必ずしも好転しているとは思えなかった。場所によっては敵の反撃が盛んに激しくなり、ビルマ地方では雨期のため、行動も至難のように伝えられてきた。日本軍の戦場拡大とともに不穏な情報も入ってくる事があった。日本軍はフィリピン、スマトラ、ボルネオ、セレベスやニューギニア、その他南太平洋全般に亘り戦場となり、世界各国を敵にして戦っている。北のアリューシャン群島までも手が伸びていた。

平坦部の放水路（先が上流、手前トンネル側　2009.9）

　また内地と戦地とを往復する輸送船も、敵の爆撃を受け損害を蒙る事も多くなってきた。このジャワにも敵機Ｂ29が飛来するようになってきた。ジャワ島は南方に対する補給基地として最も重要な任務を果たしている。さらに一層任務の拡大を計り、文官が多数派遣されてきた。軍政監部の機構も強化され、我が土木課も交通部施設局として発足、利水課と建設課が設けられたのである。そのため、この治水工事にも専門の技手が1名配属になり工事を担当する事になった。彼には早速水門の設計と工事を担当してもらった。そして全般工事の測量と、特に隧道の測量をしてもらい、残余少ない両方面よりの修正や規制の準備をした。

　隧道の貫通も近日に迫っていた。今まで隧道の掘進方向は4、5日に1回ずつ修正したが、素人工事で時々方向が右に寄り、左に寄るのである。土質の変化で軟らかな方向に曲がっていくので測量のつど修正を図ったのである。水門の工事も順調に進んだ。水門は主として鉄材を使用した。平地部の掘り土も橋梁も予定通り進んでいく。工作機械も優秀な機械工で大きな故障もなく、工事全般順調に進んでいった。木原長官もここ1年有余、最大の業績となる第1段階の完成を見る事ができるようになったので、安心のようだ。

遂にトンネル貫通［昭和20年1月］

貫通を迎える日が遂にやってきた。前日に木原長官にも、午後3時頃に貫通する旨を報告した。そしてその他数人の来場があり、残すところ約70センチ、最後の発破作業である。準備をよく行ない、点検した。失敗があっては済まない。しかし予行をする事もできない。完全に貫通して作業を終わってくれれば良いがと願った。そして私の任務も大成する。1年半に亘るこの工事に一切の念を忘れ、寝食を忘れる思いで現地住民とともに打ち込んできた者として、最後の喜びを味わいたい気持ちで一杯であった。予定の時刻になり点火した。約2分間の時間は長く21発の火薬は導火線に燃えてゆく。瞬間ドドーンと1発、続いて次々と爆破の音が地上に聞こえる。私は完全に爆破した、貫通したのだと自信を得た。両方の坑内のガス排除後、揃って坑内に入る。長官も続いて入る。裏からも入ってくる。両方の切羽は完全に貫通し、浜からの風は坑内一杯に吹き込む。現地作業員はこれを見て一斉に万歳を唱えた。私は涙を流さんばかりに喜んだ。それがいかほどの違い、交叉もなく、まずまず大成功であった。長官始め一同も『穿《あ》いたなー、おめでとう」と皆万歳で喜んでくれた。現地民の中には不思議に思っている者もいる。そして日本人は偉いと言う。あの工事中曲がったり直したりしても、ちゃんと地中内の仕事で計画通り真っ直ぐに一致したと判って感心している。私も未経験者ばかりで行なった工事が、このように誤差もなく良くできたものだと思った。この瞬間の出来事は終生忘れる事はないだろう。そして自分の測量の正しかった事が実証されたのを知った。

その後、多少の曲直部を修正したり水門の構築をしたり、平坦部に隧道工事用人員を増加して馬力をかけ、平地は約200人もの作業力を以って掘り土に全力を注ぐ。橋梁の工事も進み作業はトントン調子で進んだ。

長官立会いの下、通水テスト

遂に一般荒工事は完成した。そして通水のテストをする事になった。この日も長官の出場を求めた。南側の放水口には従業員一同も今日の試験の結果を見ようと黒山の人で埋まった。水門では徐々にハンドルが廻され留板が上がる。水は滝のように流れ、勢いよく小石はガラガラと流されトンネルに入ってゆく。私は駈歩で100メートルの峠を越え裏側に出た。

水はまだ流れてこない。途中で止まったか、否そのような事はない。いろいろ案じて今や遅しと見守っている。約2キロを流れる時間は長いものである。10分、15分と経過した。住民の中には石に耳を当てて流れを聞いている者もあるくらいだ。そのうちに水は少しずつ顔を見せてきた。現地民は誰となく「水が出た、水が出た」と叫び、「ジンポール万歳」を期せずしてさけんだ。ああ、水が出た、放水路が出来上がった。私も長官も誰の目にも涙が一杯だ。現地民は盛んに万歳を唱える。そして「トアン、ありがとう」の声はみんな人民の声。私も寿命が縮まる思いで常に敵と戦っているとの気持ちで、この1年半を休む日もなく、ただただ工事、工事で夢中であった。

今ここに目的達成を見る現地民の喜ぶ姿を見て良かった。私の成し遂げたこの工事は戦争中であっても、永遠に消える事はないであろう。ブランダス川の水が正反対にインド洋に流れて行く。ブランダス川の洪水も、永久に消えてゆく。スラバヤ州、殊にブランダス川流域住民も本日からは洪水の心配もなく、災害から救われたのである。洪水ごとに毎年多額の経費支出も解消し、特に湖水周辺の水田、河川流域の水田は今後益々増産に拍車をかけられる事であろう。

ある日、私の運転手が風邪で4、5日休養した事があった。彼も私同様1日として休みなく、夕方も遅くなる事もあったので疲労が出たのかもしれない。私は最初の1、2日は自分で車を運転して工事場に通ったが、ある職工がそれを見て、私は運転ができるから運転してやるというので、その者に運転させたのである。

星明りの夜であった。ちょうどその時は警戒警報が発令中であったので、トロナゴン市に入ると街中は消灯され、車も無灯火で走ったのである。ところが街の中央附近の十字路で、コンクリートの排水壕に衝突してしまった。私は車内にあった魔法瓶で足を痛め、また運転台の椅子に激突して胸を強打し受傷したのだ。その時は大した事もないと思っていたのであるが、常用運転手も使用人も直ぐに駆け付けて、私の手当をしてくれた。運転手は車を見て気の毒そうにして車を調べた。

翌日、彼は監督所に依頼して車を壕より引き上げ、破損箇所を修理してくれた。エンジンには別状なく続いて使用可能であった。車の修理も3、4日を要するので、私も4、5日の休養を初めてする事になった。今までは土曜も日曜もなく1年半もの間、常に先頭に立って計画し、工事を指揮し、時には作業手となって削岩機を操作し緊張の連続であったが、今はその工事も大半は完成したので重荷を卸した気持ちで一杯であるが、自然に疲労も重なり病魔にも犯される一歩手前の状態であったのである。

戦中築造『南トロナゴン・トンネル』放水トルネル入口部(2009.9)

今は専門の技手もいて作業に支障を来す事もなくなったので、長官も充分休養を取ってくれとの事であった。佐藤、岡本両氏も在トロナゴン日本人も見舞いにきてくれた。按摩師を呼んで治療もしてくれた。日本人医師も見舞ってくれ投薬してくれた。幸いにも

戦時築造放水・ゲート部（2009.9）

4、5日の休養で快復し作業場に出向いたが、技手は順序良く作業をしていた。彼もまだ青年でよく頑張って工事を指導している。

この治水工事も着手以来、現地民と協力して1年6か月、予定通り貫通し、試験的通水も遂げて土木専門の技手も配置されたので、私は本部の命令でジャカルタ交通部に帰る事になった。住み慣れたトロナゴン市ともお別れする事になり、種々工事でお世話になった人々に挨拶し、二度とこのトロナゴン市に足を踏み入れることはないだろうと懐かしんだ。

以下は鹿島建設㈱の『賠償「工事記録」概要』[46]の抜粋である。

1．ネヤマ排水隧道は既に第二世界大戦時代に於て、南部トルンアグン沼沢地帯の洪水被害を防止する目的を以て、日本軍政下に計画せられ、約4㎞の開水路と800ｍの隧道が一応完成せられたのであるが、何せ戦争末期に入った時期の事とて、粘

南トロナゴン放水トンネル入口部全景 2009.9（左側が戦中築造放水路）

土地層の水路は人海戦術に依ってほぼ完成せしめられたけれど、石灰岩層の隧道に就いては漸く導坑のみが貫通した状況で、殆んど其の目的を達する事ができず終戦を迎えたのであった。

２．独立せるインドネシア政府に依って改めて毎秒５００ｔの洪水排水を行う計画が立てられ、日本工営に依て

Ａ．入口明りに岩石掘削量約６０、０００㎥（そのうち３０、０００㎥は１９６０年８月に設計変更に依り、追加工事で加えられた）

Ｂ．隧道内径７・０ｍ延長　９５０ｍ（斜坑50ｍを含む）

Ｃ．出口岩石掘削１０、０００㎥

設計を作製せられ、その施工を我社が担当したのである。

３．１９５９年９月初旬より先発隊が派遣せられ、同時に機械、資材の輸出手続が開始された。

トンネル入口管理事務所員らと(2009.9、右２番目は通訳のEBIT氏)

３か月後（昭和20年２月）、スラバヤ州長官の主催で落成式が挙行され私も招待され参加した。時に私は州長官より治水工事の落成を期して感謝状を授与され実に感慨無量であった。また参列した現地民市長や関係者からも大いに感謝され面目を施した。後ほど、私が列車で旅行した場合でも県議員らに会えば、必ず私に話し掛けるのであった。

《編者注・【45】は戦中のネヤマトンネルの由来を記したもの。戦後、インドネシアが日本への賠償として、ネヤマトンネルの拡充を求め、当時の藤山愛一郎外務大臣がこのネヤマトンネルの規模拡大事業に調印した[47]。その後、日本工営㈱殿、鹿島建設㈱殿の下で、新たに大口径のトンネル工事が行われ、同時に戦中築造された旧トンネルのゲート部も改造された。編者が訪問したのも主にこの新しい改造設備だが、戦中築造ゲート部、平坦部放水路（２６３ページの写真）に面影があり、またネヤマの尾根部には、中断した露天掘りの跡も見る事ができた（２６９、２７０ページの写真）。【46】は戦後賠償での工事経過の概要を記したもので、工事そのものは１９６１（昭和36）年３月末に完成している。

なお、２５７、２６７~２７０ページの写真の写真は２００９年９月、編者が現地訪問時に撮影したものである》

第八章――敗戦後、現地での行動

ジャワ島での戦争末期における作業［昭和20年2月］

ブランダス川治水工事の概要と、施設局への帰着を渡部課長に報告した。大東亜戦争一般の状況はジャワ島でもいよいよ急を告げる情報が入ってくるようになった。それで私に治水工事からの引上げ命令を出して本部に引き上げさせたのである。内地より新たに補充になった人たちのうわさに、マッチ箱1個くらいの大きさの物でサンフランシスコ市街を全滅させるような爆弾をアメリカで研究中との風評もあったが、我々は信じ難い情報と受け取っていた。私の業務も当分の間、前任務を続行との事で、特別に多忙との事もなく休養の状態であった。

ジャワ島の幹線道路は占領当時の様相を一変して破壊されていた。交通、殊に重車両の通行の烈しさに修理が追いつかなかった。占領当時、日中は陽炎の上がるのを見るように綺麗で立派な道路であったが、アスファルトの欠乏、占領行政、南方軍の基地としての活動やらで自然に道路の破損が甚だしくなってきたのである。ジャワの道路は国道でも1級道路のジャカルター－バンドン間は7トン車で時速100キロまで、その他は80～60キロの制限があり、軍の戦車など重車両通過のため、絶えず橋梁の補強に多忙を極めていた。

このため一般道路には手が廻らぬ状態であった。もちろん補修材料の欠乏もあったのである。2級道路は日本の国道と同様で、3級道路は県道と同様である。この1級、2級、3級道路は全部アスファルトで舗装されているが、橋梁は横幅が極端に狭く車の交差は困難である。戦前は貨物も自動車で輸送され、鉄道は単なる客車だけである。各駅には倉庫はほとんどなく事務室程度の建物だけである。私はこのような状態を監視したり、補修を督励するため絶えず出張して各監督所を廻り指導や助言をし、そして資材や経費の手当を円滑にする道路行政に尽くしていたのである。また東部開発地域の新道路構築には私も出張して現地を踏査、視察し、その計画、予算を定め、現地係人の指導を実施した。

現地係人は所長自ら新道路を踏査し、細部に亘ってその実施計画を定めるのである。現地主任者は部下の先頭に立って働くのである。日本の役人技術者とはまったく違う組織である。予算なども同様であった。

軍政監部防衛本部兼務〔昭和20年2月〕

南方軍一般の状況は形勢ますます不穏になりつつあった。硫黄島は敵米軍の大反抗を受け苦戦に陥っている。ビルマ地方も折からの雨期のため行動が自由にならず、ましてや敵の反抗また根強く状況不利とか。我が海軍の姿も大なる行動はしていないらしく心地良い情報は入ってこなかった。日に日に不安を覚えるようになってきた。在ジャワ軍政監部も急に自らの防衛体制の必要を感じるようになってきた。

そこで軍政監部内に独自の防衛本部が新設され、私も急に防衛本部兼務を命ぜられたのである。本部長は現役将校軍政監部部長で部附として中尉2名、その他軍政監判任官3名と女子職員2名で構成されていた。私の任務は各地方の重要機関である発電所、工場、役所などの防衛施設の技術的指導である。在籍場所は防衛本部内にあって嘱託は私一人であった。私は建築物の偽装、敵の爆撃を考慮して防空壕の構築、各機関の出入り口の防備などの工事の設計、計画の指導で各州に出張した。もっぱら私の専門的工事の指導である。

在ジャワの民間日本人は万一の場合、全員最後の最後までジャワ島を守り、現地住民と一緒に戦い最後の勝利を獲得するまでは一歩も引かぬ覚悟であり、住民もまた一人一殺の信条で意気大いに揚がっていた。日本人教官で教育されたジャワ防衛隊、一般青年は誰も彼も敵来らば我戦わんの勢いであった。しかし敵の反撃は甚だ烈しくなってきた。

ガダルカナルの戦況は日本軍の不利と伝えられ、硫黄島では3日連続の爆撃、艦砲射撃と相俟って、敵は数倍3万余の兵力で攻撃をかけているとのこと、また北方アリューシャン列島のアッツ島では全員玉砕とか不吉なニュースがどんどん入ってくるようになってきた。

無敵我が海軍の情報はさっぱり入らない。海戦で全滅したとも聞いていない。フィリピンのコレヒドール島でも日本軍は苦戦とか、悲報のニュースが次々と入ってくる。我々も決して予断は許されない。内地に帰る事など思う者もいなくなってきた。

我々はジャワで最後まで抵抗する覚悟である。ジャワ島の民間防衛もなかなか進まない。指導者の少ない事も原因している。しかし軍よりの指示もあって、軍政監部要員は自力で本格的にバンドン市（注・バンドン会議、アジア・アフリカ会議主催地として有名）の山奥に複郭陣地の構築を必要とするようになってきたのである。

私はまたまたバンドン州山奥に陣地構築を命ぜられ、他に雇員1名を助手としてつけられたのである。この地帯は天然の密林であった。山から谷間は100～150メートルと深く高く、今にも猛獣が出没するような地形である。住民の話では山猫も相当いて、野牛の群も時々出没するとの事で、この山中に立て籠れば米軍といえども急速な攻撃は不可能に近いだろう。ただ空中からの爆撃に対する警戒だけを完全にすれば1年くらいの防備は確実だろう。

しかし生き延びんとするには食料である。自営の方法を考えなくてはならない。多少の野生食物は入手する事もできるだろうが、これには限度がある。若者は適時出没してゲリラ戦を行ない、多少の食料は入手できる。薬物も必要であるが、これらはそれぞれ担任者に依頼する事にして、私はトンネル式の防空壕を構築する事が任務であった。しかし土質、山肌は火山岩で表面は相当の石塊である。隧道開口部の構築が非常に難作業である。

木材の伐採も勝手にはできない。これはやがて敵の目標となって爆撃を受ける危険があるからである。作業員も相変わらず現地人の力で行なう。中には不平を言って帰ると言い出す者もいる。これらの人を説得して作業に着手させる難しさ、彼らは何のため、ここで工事をするのか、目的がまったく不明のままだった。不平の気持ちも判るが、今に判るからと言い聞かせるだけである。

工事の方はまず表面の石塊を除き木框《きかまち》を設ける。すなわち坑道の入口を造る。この作業が一番困難である。私は今までの経験を生かして種々工夫を重ね工事に着手していく。また種々の資材運搬のため道路も開発しなくてはならない。このため種々の工事用資材、自動車の手配をバンドン施設局長に依頼した。しかし当時は施設局も車の故障続出でなかなか自由にはならなかった。

局長は最近内地より新任したばかりの人で戦場の気風に慣れず、殊に戦局と、目下の一番大事な事は何か、何が急を要するかなどの軍事的判断が明確さを欠いているので早急な成果は挙がらず、私はこの点、非常に不満であった。いまや戦争は日本の不利に次ぐ不利の状態になっているではないか。日本人全部最悪の事態に備える時機にきているのではないか。平時状態の事業は最小限に打ち切って全力でジャワ防衛を図らなければならないのだと。

この交渉も電話で忠告しても、理解できない彼ら役人で、私は気が気でなかった。敵は周辺まできているのだ。ソ連軍は満州に侵入を計っているのである。そして過疎の満州軍は不利な状況下においてである。内地の周辺にも敵の飛行機が飛来している。我が日本の運命は、今後は局地防衛で持久戦を展開するより方法がないであろう。一日も早く防衛態勢を固めなくてはならない。

連合軍はヤルタに米英ソの首脳を集めて、ヤルタ会談なるものを開催している。そして降伏後の日本の処理問題などで協議中である。日本は先に同盟国のイタリアが降伏し（ドイツも20年5月に降伏）世界各国を敵に廻して戦っているのである。いかに日本軍が強いといわれても世界各国を、殊に物量に物をいわせての米国やソ連を相手では勝算は少なかろう。また、日本軍は満州事変より支那事変、そして大東亜戦争に突入して3年有余、通算10年以上も戦ってきたので、現在はさすがの日本軍も国民も疲労しているのである。あの東洋の離れ小島の日本がよくも頑張ってきたものである。世界の人は不思議に思っている。しかし現在は最早互角の戦いは事実上不可能の状態となっていた。

内地でもその後益々敵機の飛来が烈しくなり、国民も食料やその他の物資が不足し、不心得者も出てきているとの事である。主食の配給は1日360グラムの僅少でお互いに空腹に耐えて戦っていた。沖縄も敵米軍に占領され大半は玉砕との情報も入る。敵はいよいよ内地近くに根拠地を確保して本格的に内地攻撃を準備している。日本国中内地も外地も、最後の呼吸をしている状態である。

ただ軍部の強硬派が大いに本土決戦を唱えて、敵が上陸すれば男はもちろん女も竹槍で戦い、最後の一人一殺を唱えて勇気を出させているに過ぎなかった。日本の歴史は敗戦を知らない。時勢と科学の発展を知らない国民に、我々は判断に苦しむ。

昭和20年8月6日には広島市に、8月9日には長崎市にと原子爆弾という人類始まって以来未だ経験した事もない大量殺人爆弾が投下され、一瞬にして十数万人の国民が戦死したのである。我々は先に米国がマッチ箱程度でサンフランシスコが全滅するような爆弾を開発研究中と聞いても、それは彼方での話と思っていたが、ただいま我が同胞の頭上に落ちたのである。万事休す、日本はこれ以上戦争を続けても無益の殺傷を増すばかりとなった。

敗戦、バンドン山奥で知る［昭和20年8月］

戦局は定まった。宮中では御前会議が開かれた。結果は8月15日正午零時より勅音で一大放送があるとの事で、内地の国民も外地の軍隊も皆ラジオの前に集まり、勅音の一字一句も聞き漏らすまいとして拝聴した。その一瞬、天皇陛下は……。

1億の日本国民は皆号泣した。老いも若きも男女の別なく皆地に伏せ地を叩き、目を真っ赤にして泣き、ただ呆然、うつろの如く気抜けした。今までの幾年月の緊張も一時に破れ敗戦の悲哀を知ったのである。私は今、これをどう表現してよいやら、どうペンを走らせてよいやら、とても書き現わす事はできない。

10年以上も続いた戦争生活も、日本の全面無条件降伏という結果に終わった事についても、我々戦地にいる者は、これは何かの間違いか、あるいは敵のデマではないか、日本が戦争に敗れるとは何事か信じられない半信半疑であった。

私もこの情報はバンドンの山奥で即刻電話で聞いたのである。私も何が何だか判らないが、工事中止命令と引上げ指令で、ひとまず全作業を中止してジャカルタに帰れとの事であった。我々は何のために、何をしたか、今は何も考えたくない悲痛な気持ちで一杯であった。生きている事もいやになり、自決をも考える心境になった。しかし私にはできない。この工事の後始末をしなければならない。実につらい事であるが、このままでは現地人に申し訳がない。私を信用して働いてくれた人たちにすまないと自ら自分の心にむち打って女々しい行動はとれない。笑われるではないか。

ただ1人で愚痴る相手も、聞いてくれる人もいない孤独である。急に淋しくなってきたが一生懸命耐えた。そして昨日まで、いや数刻前までは戦争に勝つ事ばかりを念頭に一生懸命できるだけの事はと身も心も捧げて努力したのだ。ここで気を引き締めて、立つ鳥跡を濁さずの例え通り、後始末を始めた。自分は自分なりに一生懸命働いたのだが力尽きて遂に敗れたのだ。

私は惜しむ事はない、今後はできるだけの事をこの現地民にしてやりたい、インドネシアの独立も早く遂行して立派な国を完成させたい、できれば自分も現地に残って協力してやりたいと思った。幸いにスカルノ氏（注：独立後の初代大統領）は立派な人であり、国のため一生懸命である。必ずや立派な指導をされ目的貫徹を期するであろう。従業員はこの由を知る事なく、何故に工事を中止するのかと私に迫る。私は到底具体的に話す勇気はなかった。軍命令だ、止むを得ないとばかりであった。一夜過ぎれば多少気も軽くなった。私の使用人にもそれぞれに心付けをする。彼らは何故急にこうなったのだ、理由を聞かせてくれと言ったが、今に判明するだろうと理由を語らず、彼らも自分たちが悪かったら許してくれと再三頼まれた。しかし打ち明ける気にはなれなかった。工事場も概略整理し、人夫たちへの手続きも終わり細部の事は各組長に託して、我はバンドンに向け出発した。従業員も一同皆涙で送ってくれた。中には私の気持ちを知ってか、私を労《いたわ》り、「トアン、元気を出して。今後は我々の番だ。我々は日本軍に代わって戦うんだ。そしてインドネシアを築き上げるスカルノ大統領を挙げて信頼し、日本軍より教えられた事を一生懸命実施して敵が上陸すれば一人一殺主義で戦う」と労ってくれた。ある青年は早くも腰の鉈《なた》(日本の刀の如きもの。長さ一尺以上)を研いでいる気の早さ、青年国粋派は張り切っている。

放心下での感激

私は非常に意を強くした。多分情報を知ったのであろう。私は申し訳ないと思った。そしてバンドン施設局に立ち寄り、局長に種々お世話になったお礼を述べ、当夜はバンドンに1泊して局長と2人で敗戦の淋しさを語りあった。局長は、私に望み通りの協力ができなかったが許してもらいたいと申し訳をしていた。

それはお互い様で、どこもかしこも自分の思い通りにはならないので戦争も敗北に終わったのだ。私は戦争で約10年の間、自分の能力以上に働き力一杯努力をしたつもりである。今となって何も後悔するものはないと種々積もる話をした。2人とも淋しく多くを語る元気もない。この夜、運転手は友達を訪問したいから明朝まで暇をくれというので、宿舎の世話も不要なので快く外出を許した。彼も淋しかったようだ。私のために2年近くも働いてくれ、しかも事故もなく精神的によく務めてくれた人である。

私はバンドンの夜、しかも日本の敗戦時の状態を見てこようと思って1人で車を運転して夜の市街に出た。市内を1周して帰路に着こうと思い坂の道に出た。街の様子は何ら変わりなく商店街も飲食店も平常通り開店している。夜の散歩者もパッサールの賑やかさも平常と何ら変わってはいない。私はひと通り見物して帰宅しようと繁華街を出た折、急に車がストップしてしまったのである。幾度かセル釦を押して始動しようとしたが、エンジンがかからないので閉口してしまった。時刻は午後9時を過ぎていた。1人ではどうする事もできない。動力のカバーを開けてみたが機械に弱い上、夜間ではどうしようもない。実は車も連日使用に使用を重ねており、整備をする暇もなく相当に使用されている、能率も悪くなっている車である。このような事になるなら運転手を残しておけばよかったと思ったが、今ではそれも不可能だ。

この車は人力で押せばエンジンはかかるのだが、なかなか都合よく人は通らない。1人では無理だし、誰か適当な人たちが通らないかとしばらく物色していたが、戦争に負けた日本人に応援してくれる者などあるかと1人淋しく考えていた。でも、このまま放置できないと思った。

ちょうどその時、女子学生6、7人の一行が通ったのを見た。何も考えることなく良い機会と、「エンジンがストップして困っている。手を貸してくれないか」と頼んでみた。私は咄嗟に女子学生では不可能と思ったが、彼女らは簡単に聞き入れてオーライとばかり、早速車の後部より押してくれた。車は20メートルばかりで直ぐに始動し始めた。これは良かったと大喜びで幾らかの謝礼金を出したが、彼女らは絶対受け取らず、「困っている時は皆同じよ、トアン」といって去った。私は心から厚く感謝の礼を述べて、心の中でこのように嬉しい事はないと思った。

今夜は非常に良い経験をした。日本人の考えからすれば、他人事だと誰も構わず知らぬ顔をして通り去ってしまうだろう。殊に若き女子学生ならなおさらである。私たちは昨日まで占領者として権力で彼ら住民と交際していたと思う。何事も命令だ、義務だとの気持ちが多少濃かった。しかし今日からは敗残兵である。女子学生がこのように厚意を示してくれるとは想像もしなかったのである。

この瞬間、私はいろいろの事を考えた。

第1は我々日本人の行動が常日頃、現地人社会から全般的に厚意的に受け取られていた事。また日本軍の指導が下部組織にまで徹底していた事を示したのだと。第2は彼女らの言う通り困っている者には援助を与えるとの現地国民性である事などを痛切に考えさせられたのである。我々も今まで一生懸命に働き日本人の精神、心情を彼らに植え付けたものであると考え、これは何よりも得難い土産話である、と思った。これを内地に持って行き、多くの人たちに伝えなければならないと考えた。私は今後とも、より以上に国境を越えて外国人をよく知り、世界平和に尽くさなければならないとつくづく思ったのである。

これは私1人だけの意見ではなく、その後誰彼からも知らされたのである。その現われとして、この地に居残りを希望している者がたくさんいた事である。敗戦になって多くを経験する事ができた。今まで通りインドネシア人に対しては益々親しみを感じ、「世界は1つ」

のスローガンのもとに政治も経済も互いに困る時は、皆助け合うの気持ちで共存の実を挙げなければならない。そして1日も早く戦争の災より立ち上がらなければならないと思った。

私はこの土産話になる経験をして元気も回復し、宿舎に帰って寝に就いたのである。翌日はいよいよ運転手と2人でバンドンを出発し、ジャカルタ入りする。この地方とも永久の別離と思えば名残りは惜しい。

ジャワ島のバンドン市といえば気候の良い観光地として有名である。ジャワ島は白人系の観光地、また別荘地として非常に発展している。到る所の山の中央には白人系の別荘がある。中流以上が土曜日の午後、妻子を伴って2夜の別荘生活を楽しんで、月曜日早く山を降り仕事にかかる。有名な別荘地には散歩場もあり乗馬、プールもある。2000メートルの高地は夜間は寒い。しかし日中は初夏のように空気も良く空は青々と澄み渡っている。ホテルの設備も完備している。40キロや50キロの避暑地でも30分ほどで到着する。道路が完備されているからである。

避暑客は各人自分の好きな食物を持参する人が多い。中腹は植林されている。チーク林、コーヒー畑、茶畑などの農園も大規模に行なわれている。平地は農作物の水田となっている。日本と違う事は野菜畑が少ない。その代り果樹は到る所にある。ジャワ島は南国の遊園地のような感じである。空気が良く、伝染病や風土病もない。一年中凌ぎ易い天国のような国である。私はこの綺麗な国ともいつかは別れなければならない。心残りである。

昼食の時間になったのでチレポン市のある食堂に入った。この飯店は中国系の食堂なので、多分誰も相手にせず見向きもしないだろうと、持ち合せのウイスキーを取り出し、運転手と2人で一杯やろうと思った。すると食堂の主人と思われる人が側にきたので、私は一杯やりませんかとコップを出せば、彼は快く受けてくれたので私も驚いたのである。そして彼は別の洋酒を取り出して、これを呑んでくれと勧めたので、私もそれを呑み雑談となり、料理もどんどん出してくれたのである。

食事が終わって支払いと言ったら、彼は私が特別注文した分しか取らないので間違いだろう、充分取ってくれと言えば、彼は、あの料理は私のサービスだから金は不要だという。何度言っても、彼は承知しないのである。そして彼は、自分は良い気持ちでやったのだから私のいう通りにしてくれという。また料理もどんどん食べてくれという。自分でも喜んでいる様子が窺える。彼はいかにも良い事をしたという様子であった。私も厚く礼を述べ固い握手をして別れたのである。

ここでも考えさせられた。彼らは我々を労わるささやかな慰安の心境であったのだろう。私は、困る人に同情を惜しんではならない。自分だけが良いのではいけない。人間は皆に愛情をもって接しなければならない。外人でも敗者でも、皆扶け合って生きていかなくてはならないとつくづく考えさせられたのである。

華僑諸士が母国を離れて他国に渡って成功しているのは、いずれも人に愛情を尽くし、いかなる事にも折り合って中庸を歩き、苦労を重ねた結果であるのを見逃す事はできなかった。昔、ジャワにも外国人排斥があった時、華僑の中にも相当多数の犠牲者を出した歴史があるが、華僑は母国が内政弱体で頼りにする事ができず、一致協力して生きたお陰で今は安心して居住し、ジャワ人と共存共栄できた。今ではそれが性格となっているのではないだろうか。私は日本人移住者とはまったく違うという事を見せつけられたのである。

ジャカルタでの反省

我々日本人は大いに反省しなければならない。大事であるとつくづく考えさせられた。これを思えば血を流し、生命を投げ棄てる戦争なんてものは今後絶対に避けなければならない。時には損をする場合もあるが、必ずや後日その報いは返ってくるものである。一面識もないこの飯店の店主より良い事を教えられた。得難い良い経験を味わったのである。日本人皆がこの精神であったなら、今回のような戦争には突入しなくても良かったのではないかと今考えるのである。またジャワにおいては日本人も中国人もインド人もインドネシア人と仲良く生活し、皆東洋人だ信じ合っていこうとしている。

思い出すのは蒋介石総統は終戦後布告を発して、「日本人に対して憎しみを捨て愛情で報いよ」と。この有名な蒋介石総統のことばは、今日においても日本人の一般世論でも重要視されている。心すべきことではなかろうか。

私は途中何らの支障もなく種々の事柄を経験してジャカルタ（注：バンドン〜ジャカルタ間約200キロ）に到着した。我々日本人は一日も早く敗戦より立ち直り日本の国力を復興して平和外交を推し広め、各国人と共存する事に努力しなければならない。ジャカルタに到着と同時に軍政監部や防衛本部に出頭して今までの概要を報告した。また敗戦の真実を知り、同僚と新たな涙が流れるのを止める事ができなかった。今まではもしもという微かな希望もあったが、それは断ち切られてしまった。

私は8年間、戦友や友人とともに最後の勝利を信じて不眠不休で我が身の犠牲も省みず、幾度となく死線を突破して困苦に耐え、ただただ戦争に奉仕してきたが、今は水泡に帰してしまった。戦死させた部下に対しても申し訳なく、実に残念でたまらない。今後はいかにして行動すべきか。いかにして生きる道を発見するか。内地に帰還する事ができるか、帰還の輸送船もないであろうから当分は望めない。5年、7年はかかるだろうとのうわさもある。その時急に内地のことを思い出す。家族はどうしているか、一切五里霧中だ。ただ頭の中でさまようばかりだ。

今後は自分の身体に注意して、その他は運命に託するより方法はない。だが私は治水工事により身体を弱め疲労を感じている。今後は連合軍の捕虜となり、多年現地で復興作業や建設作業にでも従事させられ、または未開地のニューギニアにでも送られて重労働に就かせられるかもしれない。私はまだ44歳の壮年時代で最も働き甲斐のある時なのに、捕虜の身では と途方に暮れるばかりであった。

収容所の設営及び収容所生活〔昭和20年8月〕

私はジャカルタに帰ってから2、3日休養した後、今度は軍政監部職員及び一般日本人のために、捕虜扱いを受ける事を予想して予め住むべき場所の設営を命じられたのである。連合軍はまだジャワには進入してなかったが、それに先駆けて自分らの収容所の設営である。私にはよく次から次へと仕事が待っている。

1、2の日本人助手を連れてチレボン市の山中コーヒー農園に行った。そこには相当のバンガロー式の社宅があったので、その地に倉庫や共同炊事場などの設備を造る事にした。バンガローは60個ほどあった。現地民の大工や人夫を集めて工事に取り掛かった。私はジャカルタに残って気ままな日々を送るよりは、この離れた土地の方が気分が良かった。私たちの事務所にはこれらの仕事に適任の人はいなかった。現地人を使用するには第1に言語の問題もあり、このような急造の仕事のできる人も居ないので、結局私のところに廻ってくる。世の中には1人で仕事のできる人は少ないのである。この仕事も進駐軍の指示で変更になるかもしれないが、取り敢えずの設備であると考えたのである。

早速工員を集めて、食糧倉庫を造った。周囲には有刺鉄線を廻して集団襲撃に備えて警戒を厳重にした。若干の兵器も持っていたのであるが、行使する事は許されない。現地民を敵に廻すことは絶対に避けなければならない。私はそれぞれの農園の管理者にも相当の礼を尽くして協力を求めた。管理人はオランダ系の2世の家族で、主人と主婦と2人の娘がいた。主人は私に1室を提供してくれたのでありがたかった。時々食事も一緒にする事があった。そして1人では不自由だから何でもいってくれと非常に好意的であった。日本人の習慣として本部の役人や他の人々の出入りが多く連絡だ、視察だの理由を付けて出入りする。それで食事や部屋の世話もしなければならない。厄介な事である。それを管理者の婦人や2人の娘はよく世話をしてくれ、時には夜中になる事もあったが、娘たちは友達や家族のように世話をしてくれた。

私はそのつど大いに感謝した。彼らは「困る時は皆同じよ」といって快く引き受けてくれた。このように自国人以外の敗戦国の日本人を誠意をもって世話してくれる。これが本当の愛情だと思った。人間皆このように愛情ある生活をしたいものだ。それが生き甲斐だとつくづく考えた。私は終戦後各方面で個人的に受けた恩を思う時、いつまでも忘れまいと心に誓ったのであり、人間としての信条これにありと思うのである。この精神で暮らせば一生豊かな生活ができるのではないだろうか。

外国で生活し他国人と交際してみて初めて味わう事がある。我々日本人は他人、否外国人と接しないのであまりにも閉鎖的考えが強く、個人特に自己の意識だけ強いようであるが、考え直さなければならない。

さて宿舎の設備も着々進み、食料などの物資も次々と運ばれてくる。そして文官人も移ってくるので宿舎の割当てをする。便所などの設備も着々と出来上がる。ここに入った者には階級はない。高等官も判任官も雇員も皆同じ待遇だ。あるのは若い人と中年の人だけの差である。自然に中年の人は若者の言う事を聞くようになった。しかし毎日ぶらぶらしているのは健康上良くないので、毎日午前中は野菜つくりを始め、いよいよ長期態勢の構えに入ったのである。

人員は約３００人に達した。その後約2か月を経て日系2世の進駐軍某中尉の視察があったが、別段変わった指示もなく、そのままの態勢で次の命令を待つようになり、ただ食料などは現在高を報告するようにと、この態勢を採った処置は良かったとの事であった。毎日の炊事などは若者で担任してくれたので、私たちは毎日呑気な生活を送っていた。

武装解除が始まった。この武装解除は我々軍属には形式的で所持していた軍刀、拳銃は氏名札を付けて提出するだけであった。私の軍刀は満州事変当時より愛用していた中古刀の無銘であったが、実用形で自分も気に入った品物である。この刀は、函館の海中より拾い上げた品で、私が手に入れた時は黒く錆びており、これを磨きに出し研ぎ上げたものである。拳銃はブローニングの小型で形式的な護身用としてのものであつた。拳銃の大きいものは重くて私たちには不要のものであった。私は双眼鏡だけは重要視していてドイツ製の優秀品であった。私たち工兵は双眼鏡を使用する機会が多く、特に良い品物を選んで持っていたのである。世渡りと同じように自分の目を5キロも10キロも前方に出して見る事が大切である。

私は早く戦争の意識を忘れたい気持ちで、双眼鏡も提出してしまった。後で貴重な代替品になるとは当時知る由もなかった。当時は自分の生命も保証がないので不必要品と感じていたのである。我々軍政監部要員はジャカルタ在籍者のうち、高等官と同待遇者及び親任官並びに判任官及び雇員であり、勅任官の人たちはジャカルタに残り戦後処理の特別の待遇を受けていた。

ジャワ島内には降伏した日本軍と現地のインドネシア軍、それに進駐してきた連合軍の三つ巴関係になっていた。日本軍の教育を受けて育てられた現地軍は、連合軍（オランダ、イギリス、インド軍）に対しては被支配者であるが、日本軍に対しては生みの親であり厚意をもっている。それで連合軍とジャワ軍は時々衝突する事がある。

ある日、現地軍の一兵が日本人を尋ねてきて連合軍と衝突した時の状況を自慢気に報告するのである。彼は一人一殺の信条で戦って成果を挙げたとか、腹這《はらば》い前進で敵に近づきやっつけたなど、喜んで報告して帰って行った。日本軍の指導を受けて立派になった現地軍隊を頼母しく感じたのである。我々はここで約2か月の生活を送り捕虜生活にも慣れた頃、ここでの生活も終わりを告げる日がきた。ここを引き上げ、ジャカルタ行きとなり、自動車輸送で運ばれる事になったのである。途中刑務所に4日間仮宿泊した。刑務所内は甚だ不潔である。周囲の壁には蛾の跡が一面真っ赤になっている。床はコンクリートで牛舎か豚小屋同様である。

私たちは壁や床に砂研ぎをかけ、石鹸をかけて掃除し、何とか人の入れる程度の小屋にして蚊帳を張り、泊まる事になった。いよいよほんとうの捕虜になったのか。ジャカルタに行けばどんな運命が待っているのだろうか。しかし我々の意の如くにはならず観念的である。5日目にはジャカルタの飛行場に到着した。泊まるところは幕舎である。1個幕舎は約10人が寝られる。幕舎は入口が両方にあり、夜ともなれば涼しい夜風が入り、至って良い気分である。各人は行李の覆い、その他を利用してリュック袋を持って私物品を入れておく。荷物は皆最小限である。

私も図書類は全部焼却し、その他衣類は全部今までの使用人に分配した。彼らは一旦断わった。トアンたちは今後入手できないだろうから持って行けと勧められたが、私もお前に何もお礼できないので気の毒だが、これを受け取ってくれと渡せば彼らは大喜びだった。当時はジャワも衣類には相当困っていたので大喜びで涙したのである。

飛行場での作業は各種あり、私たち文官人は比較的軽労働であった。朝は6時起床、6時30分より作業開始、点呼と同時に病気の者は受診もできる。作業は滑走路の補修、掃除、予備線路の新設もありで、滑走路の補修は麻布にアスファルトを塗ったもの、またはアスファルトで張り付けて補修するのだが、飛行場は暑くて焼くが如しである。飛行機の離着陸のため、時々作業が中止となる。中止の間は滑走路両側で休憩しているが、これが済めば大駆け足で作業にかかる、休憩時間は30分ちかくにもなれば眠気が出て、急に飛び出して作業するのがいかにも苦労である。

監督にはインド兵士が当たっている。通訳はインド兵士の機嫌取りがむずかしい。時には煙草をやったりしている。飛行場は非常に暑い。昼食になれば1時間の休憩で、作業が終われば現地人の果物などを売りにくる場所に、一目散で高等官や判任官の区別もなく皆果物を買い喰いに走り子供のようである。中には物と物の交換者もいる。どこから入手するのか金銀巻きの外国煙草、ミルクや缶詰、洋酒類、何でも持ってくる。金のある人は食事のバナナや南瓜を買い喰いしている。古シャツ1枚とドリアンを南京袋1杯と交換した人もいる。南国味たっぷり、荷物は持て余す。金もそのうち使用できなくなるだろうと思って、皆贅沢する。

飛行場の掃き方は呑気である。草箒を持って滑走路1周（約4キロ）を1日で回る。これは年配者が当たる。その他新設道路や他の工事の玉石運びもやる、麻袋に2、3個の石を入れて約50メートルの距離を運ぶ。私もある日4人で土工を命ぜられた事がある。大きな鶴嘴とスコップを持って1・5平方メートルくらいの面積を1日間で深さ50センチ掘った。監督はあまりにも少ない作業で食代もないと笑っていた。

私たちは役所生活なので、このような作業はできないといえば翌日からは別の作業を命ぜられたのである。昼食時も子供の売り子のところに走って行く。通貨は相変わらず日本軍の軍票で取引きされている。宿舎の水浴用の水は粘土質のため2メートルも掘り湧き水を利用する。水は至極奇麗であつた。炊事用、その他一切の用水に使用できた。食事は共同炊事である。食器バケツに10人分を入れて分配されるのであるが、トウキビ混入の主食で非常に硬く3、4日水に浸してから使用してもまだ硬い。トウキビは消化せずそのまま排出するので、普通の人はなるべく食しないで買い喰いをする状態であった。いずれ軍票も使用不可能になるだろう。今のうちに使用してしまえと誰しもそう感じていた。

幕舎の中は非常に暑苦しい。入口附近は夜風が入って涼しい時もあるが、幕舎の中央部の人たちはたまらない。我々が一番困ったのは便所である。朝起きると3、40の便所が満員になる。次々と待っている状態である。また1つの便所は10日も経てば、中は満杯になるので他の場所に設置する。このようにして1年も2年も経てば飛行場は全部便所の跡になるであろう。階級も職級もない捕虜生活であるが、若者の中には適当な容器を見つけ出して自分ら好みの料理をする事もある。これは幕舎中の喜びである。困難な作業は若者が年寄りを助けた。

遂に内地帰還

私たちはこうして2、3か月が経過した頃、ぼつぼつ内地帰還のニュースが話題になって伝わってきた。

帰還者の選定は病人、老人と長期服務者が第1の条件で選ばれるとの事であった。この条件に合致する者はまずシンガポール沖合いの無名小島に移されるという事だった。

ある日、この小島に移る希望者は申し出よとの達しがあった。小島に移された後は自活するが、その先の予定は一切不明であった。私たちはどの道を選ぶか、このジャカルタで働きながら時の経過を待つか、小島に移れば本当の島流しである。身体は楽であろうが、その先が不安だ。しかし私は小島に移る方向を希望し身体検査を受けたのである。私は今まで無理な作業やら工事を担当してきたため過労に陥って胸膜炎に犯されていたので、検査の結果は第一に小島へ移る事になったのである。戦地に応召されて8年有余も医師、その他関係者にも優先的に取り扱ってもらい、認められたので孤島に移される日がきた。

5か年に近いジャワでの生活に終わりを告げる。今過去を振り返ってみる時、上陸地点で部下十数名の戦死者と重軽傷者二十数名を出したジャワ島上陸、あの時の思い出は忘れる事はできない。そして「チェップ」「ウオノサリー」油田を占領と同時に復興作業に着手し、スラバヤ市の油田の鎮火作業とトロナゴン市で1年6か月の治水工事などの難作業を遂行し、防衛本部で民間の防空指導やバンドン山中での複郭工事作業など、まったく休む暇なく次から次へと重要任務を果たしてきた。そしてここで私は病魔に侵されていたので、近く内地帰還の可能性が出てきた。

数々の思い出を振り返り、特に終戦直後初めて知り得た人の愛。そして困る時はお互いに扶け合い精神を授けられた事は私の心を深く感動させたのである。今後はどこまでもあの感激を胸にして生きなければならない、決して人を憎んではいけない。どこまでも人には親切が大事で、人を善意と信じて進めば決して不幸にはならない。しかし戦争は必ずその国民に多大の迷惑と犠牲をかけ、悲惨に陥れるのが通常だが、私はこのジャワでオランダ軍が破壊した油田を復興して、人間に与えられた幸を取り戻した。トロナゴンではオランダ政府が成し遂げ得なかった工事、ジャワ住民が幾十年間も災害になやまされていたブランダス川の氾濫から完全に救う治水工事を遂行して、今後永久に災害を消滅できるようにした事は、私の戦場での活動中最良の仕事であったと思えば絶対に忘れる事はない。

今後ジャワ人も永代に亘って私の功績に感謝するであろう。それを思うと私は真に良かったと思う。私は今、ジャワにさよならをする。愛するジャワ島の人たちよ、幸福であれ、と願うのである。私の子孫もいつかはこの地を訪れるかもしれない。その時は英霊となった戦友を思い起こし、過去に祖先が尽くした跡を見舞う事があるかもしれない。私は、今は1日も早く内地に帰還して妻子を見届け、将来の方針を決めなければならない。私は幸いにもまだ若年だ、人生はこれからだ、新たな出発をしなければならない。子供の養育に重点を置き、家族中心に全力を注がなくてはならない。

立派な国造りもまず家族の個々より始めるのだ、の大方針に従って勇気を出すぞ、孤島に移れば帰還も早くなるであろうと察して米軍の上陸用船艇に乗り込み、ジャワ島にお別れを告げたのである。身の廻り品も最小限にして不必要のものは既に使用人だった人たちに分配したので、ここでは天幕とリュックサック1個にし、その他のものは全部焼却した。

治水工事で木原長官より戴いた感謝状も焼却した、実に残念であった。出発の際の私物検査が厳重と聞いたので無難と思い、この処置をしたが実に残念であった。船は約24時間の航海後に孤島に上陸した。孤島は無人島らしく、昔は立派な農園があったのだろう、今ではその家屋の残骸が残っていた。我々はその残骸の建物に入ったが、屋根は所々に板が残っている程度で、2階の張り板も大部分は朽ちていて歩く事もできない。あちこちの板を集めて5、6枚を敷いて自分の居場所を造った。個人個人は携帯天幕を張って雨を除けた。午後3時頃スコールがやってきて雨は家中に降る。枯れ木の下に雨宿りしているようなものだ。大変なところに入れられたものだ、しかし苦情を申し込む事もできない。

スコールは約30分で止み、晴天になった。私は椰子の葉を利用して居所の屋根を覆って一時凌ぎに修理をした。他の人たちも私に見習った。よく調べたら島には多少の人間が住んでいた。地面は粘土質で急に畑にする事は不可能である。このような家屋の中で2、3日が過ぎた。食事は個人支給、油も多少、砂糖、塩も分配された。主食にはパンも支給され、中にはパンを節約してパン粉を造りさつま芋の若葉を天麩羅にするものもいる。また若茎をお浸し物にして食べている人もいる。今は何も考えず、ただ生きるだけだ。

そのうちに内地帰還の情報が入ってくる。準備が始まった。私たちは約2週間近くの離島生活の結果、第2便で内地に復員できる事になった。いよいよ内地帰還となれば、いろいろの事を思い出す。ジャカルタ飛行場でインド兵の幹部にこの戦争で1番の被害国はと聞けば、彼は人員、その他の被害は軍人や銃後を通じてソ連だろう。第2は英国だろう、英国は7つの海を制していて世界で最も強大国であったが、今度の戦争で統治国がそれぞれ独立して戦前の英国ではなくなった。第3が独国で第4が日本であると。日本は戦争に負けても被害は第4番目である。なかなか面白い事をいうと思った。その他オランダ政府も第1次世界戦争で得た権益を元に巨額の経費と日時を費やして開発し、今後大きな利益を期待していたが、インドネシアは日本軍に占領され、その後はインドネシアも独立するであろう。

私は彼の説明を聞き、これは無駄ではない、日本は努力次第で戦災の復興もでき、より豊かな国造りもできる。日本国民は優秀な国民であるからと非常に意を強くした。1日も早く内地に帰還して早く戦争の傷跡より抜け出さなければならないと覚悟した。頭髪もぼうぼうの人たちがリュック1個を肩にしてボートから本船に縄梯子を一歩一歩登った。船は畳1畳に2人ずつ、リュックを置く場所もない。でも皆元気で内地に帰るのを喜んだ。

帰還船と内地上陸、喜多方町に［昭和21年5月］

船内では落ち着いた。敵の飛行機の心配も、敵潜水艦の心配もない、久方振りの航海である。遠くにスコールが見え、皆水浴の準備だ。南方の汚れを落とす良い機会である。南の海の魚群と会う。魚群は黒くなって海面一杯雲摸様だ。これともお別れだ。池のように波静かな航海は毎日続く。

そのうちに比島が見える。松尾中尉と優秀な兵3名が戦死した島だ、黙禱を捧げる。どの国もどの島も名残りはつきない。心は走る。船はいよいよ日本に近づく。台湾海峡で澎湖島を見る。去る4年半前、この島に待機していて大東亜戦争が始まったのである。今、我々は敗者となって再びここを通る。感慨無量である。世の移りは180度逆転したのだ。

いよいよ日本に近づく。「おい皆、見ろよ、日本だよ、日本が見えるよ」日本の島に我々は帰ったのだ。誰1人船内にいる者はいない。総出で甲板上に誰も彼も目は涙で一杯だ。嬉しいのか残念なのか皆無口だ。私はかつて満州事変の時は1人で満州より帰った事がある。あの時は誰に遠慮もなかったが今は違う、小さくなって帰ってきた。その心の内は淋しかった。瀬戸内海のあの素晴らしい風景も頭にはない。ただ船足の遅いことだけが気になる。それでもあちこちに漁船が時々見える。確かに日本国内はいまだにショックより抜け切らないのだろう。あの元気であった国民も気の抜けた国民となってしまったのだろうか。

故郷の妻子はこれ以上に淋しいだろう。近く私が帰るのも未だ知らずに子供たちは母を柱にして元気でいるだろうが、種々考えると船はなおさら遅い気がする。早く知らしてやりたい。

昭和21年5月10日、私たちの輸送船は無事神戸港に到着、桟橋に横付けされた。いよいよ内地の土を生きて踏む事ができる。感慨無量である。その日は小雨の降る梅雨期のようであった。

神戸港は戦前から横浜、大阪と並んで日本での3大港の1つであったが、今日の神戸港は以前とは打って変わった姿である。港の中には煙の出ている船は見当たらない。淋しい。波止場にも人影がない。帰還船取扱いの職員が1、2名、小さい貨物船が2、3隻淋しく浮かんでいる。漁船も見えない。終戦後9か月も経ったのに、まだこの状態である。岸壁一杯に並んでいるあの大きな倉庫も人影もなく、むろん滞貨の如きものも見当たらない。これで日本は立ち直れるだろうか。情けない、迎えてくれる人もいない。

私たちは逐次上陸した。1人1人DDTで外衣の消毒を実施された。その他問診や携帯用品の検査もあったが皆無事である。そして入浴をさせられた。冷水と変わらない、それでもさっぱりした。次にまたDDTで衣類の中まで粉末の散布を受けた。乞食同様の姿であったから無理もない。そしてその夜は倉庫に1泊した。

昭和13年8月27日、朝鮮国境を通過して今日まで8年有余で私は本土の土を踏んだのである。我々は東京まで引率の形式で汽車に乗り、各人引揚者の証明書を携えて東京に着く。東京は空襲の跡がそのまま残っていた。大正12年の震災と同様に焼野原になっている、車中より家族に復員の電報を打った。汽車は証明書で乗車ができた。宮城に対して無言のまま礼をする。

昭和21年5月12日、懐かしの喜多方駅に無事に着いた。駅には妻子たちが出迎えてくれた。復員できたのである。初めて戦争は終わった、の心境であった。初めて入る上町の我が家である。妻はやさしく迎えてくれた。

長男は中学3年生、長女は中学1年生、次男は小学校5年生、3男（編者）は小学校3年生で揃って学生であった。見事なものである。良く育ててくれたものよと、その喜びは何ともいわれない。心の中で皆に感謝した。どの顔を見ても良い顔だ。利口そうに思えた。その後長男、長女も試験に合格して上級学校に入学した。長男の服装は国民服とやらで半カーキ色である。長女の初対面の言葉はお父さんと違うみたいだった。無理もない、写真の父は少しきれいだが目前に見る父は頭の髪はぼうぼう、色は黒く、顔色が悪い、話で聞いた敗残兵である。早速頭髪を刈り落とし8年前の父に返った。子供たちはやっと安心したのか喜びで一杯の様子である。妻も多少病弱の様子であったが、私はよく今まで8年間も4人の子供を育て、これまでになってくれたと感謝の気持ちで一杯であった。

敗戦後の日本を省みて

早く自分の健康を取り戻して働かなければならないと堅く決心した。しかし私の身体はトロナゴンの隧道工事末期の疲労で、肋膜炎を患っていた。その後いろいろと治療は繰り返していたが、ほとんど元の状態には戻っていなかったのである。私は妻に連れられて喜多方の県立病院に通った。女医遠山医師の診断の結果、改めて肋膜炎と診断され、その後は根気良く通院して療養に努めた。担任の先生も誠意を尽くしてくれ、最初は入院を要するといわれたが、病院に近いため通院でもよいとのことであった。

そして約3か月通院の後、非常に元気を取り戻した。妻の親たちもよく心配してくれた。殊に山河鹿《やまかじか》を生で服用すれば、この病には非常に有効との事で、自ら慶徳村山崎の清水から獲って来てくれたので、私は前後50匹くらいを服用したのである。自分でも非常に効果があったと思っている。ありがたい事であった。

約4か月を経過して身体の検査をしたところ、マイナスとなり医師も不審に思うほど元気になった。しかし家の経済は行く先が心配な状態になっている。預金は全部政府の指令で凍結され、1か月に1人100円だけの払戻ししかできなかった。当時でも1か月に100円では到底生活は不可能であった。食料その他は未だ配給である。私も甘えてばかりはいられない。私ばかりではない、日本国中の人たちは全部同じであった。富める人も貧しい人も生活用の物資がなかったのである。

その頃、我々復員者に対していろいろのことを聞いたりした。第1に未だに消えない軍部や軍人に対する悪口である。敗戦は軍人の責任のようにいう。特に軍隊の幹部に対する風当たりがひどかった。職業軍人と称して公職追放された事である。このようなことは未だ世界の歴史に例をみない、今回が初めてできた制度である。これが初めてであり、最後であろうが、私は大いに反発を感じた。

今度の戦争は敗戦で終わったが、その責任の大部分を軍人だけに負わされたようであった。日本は日清戦争、日露戦争及び第1次世界大戦と勝利を獲得しても、敵の戦争責任者を軍事裁判にかけ死刑を宣告した例はなかったであろう。然るにアメリカは先頭に立って日本人を死刑にしたのは何事かと言いたい。私は納得がいかない。勝てば官軍負ければ賊軍であるのか（注：劇団四季、『南十字星』[48]）。

我々は赤紙1枚で召集され、国のためと信じて一命も顧みず、一般軍務と戦争を通じて30年間も一生懸命に働いたのである。日本は世界地図で見れば判るが、中国の東方にある小さな4つの島国である。そして資源も皆無に等しい国である。今日のように世界各国が日本に必要な資源を供給してくれれば良かったのである。資源を輸出してくれれば戦争は始まらなかったのである。日本国は労働国である。世界は日本の現状を理解すべきであった。

日本内地の人口も4つの島で8000万以上もいて、さらに人口増加であふれるばかりであった。そして日本人としては海外に移民させることで生命を繋ごうとしたが、諸外国は日本人を受け入れず却《かえ》って日本人を排斥し始めたのである。世界には無人といわれる島や国が非常に多い。殊に米国や南米、東南アジア、満州と広大な未開発地域がたくさんある。

しかし一部の日本人は移民思想を理解せず、また外国人と親しまず、小金を貯めて内地に持ち帰り老後を楽しく暮らそうとする考えであった。私はこの思想にはまったく反対である。

人間は死してこの世を去るまでは、何らかの運動なり、労働を常に続けなくてはならない。この体を使う事が生きる目的に合致しているのである。幸福だと感じる人は体力も知力も健康的で、これらを相当に使用している人ではないだろうか。従って生きんとする人は、それだけの努力をしなければならないと考えるのである。

日本人の風習として考えられる事は、あまりにも金権主義であり、金の威力で何でも押し通そうとする考え方である。金や財産のために自己を犠牲にして過度の希望を持ち、そのために人間的な生き甲斐を知らないのではないだろうか。私が外国人より得た経験では日本人は一般的に努力家であり、日常の生活も信仰的であるが、外国に移住した土地には神社や墓地、その他の跡があまり見られないように思う。それは永住の気構えが甚だ薄く、あくまでも自分勝手な現実主義であったからだと思う。私の願う事は、人間は皆仲間であるとの考えで外国人に対しても、その国に対しても、自分の住地であり、その国の人とならなければならない。

国を超越してそれぞれ住み良い国、場所に永住するという考えがあり、人間の価値と目的を見出し、これを達成するように心掛ければ戦争もなくなり、永久に平和を取り戻す事ができると私は思う。我々は中国人を大いに見習う必要がある。彼らは世界中のいかなる国にも華僑といわれて住んでいる姿が見られる。またいずれも満足な生活を送って、しかも大成功を成し遂げているではないか。これは中国人の非常に温和で、しかも他国人と慣れ合う良い性格を持ち、団結力がある故である。決して自分が、己がの個人主義でなく、大衆、みんなでとの気持ちが強く、その考え方が成功の基となっている。しかし受入れ国側にも問題はあったと思う。

日本人の出稼ぎ根性を直し、永住ができる道を開いて、日本人を歓迎してくれたならばと思わずにはいられない。実はこの日本人移民計画は一部を除き、多くの世界各国は日本人に対して排日政策を採用して日本人を締出しにかかったのである。これがやがて職を失い自由を束縛され、将来の希望を失う結果となって、遂には戦争の原因にまで発展したのである。また日本の外国駐在の外交官の活動にも問題があったのではないか。例として的確な外国の情報入手が充分でない結果、政府の重要な政策を反省する事ができず、国の方針に誤りを生じてこのような結果に終わった、と思うのである。

著者の4男、次男、3男（編者）（昭和26.4）

換言すれば真実の情報が的確に入手できず、また横の連絡が不充分で移民の指導に正当な処置が採用されなかったのも原因しているのではないだろうか。敗戦後にはこの戦争に参加したもの、軍人のみに責任を負わせているが、私け一方的な言い分と思っている。わが国の歴史は戦争に始まって戦争に終わっている。しかし、今第2次世界戦争で敗戦して初めて戦争と言うものは悲惨で嫌なものであると心から感じている。親を亡くし兄弟や子供を戦死に追い込んだ人々、否日本国民は誰も彼も真剣に考えなくてはならない。

る。為政者はもとより国民全部がよく考え、常に戦争防止の努力をしなければならないのである。腕力で、または戦争で獲得した獲物は絶対に永続するものではない。何よりも歴史がこれを証明している。殊に大国とか富国とかいわれる文明国家は、この崇高な平和精神を実施、行動をもって後進国や貧困国を援助し、そして導きが必要であると私は考える。私らは一生を通じて最も重要な壮年期に30年近くも国のためとはいえ、ご奉公が大事とばかり国を愛する信念で尽くしてきたのであるが、甚だ不幸な出来事であった。

今日本が立派な文化国家に生まれ変わり、人間的な国家ができた事を非常に喜んでいる。今復員してみていろいろ考えさせられる。妻にとっても9年間も4人の子供を養育し、終戦後は世間の冷たい目にも耐えながら、また同じ思いの老父母を思う時、ただただ感謝の涙で一杯であった。人に頼る行為は不本意であるが、つくづく頼れる者は親兄弟だけであると思うことが多かった。私は戦争状態、また自分が軍人であった事柄に関しては一切口にしない方針を決意した。第三者がお世辞的に戦争または私の事について語り出しても、それには一切応じない事にしたのである。取り敢えず私は家庭を守り、子供たちの養育に専念する事にしたのである。

編者あとがき

父・遠藤千代造がここに記した「あゆみ」の時代は日本が歴史的に激動、非常に不安定な年代であったが、歴史の継続性、現在のアジア情勢の不安定性は当時の大きなうねりの延長線上にあり、それが現在も続いている、とつくづく認識させられた。

ここで父は軍律厳しい職業軍人という立場、軍隊の枠の中で、軍人として最大限努力、行動するのは当然として、その中で父が、戦場という限られた活動範囲内で、少しでも作戦行動の成果を高めようと、現代流の独創性の発揮にも努めた。それが戦果にもいくらか結び付いたのでは、と思える箇所がいくつかあり、それを子供らに理解してもらいたいとの考えもあって、この「あゆみ」を纏めたのではないか、それも一因だったのではと思っている。

あえて具体的に編者の私がその例を上げれば、

1、第三章　冨水川渡河大作戦

2、第五章　マニラ進攻作戦

3、第六章　ジャワでの油田復旧作業

であっただろうか。戦場体験のない、また、父の職業とはかけ離れた経歴を歩んできた編者の勝手な解釈にすぎないとも半面思っている。

「ネヤマトンネルの建設」は、大東亜戦末期の資材不足、非常に困難な状況、軍政下で、元台湾総督府土木局長、当時ケディリ州長官であった木原円次氏が、インドネシアのためにと洪水防止用排水路工事を発案したものだった。その熱意、また、不発弾から発破用爆薬を手造りしてトンネル工事を行なった父たち、現地住民ら多くの関係者の努力、協力により1年半の突貫工事で完成したものであった。ただ、残念なのは、戦後賠償で改造工事を担当した建設会社が『南部トルンアグン沼沢地帯の洪水被害を防止する目的をもって、日本軍政下に計画せられ、約4㎞の開水路と800mの隧道が一応完成せられたのであるが……』[45]と淡々と紹介されているのみであった。その中で、前述のネヤマトンネル紹介資料ではキチンと評価されており、救われる心地であった。

また、マニラ侵攻、無血占領がマッカーサー将軍らの敗走をもたらし、それが私恨を伴った戦後の日本占領政策に大きく影響した事は多くの歴史書、劇団四季のミュージカル「南十字星」[48]、「ムルデガ・独立」の映画にも触れられており、複雑な気持ちにさせられた。ジャワ島では古くから西洋人植民地政策による、例えばドドックジャラン、という非人間的扱いの言葉があり、同じ東洋人として義憤を感じ、何とかインドネシア独立の役に立ちたいとの日本軍の気持ちがその後の独立、スカルノ初代大統領誕生にも結び付いたと言われ、それは映画「ムルデガ（独立）」にも現われていよう。

また、ジャワ住民のブンガワンソロが日本軍によっても普及され、「十字鍬」[36・他]にも紹介されているが、復員後の日本国内でも広く愛唱され、その様子は「南十字星」[48]にも表われている。父は敗戦直後のジャワ島で地元住民からあちこちで暖かく扱われた事に、強く気持ちを揺さぶられたようで、それは戦中の日本軍の現地での行動が住民に理解された結果の反映ではなかったか。にも関わらず日本に戻ってからは国民から理解されなかった、むしろ戦後、日本軍が非難される中にあって、潜在的に全て日本軍に非があったわけではない、とこの「あゆみ」を通して少しは触れたかったのではなかろうか。しかし結局、父はこのような戦争体験を口にせず、子供たちにも話さなかった。また、私も18歳で家を離れたため、このような自叙伝を纏めている事を知らずに、亡くなった後の話で初めてその存在を知ったため直接、この内容について父から話された事は皆無でその点残念であった。

そして特に最近の世情には右傾向化傾向がみられるとの感を抱く事もあるが、これは明治以降の先人たちの平和を希求する思いに学び、歴史に学び二度と過ちの道を歩まないように努める事が大切と思われる。

父は独立工兵第3聯隊戦友会版の「あしあと」での作戦行動記録を参考に原稿の編成を行なったと思える部分があった。また、昭和13年8月、満州から復員したが、その間の資料をいくらか持ち帰ったとも考えられる。しかし、その他の海外での活動に関する記述の大半は記憶を頼りに記述していたとみられ、確かに「まえがき」に書いてあるように、記述の年代が史実とは異なっている部分があった。そこで、原稿全てについて史実を元にほぼ年代順に構成を編集し直し、その根拠を、参考・引用文献として列挙したが、記載内容は極力原稿に忠実に纏めたつもりである。

また、父は戦争の最前線部隊に所属していたため、必ずしも作戦目的が判然としないままでの戦闘行動があった。あるいは編者自身がそのままでは理解できなかった行動があり、いくつかの部分についてその背景、大本営の作戦目的などを文献から引用し、章、節の末尾にその概要及び戦況などを、編者の解釈をもとに注記した。なお、「あゆみ」の中で、記述内容が中断されている、と思われる箇所もいくつか見受けられたが、原稿に沿ってそのまま記述した。

編者も現在76歳、年齢的には父が「あゆみ」の原稿を書き終えた頃の時期であったであろうか。これを纏めるのに約15年を要してしまった。今は亡き父、母に詫びるとともに、関係者に何がしかのお役に立てればとの思いである。

最後に、本書出版に際し、元就出版社の浜様には多大なるご助言、ご指導を頂いた。ここに厚くお礼申しあげます。

平成25年9月

遠藤　桓

参考・引用文献

【01】：「関東大震災」決定版・昭和史 №4、34頁 毎日新聞社 1984年9月

【02】：「新橋」旭川の橋 旭川叢書 第19巻156頁 関根正次 平成3年8月

【03】：「新橋、予定より1日早く竣工した」旭川新聞 大正14年9月16日

【04】：「観兵式にのぞむ昭和天皇」アジア・太平洋戦争94頁 森 武麿 ポプラ社 2006年3月

【05】：「閲兵式の変遷」グラフィックカラー昭和史5 帝国軍隊 41頁研秀出版 1989年

【06】：「満州事変」決定版・昭和史 №6、15頁 毎日新聞社 1984年2月

【07】：「満州奉天地方」決定版・昭和史 №6、16頁毎日新聞社 1984年2月

【08】：「熱河城」決定版・昭和史 №6、193頁 毎日新聞社 1984年2月

【09】：「函館大火」決定版・昭和史 №6、148頁毎日新聞社 1984年2月

【10】：「勲七等青色桐葉章」日本陸軍史 日本の戦史・別巻1 毎日新聞社、1979年

【11】：「2・26事件」決定版・昭和史 №7、40頁 毎日新聞社 1984年3月

【12】：「第二聯隊本部正門」あしあと 見出し部 独立工兵第三聯隊・西本嘉男 昭和50年6月

【13】：「中支那の地図」決定版・昭和史 №9、12頁 毎日新聞社 1984年5月

【14】：「武漢三鎮攻略」支那事変作戦日誌 222〜252頁 井本熊男 芙蓉書房出版 1998年12月

【15】：「武漢攻略戦」あしあと 19頁、独立工兵第三聯隊・西本嘉男 昭和50年6月

【16】：「富水渡河戦」十字鍬・激動の青春 568頁 独立三誌編纂委員会 大統書房 昭和61年9月

【17】：「富水渡河戦」あしあと 20頁、独立工兵第三聯隊・西本嘉男 昭和50年6月

【18】：「軽徒橋の例」グラフィックカラー昭和史5 帝国軍隊 70頁、研秀出版 1989年

【19】：「立派な青年将校」日中15年戦争（中）黒羽根清隆 172頁 教育社 1978年3月

【20】：「武昌目指して」十字鍬・激動の青春 57
2頁 独立三誌編纂委員会 大綂書房 昭和61
年9月
【21】：「武漢攻略戦の感状」十字鍬・激動の青春
72頁 独立三誌編纂委員会 大綂書房 昭和61
年9月
【22】：「南昌作戦」支那事変作戦日誌 335頁 井
本熊男 芙蓉書房出版 1998年12月
【23】：「華中平定作戦」決定版・昭和史 №9、1
05頁 毎日新聞社 1984年5月
【24】：「南昌攻略戦の感状」十字鍬・激動の青春
78頁 独立三誌編纂委員会 大綂書房 昭和
61年9月
【25】：「襄東会戦」支那事変作戦日誌 337頁 井
本熊男 芙蓉書房出版 1998年12月
【26】：「贛湘作戦」支那事変作戦日誌 340頁 井
本熊男 芙蓉書房出版 1998年12月
【27】：「宜昌作戦」支那事変作戦日誌 424～4
33頁 井本熊男 芙蓉書房出版 1998年
12月
【28】：「当陽を占領」あしあと 10頁、独立工兵第
三聯隊・西本嘉男 昭和50年6月
【29】：「北支の作戦」支那事変作戦日誌 440～
444頁 井本熊男 芙蓉書房出版 1998
年12月
【30】：「豫南作戦」あしあと 10、43頁 独立工兵第
三聯隊・西本嘉男 昭和50年6月
【31】：「第一次長沙作戦」香港・長沙作戦、戦史叢
書 350頁 防衛庁防衛研修所戦史室 朝
雲新聞社 昭和46年7月
【32】：「米英に宣戦布告」決定版・昭和史 №10、
140頁 毎日新聞社 1983年10月
【33】：「リンガエン湾上陸」マッカーサー 記録・
戦後日本の原点 29頁 日本放送協会 昭和57
年6月
【34】：「アグノ河架橋作業」十字鍬・激動の青春
巻頭部 独立三誌編纂委員会大綂書房 昭和
61年9月
【35】：「マニラの無血占領」アジア・太平洋戦争、
46頁 森 武麿 ポプラ社 2006年3月
【36】：「ジャワ島東部地図」十字鍬・激動の青春
189、190頁 独立三誌編纂委員会 大
綂書房昭和61年9月
【37】：「ジャワ島上陸」十字鍬・激動の青春 57
5頁 独立三誌編纂委員会 大綂書房 昭和61
年9月

【38】：「クランガン上陸記念碑」十字鍬・激動の青春 巻頭部 独立三誌編纂委員会 大統書房 昭和61年9月
【39】：「チェップに向けての3Ps」十字鍬・激動の青春 巻頭部 独立三誌編纂委員会 大統書房 昭和61年9月
【40】：「スラバヤ油田鎮火作業」十字鍬・激動の青春 244頁 独立三誌編纂委員会 大統書房 昭和61年9月
【41】：「ウオノサリー油田復興」十字鍬・激動の青春245頁 独立三誌編纂委員会 大統書房 昭和61年9月
【42】：「視察の今村司令長官」十字鍬・激動の青春 巻頭部 独立三誌編纂委員会 大統書房 昭和61年9月
【43】：「原油自噴状況」アジア・太平洋戦争 99頁 森 武麿 ポプラ社 2006年3月
【44】：「今村均司令官感状」十字鍬・激動の青春 巻頭部 独立三誌編纂委員会大統書房 昭和61年9月
【45】：「スラバヤ州長官、木原円次」インドネシア専科「B−4章、145. ネヤマトンネル」インターネットより
【46】：「南トロナゴン工事」鹿島建設工事記録 ネヤマ出張所 1962年6月
【47】：「インドネシア賠償についての外務省資料」日本外交主要文書・年表（2）960〜961頁 外務省公表集 昭和45年 196〜8頁
【48】：「ミュージカル・南十字星」劇団四季、インターネットより

『陸軍工兵大尉の日中・大東亜戦時代』平成二十五年十二月　元就出版社刊　改題

NF文庫

陸軍工兵大尉の戦場

二〇二一年二月二十二日　第一刷発行
著　者　遠藤千代造
発行者　皆川豪志
発行所　株式会社　潮書房光人新社
〒100-8077　東京都千代田区大手町一-七-二
電話／〇三-六二八一-九八九一(代)
印刷・製本　凸版印刷株式会社
定価はカバーに表示してあります
乱丁・落丁のものはお取りかえ致します。本文は中性紙を使用
ISBN978-4-7698-3203-4　C0195
http://www.kojinsha.co.jp

NF文庫

刊行のことば

第二次世界大戦の戦火が熄《や》んで五〇年——その間、小社は夥しい数の戦争の記録を渉猟し、発掘し、常に公正なる立場を貫いて書誌とし、大方の絶讃を博して今日に及ぶが、その源は、散華された世代への熱き思い入れであり、同時に、その記録を誌して平和の礎とし、後世に伝えんとするにある。

小社の出版物は、戦記、伝記、文学、エッセイ、写真集、その他、すでに一、〇〇〇点を越え、加えて戦後五〇年になんなんとするを契機として、「光人社NF（ノンフィクション）文庫」を創刊して、読者諸賢の熱烈要望におこたえする次第である。人生のバイブルとして、心弱きときの活性の糧《かて》として、散華の世代からの感動の肉声に、あなたもぜひ、耳を傾けて下さい。